AF403046

Claudia Romes wurde 1984 als Kind eines belgischen Malers in Bonn geboren. Sie war schon immer eine begeisterte Leserin und liebte es, in fremde Welten einzutauchen. Mit neun Jahren begann sie, ihre eigenen Geschichten zu erzählen und fasste den Entschluss, eines Tages Schriftstellerin zu werden. Heute lebt die Autorin mit ihrem Mann und ihren zwei Kindern in der Vulkaneifel.

CLAUDIA ROMES

Der Duft *von* Teeblättern

KENSINGTON CROWN-SAGA

Ein historischer
Liebesroman in England

Erstausgabe Juli 2024

Copyright © 2024 dp Verlag, ein Imprint der
dp DIGITAL PUBLISHERS GmbH
Made in Stuttgart with ♥
Alle Rechte vorbehalten

Der Duft von Teeblättern

ISBN 978-3-98998-400-4
E-Book-ISBN 978-3-98998-063-1

Covergestaltung: Jasmin Kreilmann
Umschlaggestaltung: ARTC.ore Design
Unter Verwendung von Abbildungen von
depositphotos.com: © Milanares, © photobac, © Bluefish_ds,
© Enika100, © P.Kanchana
shutterstock.com: © ciavelio, © Ironika, © KathySG,
© ESB Professional
Lektorat: Katrin Gönnewig
Satz: dp DIGITAL PUBLISHERS GmbH
Druck und Bindung: Books on Demand GmbH, Norderstedt

Kapitel 1

Kensington, März 1877

Frühnebel waberte über den Mittelweg bis hin zur Brompton-Kapelle, die von einer andächtigen Stille umgeben war, eingehüllt ins weiche Licht der aufgehenden Wintersonne. Maryanne schlang die Arme um ihren Körper und sog tief Luft ein. Die klirrende Kälte ließ ihren Atem als Dampfwolke vor ihr aufsteigen und sie folgte ihr gedankenversunken mit dem Blick, bis sie sich aufgelöst hatte.

»Ich kann es noch immer nicht glauben.« Mrs Henley trat, gestützt auf ihren Gehstock, neben sie und schnäuzte laut in ihr Taschentuch. »Dein Vater wird sehr fehlen. Er wurde von allen überaus geschätzt. Das Teehaus wird nicht mehr sein, wie es war.«

Maryanne nickte bekümmert und Mrs Henleys Schnäuzen durchzog die morgendliche Stille.

»Doch für ihn war es am Ende besser so. Nach allem, was mir deine liebe Mutter berichtet hat, war ihm das Leben nur noch eine einzige Qual. Nun hat er wenigstens keine Schmerzen mehr.«

»Dem ist wohl so.« Maryanne spürte die tröstliche Berührung der Freundin ihrer Mutter auf ihrem Arm und schluckte schwer. Große Worte, die dem Kummer über den Tod des Vaters Ausdruck verleihen konnten, fand sie keine. Nach langen Tagen voller Beileidsbekundungen und gegenseitigem Trostspenden sehnte sie die

Ruhe herbei. Zeit für sich, um die Ereignisse der vergangenen Monate aufzuarbeiten und den Verlust zu akzeptieren. Seit der Nacht, in der ihr Vater gestorben war, hatte Maryanne kaum geschlafen. Immerzu hatten sie die Gedanken an den gestrigen Tag beschäftigt. Nun war die Beerdigung vorbei und eine furchtbare Last fiel von ihr ab.

»Es war eine schöne Trauerfeier.« Mrs Henley strich Maryanne sanft über die Wange, über die Tränen kullerten.

»Ja. Sie hätte ihm gefallen.« Maryannes Blick fand die Bäume und Sträucher, denen über Nacht ein weißes Laubkleid gewachsen war, und sie seufzte laut.

»Kümmere dich um deine Mutter. Sie gibt sich immer über alles erhaben, aber ... niemand ist unverwundbar.« Mrs Henley berührte noch einmal bestärkend Maryannes Arm, dann verabschiedete sie sich.

Gedankenverloren sah Maryanne der alten Dame nach, die den Weg hinunter bis zur Straße ging, wo sie vom Nebel verschluckt wurde. Wie ein Gespenst bewegte sich der Dunst daraufhin auf Maryanne zu und ein flaues Gefühl breitete sich in ihrer Magengrube aus. Langsam setzte sie sich in Bewegung. Mit jedem Schritt, den sie tat, knirschte der Frost unter ihren Füßen und ihr Herzschlag beschleunigte sich. Maryanne war überzeugt, dass es eines Tages tröstend sein würde, zu wissen, dass nur zwei Querstraßen zwischen ihnen und dem Ort lagen, an dem ihr Vater seine letzte Ruhe gefunden hatte. Bislang aber löste Brompton in ihr eine schwere Beklemmung aus. Sie zwang sich durch das mächtige Friedhofstor aus grauem Kalkstein und warf einen zögerlichen Blick auf den schmalen Pfad, der vor ihr lag. Eine steile Treppe reichte hinunter zu den frischen Gräbern. Maryanne bot sich eine unverstellte Sicht auf das ihres Vaters und sie verharrte kurz auf der Stelle. Eine Hand auf ihr wild pochendes Herz gelegt, sah sie, wie ihre Mutter von einem Weinanfall geschüttelt wurde. Bertha Landerton war stets eine stolze Frau gewesen, von tadellosem Charakter und Auftreten. Niemals hatte Maryanne bei ihr Nachlässigkeit erlebt. Sie schnappte nach Luft, als sie ihre Mutter so gebrochen sah – ganz in Schwarz gekleidet, das dunkle Haar achtlos hochgesteckt. Strähnen lugten wie Spinnenbeine unter ihrer Haube hervor. Sie wirkte wie ein Trugbild. Maryannes Herz klopfte so schnell in ihrer Brust, dass sie glaubte, es würde zerspringen. Das Nebelgespenst war ihr gefolgt, schwebte ihr entgegen, umschloss sie, doch sie war unfähig, sich zu rühren. Ihre Mutter wimmerte. Ihr Schluchzen durchzog die Umgebung, aber für Maryanne waren die letzten Stufen zu einer unüberwindbaren Hürde geworden. Sie ballte eine Hand zur Faust und ihr Blick verlor sich im Nichts.

Sechs Monate war ihr Vater schwer krank gewesen. Nach einem Kutschenunfall hatte er unter starken Schmerzen gelitten, ohne Hoffnung auf Heilung oder Linderung. Doch Zeit zum Trauern blieb ihnen nicht. Der März war fast vorbei. Mit den höheren Temperaturen würden auch die Gäste von außerhalb an die Themse zurückkehren. Der April läutete die Saison ein und ganze Scharen würden nach London strömen. Sie mussten vorbereitet sein. Tische und Stühle gehörten geputzt, die Vorhänge und Teppiche aufbereitet, die Betten in den Fremdenzimmern über der Teestube aufgeschüttelt. All das war notwendig, um die feine Gesellschaft zurückzugewinnen, die ihrem Vater so am Herzen gelegen hatte. Jetzt, da er nicht mehr lebte, fühlte sich Maryanne dafür verantwortlich, dass die Geschäfte weitergingen. Daneben war die Teestube ihre Zuflucht – eine willkommene Ablenkung von der zersplitterten Hoffnung auf ein Leben mit einem Mann, der für sie nunmehr unerreichbar war.

»Was für eine triste Jahreszeit.« Bertha holte ihre Tochter aus den schmerzvollen Überlegungen. »Die Erde ist so hart, wir können vom Glück sagen, dass die Totengräber endlich ein Loch ausheben konnten.« Das blasse Gesicht umrahmt von der Trauerhaube nahm sie ächzend Stufe für Stufe, als erklömme sie einen hohen Berg.

Maryanne griff nach ihrer Hand und drückte zu. »Es wird wärmer werden und schon bald können wir Blumen auf Vaters Grab pflanzen. Veilchen in Gelb und Blau. Die mochte er doch so gern. Dann sieht alles gleich viel hübscher aus. Du wirst sehen.«

Ein gedehntes Stöhnen entwand sich Berthas Kehle und sie klammerte sich an Maryanne fest. »War Trudi schon auf den Beinen?«, fragte sie, während sie sich von ihr hinaufziehen ließ.

»Das war sie. Sie ist mit mir aufgestanden, hat sich fertig gemacht und ist sogleich in der Küche verschwunden.«

Wieder stöhnte Bertha. »Ach, ich wünschte, wir hätten alle etwas mehr Zeit. Dieses vermaledeite Teehaus lässt uns nicht einmal die Möglichkeit, durchzuatmen. Ehrlich, Maryanne, manchmal ist es mir mehr Last als Freude.«

»Wir kümmern uns schon um das Kensington Crown – Trudi und ich. Du brauchst Ruhe, Mama. Die letzten Wochen waren für dich sehr beschwerlich. Du hast Tag und Nacht an Vaters Bett gewacht.«

»Gewiss. In der Tat«, murmelte Bertha zustimmend.

Sie ließen den Friedhof hinter sich und spazierten die Straße in Richtung Earls Court hinunter, wo eine Kutsche auf sie wartete.

»Ich werde sogleich hineingehen und mich ausruhen«, sagte Bertha, sobald sie eingestiegen und die Baldwin Street passiert hatten. »Ich möchte nicht völlig müßig sein, wenn es wieder losgeht. Was ist heute zu erwarten?«

»Das Komitee des königlichen Opernhauses«, antwortete Maryanne. »Mr McNeil wird anwesend sein, jedoch nichts von Belang. Du musst nicht runterkommen. Wir schaffen das allein.«

Bertha rümpfte die Nase. »Dein lieber Papa hat diesen Auftrag noch angenommen, bevor er ...« Ihre weinerliche Stimme brach ein.

»Ich weiß, Mama. Und du weißt, dass wir das Geld brauchen«, entgegnete Maryanne.

»Gewiss doch.« Bertha seufzte abermals. »Ich bin so müde. So erschöpft. Eine halbe Stunde, dann bin ich wieder auf den Beinen. Weckt mich, wenn etwas ist.« Sie betrat vor Maryanne das Teehaus durch den Haupteingang und die Holzstufen knarzten unter ihr, als sie sich ins Obergeschoss abmühte. Für einen Moment verlor sich Maryannes Blick gedankenvoll auf der Treppe. Am liebsten hätte auch sie eine Rast eingelegt, aber sie fürchtete sich vor den dunklen Gedanken, die sie dabei womöglich überkommen würden.

Die Küchentür schwang auf und ihre Schwester kam in die Stube. Gertrud war nur drei Jahre älter als Maryanne und ihr auch äußerlich ziemlich ähnlich. So war sie nur unmerklich kleiner und hatte dasselbe rotbraune Haar. Ihr Charakter aber war grundverschieden, denn Gertrud schien nichts aus der Ruhe bringen zu können. Etwas, wofür Maryanne sie oft bewunderte. Obendrein war sie äußerst geschickt. Staunend sah Maryanne zu, wie sie mühelos zwei Stapel mit Tellern auf den Händen jonglierte, ohne dass diese auch nur ansatzweise wackelten.

»Oh, ist Mama schon wieder oben?«, fragte Gertrud im Vorbeigehen. »Wie geht es ihr denn heute?«

»Eher nicht so gut, fürchte ich.«

Gertrud stellte die Teller ab und lehnte sich über den Schanktisch zu ihr vor. »Und du? Wie fühlst du dich?«

Maryanne zuckte die Schultern. »Ich komme schon zurecht.« Sie machte sich daran, die Tische einzudecken.

»Ach wirklich?« Gertrud ging ihr mit dem Besteckkasten nach. »Weißt du, es ist in Ordnung, den Schmerz zuzulassen.«

»Ich habe nichts anderes behauptet.«

»Und doch drängst du ihn zurück.«

»Das tue ich nicht«, widersprach Maryanne und hielt mit den Tellern in der Hand inne.

»Ich habe dich noch nicht weinen sehen.«

»Bist du denn darauf so erpicht?«

Gertrud legte den Kopf schief. »Du weißt, wie ich das meine.«

»Nein. Ehrlich gesagt nicht.« Maryanne spürte, wie eine Mischung aus Bitterkeit und Unverständnis in ihr kochte.

»Du spielst immer die Starke. Aber mir kannst du nichts vormachen. Ich weiß, wie es in dir aussieht. Du leidest. Doch du sprichst weder von Vater noch über das, was wirklich im Haus der Greys vorgefallen ist. Es muss doch einen Grund gehabt haben, wieso ...«

»Ich habe dir alles erzählt, was es darüber zu sagen gab.« Maryanne winkte ab. »Und ich will nun nicht mehr davon sprechen. Es gehört der Vergangenheit an. Ich muss nach vorne schauen.«

»Na, dann tu es auch endlich, und verschließe dich nicht so. Ich habe seit Vaters Tod kaum ein Wort von dir gehört. Du bist ganz verändert. Weißt du, seinen Kummer zu verbergen, sich niemandem anzuvertrauen, das ist wie ... sich selbst zu verleugnen.«

Maryanne knallte den letzten Teller aufs blütenweiße Tischtuch und ihre Schwester zuckte verschreckt zusammen. »Mag ja sein«, zischte sie. Obwohl Gertrud für gewöhnlich eher zurückhaltend war, war sie in diesem Fall äußerst hartnäckig. Tief im Innern wusste Maryanne, dass ihre Schwester recht hatte. Sie konnte nicht einfach so tun, als wäre nichts geschehen. Als wäre ihr Herz nicht gebrochen und ihre Hoffnung auf ein anderes Leben vollkommen zerschlagen. Dennoch sah Maryanne keinen Ausweg für sich. Sie war wie gelähmt angesichts der großen Veränderungen, mit denen sie sich konfrontiert sah. Noch bis vor einem halben Jahr war sie von einem Glück erfüllt gewesen, auf das sie nie zu hoffen gewagt hätte. Doch nun war das vorbei. Sie hatte verbotenerweise geliebt und teuer dafür bezahlt.

Der Tod ihres Vaters und das Kensington Crown, das es nun zu retten galt, kamen ihr nur wie eine weitere Strafe vor, weil sie es gewagt hatte, ihr Herz an einen Gentleman zu verschenken. Einen Mann von höherem Stand. Noch immer wogen die Ketten schwer, die ihr von der Gesellschaft angelegt worden waren. Der Zeitungsartikel, in dem sie als geldgierige Wirtstochter verhöhnt worden war, hatte ihren Eltern das Geschäft verdorben. Und manchmal fragte sich Maryanne, ob die schlechte Presse zu viel für ihren Vater gewesen war. Tagtäglich nagten deshalb die Schuldgefühle an ihr, versetzten sie in eine Art Starre, die sie nach außen hin gefühlskalt wirken ließ. Doch das war sie keineswegs und Gertrud wusste das genau. Immerzu betrachtete sie Maryanne mit diesem mitleidsvollen Blick.

»Es muss weitergehen«, sagte Maryanne, um sich endlich davon zu befreien. »Keiner von uns wird satt, wenn wir die Köpfe hängen lassen. Also ...« Sie nahm hohe Gläser aus dem Regal hinter dem Schanktisch und stellte sie mit penibler Sorgfalt zwischen Teller und Dessertbesteck.

»Ich habe vorgestern Mrs Ashton in der Stadt gesehen.« Gertrud bemühte sich hörbar um einen feinfühligeren Ton.

Doch in Maryannes Händen klirrten Gläser aneinander.

»Sie meinte, sie hoffe inständig, dass du alsbald als Gesellschafterin zur Verfügung stehst. Sie hat schon wieder einen neuen Zwergspitz. Poppy heißt er.« Gertrud schüttelte schmunzelnd den Kopf.

»So?«, murrte Maryanne gleichgültig.

»Sie hat auch gesagt, dass sie auf einer Abendgesellschaft bei Lady Drummond war und dass ein gewisser Mr Grey ebenfalls anwesend war.«

Maryanne schaute zaghaft zu ihrer Schwester auf.

»Er ist verlobt, Maryanne. Laut Mrs Ashton wird er die älteste Tochter von Lord Harrington heiraten.« Gertrud betrachtete sie aufmerksam und besorgt.

Maryanne schluckte schwerfällig den Kloß hinunter, der sich in ihrer Kehle festgesetzt hatte. Aus Angst vor den Konsequenzen hatte sie nicht einmal ihrer Schwester alles über ihre Liebe zu dem jungen Lord Grey erzählt. Sie hatte die Beziehung zu ihrem ehemaligen Dienstherrn als Schwärmerei abgetan. Aber für Gertrud, ihre engste Vertraute, war sie wie ein offenes Buch, und sie schien zu ahnen, wie sehr sie die Nachricht von seiner Verlobung mitnehmen musste. Maryanne versuchte, die Fassung zu wahren, aber Tränen verschleierten ihren Blick und sie konnte ein bitteres Seufzen nicht zurückhalten.

»Ich dachte, ich sage es dir lieber, bevor du die Anzeige in der Zeitung siehst«, meinte Gertrud.

Maryanne nickte unmerklich, wandte sich von ihr ab und wischte ihre Tränen mit Daumen und Zeigefinger fort. Es war töricht von ihr gewesen, sich in einen Mann zu verlieben, der nicht ihrem Stand entsprach. Dennoch hatte sie sich für kurze Zeit dem Glauben hingegeben, dass eine Verbindung zwischen ihr und jemandem wie ihm möglich war. Nun hatten sie die veränderten Verhältnisse auf den Boden der Tatsachen zurückgebracht. Sie an ihren Platz verwiesen und ihren Edward, Lord Grey, in die Arme einer reichen Erbin.

»Ehrlich gesagt«, antwortete Maryanne nach einer Pause, in der sie sich ein wenig gefasst hatte, »es kümmert mich nicht. Ich bin darüber hinweg. Das, was bei den Greys passiert ist, war nichts weiter als ein kleines Strohfeuer. Es ist längst erstickt. Und ganz gleich, was die Gerüchte besagen, es war nichts zwischen mir und Edward Grey außer ... Freundschaft.«

Gertrud suchte vehement Maryannes Blick. »Das glaube ich dir nicht. Du redest Irrsinn, denn du bist in Trauer, wie wir alle. Du bist gerade nicht du selbst.«

»Das ist es nicht«, widersprach Maryanne milde. »Wir müssen uns neu sortieren. Jeder von uns.«

»Aber natürlich.« Gertrud nickte ungeduldig. »Ich hoffe, es gelingt dir.«

Maryannes Blick glitt zu Boden. Sie wollte ihr beipflichten, verkniff es sich jedoch. Stattdessen schlug sie ein anderes Thema an. »Jetzt, da Vater nicht mehr da ist, haben wir sehr viel Arbeit. Die Verantwortung für den Betrieb und für die Familie lastet auf uns beiden. Ich kann ... Ich darf keine anderen Gedanken zulassen.«

»Das verstehe ich. Aber willst du überhaupt nicht mehr als Gouvernante oder Gesellschafterin arbeiten? Mrs Ashton würde dich sicher großzügig entlohnen.«

Maryanne schüttelte den Kopf.

»Du willst also alles hinwerfen?«

»Vielleicht«, hauchte Maryanne zaudernd.

»Maryanne, nein! Tu das nicht!«

Sie zuckte die Achseln. »Ich habe mich noch nicht endgültig entschieden.«

»Aber für den Moment sieht es danach aus?«

Sie nickte traurig.

Gertrud schnaufte. »Überleg dir das gut. Vater hat gewollt, dass du deinen eigenen Weg gehst und ...«

»Ich versprach Vater etwas. Und daran werde ich mich halten.« Es brach einfach so aus Maryanne heraus. Sofort biss sie sich strafend auf die Unterlippe, weil die letzten Worte, die sie mit ihrem Vater gewechselt hatte, ihr allein gehörten. Sie hatte sie für sich behalten wollen, damit niemand behaupten konnte, sie hätte jenes Versprechen nur gegeben, damit ihr Vater in Frieden sterben konnte. Zu ihrer Erleichterung hakte Gertrud nicht weiter nach.

»Mag sein. Papa hatte seine Ansichten. Aber was ist mit Mama?«, fragte sie stattdessen. »Sie hatte stets große Pläne mit dir. Du solltest auf einem herrschaftlichen Anwesen sein, in einer Stellung mit Aufstiegsmöglichkeiten. Sie hat dich nie hier im Teehaus gesehen. Du solltest nicht hier enden.«

»Aber du schon?«

Gertrud blickte seufzend zu Boden. »Ich bin nicht gemacht für die Welt außerhalb des Kensington Crowns«, sagte sie mit leiser werdender Stimme. »Hier bin ich mit allem vertraut und komme zurecht.«

»Du würdest auch anderswo zurechtkommen, Trudi. Beschränke dich nicht nur auf das, was andere von dir erwarten.«

Die Schwestern sahen einander an. Maryanne lächelte aufbauend. Seit sie Kinder waren, erfüllte Gertrud die Rolle der vernünftigen, gehorsamen und nützlichen Tochter des Hauses. Nach außen hin erweckte sie meist den Eindruck, damit zufrieden zu sein, doch

Maryanne wusste, dass Gertrud sich manchmal danach sehnte auszubrechen – auch, wenn sie es nie zugab.

»Um mich geht es hier nicht«, sagte Gertrud nach einer gedankenschweren Pause. »Ich bin nicht diejenige, die ihre Möglichkeiten wegwirft, nur weil sie einmal Pech hatte.«

»Und mit Möglichkeiten meinst du, einen wohlhabenden Ehemann zu finden? Nein, danke. Ich verzichte.«

Gertrud seufzte tief. Versehentlich hatte sie einen wunden Punkt erwischt. »Bitte entschuldige. So hatte ich das nicht gemeint. Dennoch, Maryanne«, sie schüttelte leicht den Kopf, »du musst nicht hier bleiben, wenn es nicht deine Bestimmung ist. Wir bekommen das auch ohne dich hin. Anthony wird uns unterstützen. Er wird ein Arbeitsmädchen einstellen, und Mama wird es auch wieder besser gehen.« Sie brachte Kerzenleuchter zu den Tischen.

»Ach, Trudi. Ich weiß doch gar nicht, was meine Bestimmung ist. Und ich weiß nicht, ob es die von Mama ist, den Betrieb zu leiten, aus dem sie sich stets rausgehalten hat. Die Teestube war Papas Traum und nicht ihrer. Und Anthony kann sich leider überhaupt nicht für unser Geschäft erwärmen. Das hat Papa gewusst. Deshalb hat er ihn ja auch nach York ziehen lassen.«

»Unser Bruder mag sein eigenes Leben haben«, sagte Gertrud. »Aber ihm ist dennoch daran gelegen, das Kensington Crown zu behalten. Ich glaube, im tiefsten Innern hängt er doch irgendwie daran, und wer weiß, vielleicht kehrt er eines Tages nach London zurück. Ehrlich, Maryanne, du musst das nicht tun. Ich will nicht, dass du dich verpflichtet fühlst. Hast du verstanden?«

Sie nickte matt und Gertrud zog sie in eine Umarmung. Zunächst widerwillig bettete Maryanne das Kinn an die schwesterliche Schulter, ergab sich letztlich aber deren Zuspruch und Trost. Gertrud brachte nur selten etwas zur Sprache. Meist blieb sie die stille Beobachterin. Diesmal jedoch hatte sie ausgesprochen, was Maryanne verdrängte. Seit frühester Kindheit hatte sie geglaubt, den Wunsch ihrer Mutter zu teilen, bei der feinen Gesellschaft in die Dienste zu gehen, und sie hatte viel dafür getan, dass er sich trotz ihrer familiären Verbindlichkeiten erfüllte. Mit ihrem unbedachten Handeln im Hause Grey hatte sie ihren Traum selbst zum Platzen gebracht. Sie würde nicht mehr zurückkehren können. Nicht zu den Greys und auch nicht zu Mrs Ashton, die eine Vorliebe für Klatsch und Tratsch hegte und sich von ihr vor allem eins versprach: dunkle Geheimnisse. Offenbar ging sie davon aus, Maryanne könnte solche über Lady Grey und ihre fünfzigtausend Pfund im Jahr in Erfahrung gebracht haben. Oder aber über Lord Greys Mündel, Emily, für deren Erziehung Maryanne zuständig gewesen war. Die Elfjährige wuchs im riesigen Anwesen der Greys auf, nachdem ihr Vater, Lady Greys einziger Sohn und ursprünglicher Erbe, Francis, auf dem Weg nach Indien auf hoher See umgekommen war. Neben Edward vermisste Maryanne Emily am meisten. Zu ihr hatte sie binnen kürzester Zeit eine enge Bindung aufgebaut. Emily hatte in Maryanne so etwas wie eine große Schwester gesehen. Zweifelsohne war dies der Tatsache geschuldet, dass Maryanne durch ihre eigene

Nichte Betty, die bei ihnen lebte, einen außergewöhnlichen Zugang zur kindlichen Gefühlswelt besaß. Bevor Maryanne auf dem vornehmen Grey-Anwesen, Roslyn Park, eingetroffen war, hatte es Gerede über Emily gegeben. Ihr Verhalten sei nicht normal. Sie sei ungehorsam, gesellschaftsuntauglich, schwachsinnig. Jene Worte hatte Lady Grey vollkommen unverblümt verwendet, als sie Maryanne von den zu erwartenden Schwierigkeiten mit Emily berichtet hatte. Schon an ihrem ersten Tag mit dem Mädchen hatte Maryanne jedoch festgestellt, dass es lediglich zwei Dinge brauchte: Zuwendung und Liebe. Etwas, zu dem Emilys hochmütige Großmutter nicht fähig war.

Emily zurückzulassen war auch deshalb so schmerzlich für sie gewesen, aber sie war sicher, dass sie in ihrem Vormund, Edward Grey, einen Vertrauten hatte. Jemand, der auf ihre Bedürfnisse einging.

***

Es dauerte keine zwei Tage, da erhielt Maryanne einen Brief von Mrs Ashton, in dem sie ihr anbot, als Gesellschafterin für sie zu arbeiten.

»Ein halbes Pfund die Woche.« Bertha war sichtlich von der zugesicherten Bezahlung angetan.

»Nicht genug«, zischte Maryanne, während sie die Teeblätter für den Nachmittagstee in die Kannen füllte.

»Unsinn! Das ist mehr als genug. Und es würde uns allen helfen.«

Maryanne prustete. »Dann mach du es doch, Mama. Ich jedenfalls werde mich nicht an sie verkaufen. Da kann sie mir noch so viel bieten.«

»Was ist denn in dich gefahren, Kind?«

»Mrs Ashton geht es weniger um mich als um das, was ich ihr möglicherweise berichten könnte.«

Berthas Augen wurden weit. »Du meinst …?«

Maryanne nickte. »Sie erhofft sich pikante Details über das Leben auf Roslyn Park. Aber ich habe keinerlei Interesse daran, mich aushorchen zu lassen. Ich werde mich gewiss nicht über die Greys äußern, geschweige denn über irgendwelche Gerüchte sprechen, die mich selbst betreffen.«

Bertha seufzte schwerfällig, als sie einsah, dass Maryanne recht hatte. »Gott bewahre, Kind! Wann werden die Menschen diese skandalöse Behauptung über dich und Lord Grey endlich satthaben?« Fahrig band sie sich die Schürze um ihre ausladenden Hüften und rauschte aus der Küche. Dabei stieß sie beinahe mit Gertrud zusammen, die soeben von ihrem Einkauf auf dem Wochenmarkt zurückkehrte.

»Was hat sie denn?«, fragte sie alarmiert.

»Die üblichen Sorgen«, antwortete Maryanne. Gertrud hob einen Mundwinkel und brachte die Einkäufe in die Vorratskammer.

Maryanne war erleichtert, dass ihre Mutter sie zu nichts drängte, obwohl sie das Geld gut gebrauchen konnten. Doch abgesehen von der Gefahr, dass eine Anstellung bei Mrs Ashton das Gerücht über sie womöglich neu entfacht hätte, hatte der Tod ihres Vaters Maryanne auch fester ans eigene Haus gebunden. Je öfter sie darüber nachdachte, umso klarer wurde ihre Zukunft und es fiel ihr von Tag zu Tag leichter, das Versprechen, das sie ihrem Vater gegeben hatte, zu erfüllen.

***

Der Duft von Pfefferminztee und frisch gebackenen Scones erfüllte das Kensington Crown. Doch an diesem Nachmittag war das leise Aneinanderklirren von Porzellan in der Gaststube leiser als sonst. Erneut hatte es weniger Gäste ins Teehaus verschlagen. Bertha hatte sich vorzeitig auf ihr Zimmer zurückgezogen. Seit einiger Zeit plagten sie immer häufiger Kopfschmerzen, weshalb Maryanne mit Gertrud mal wieder allein in der Teestube war. Die Arbeit war überschaubar. Nicht einmal die Hälfte aller Tische war besetzt. Es war kein Vergleich dazu, wie es vor dem Tod des Vaters zugegangen war. Oft hatten die Gäste keine Möglichkeit auf einen freien Tisch gehabt, wenn sie nicht reserviert hatten. In Maryanne hallten Mrs Henleys Worte nach, die diese am Tag nach der Beerdigung auf dem Brompton-Friedhof an sie gerichtet hatte. Es war nicht zu übersehen: Das Kensington Crown hatte sich verändert. Und Maryanne fragte sich, ob die Kopfschmerzen ihrer Mutter damit zusammenhingen. Hatte sie die Befürchtung, das Teehaus zu verlieren wie zuvor schon ihren Mann?

»Wir wussten alle, dass es ohne Papa schwer werden würde«, sagte Gertrud, als hätte sie die Gedanken ihrer Schwester gehört. »Aber Mama, sie wird schon ...«

»Das denke ich nicht«, murrte Maryanne. »Verzeih mir. Ich wollte nicht respektlos klingen.«

Gertrud starrte sie fassungslos und traurig zugleich an. In den letzten Wochen hatten die Schwestern wie selbstverständlich die meiste Arbeit in der Teestube geleistet. Nebenbei hatte Maryanne die zehnjährige Betty zu Hause unterrichtet, um das Schulgeld zu sparen. Anfänglich sollte das alles nur vorübergehend sein. Gertrud war für die Köchin, die sie sich nicht mehr hatten leisten können, in der Küche eingesprungen, und Maryanne hatte sich um das Servieren und die Buchführung gekümmert. Dass Bertha sich im Hintergrund gehalten hatte, hatte William wohlwollend gebilligt. In all der Zeit hatte niemand ein Wort darüber verloren, denn mit ihren Kindern, von denen sie bereits drei beerdigt hatte, war Bertha ausgelastet gewesen. Sie hatte stets in einem Zustand der dauerhaften Trauer gelebt, war jedoch immer irgendwie zurechtgekommen. Nach dem Tod ihres ältesten Sohnes James hatte sie ihre Enkelin Betty bei sich aufgenommen. Betty war ein kleiner Wirbelwind, der sich nicht so leicht bändigen ließ, von ihrer Großmutter aber mit Zuneigung nur so überschüttet wurde. Dass sich diese nun rarmachte, verunsicherte das Mädchen.

Wie aufs Stichwort erklang das Getrampel eiliger Schritte auf der Treppe. Betty schoss mit Hanna in die Küche hinunter. Ihre gleichaltrige Freundin wohnte schräg gegenüber und war häufig zu Gast bei den Landertons.

»Pscht.« Gertrud legte den Zeigefinger an die Lippen. »Könnt ihr nicht leiser sein? Mama versucht, sich auszuruhen.«

»Ist Großmama krank?«, fragte Betty ernst.

»Nein. Es ist alles in Ordnung«, antwortete Gertrud und gab den beiden je ein Stück des frisch gebackenen

Früchtebrots. Glucksend schmausten sie und spülten ihre Kehlen mit einem Glas warmer Milch.

»Dürfen wir zum Spielen raus?« Betty zog den Beutel mit den klirrenden Murmeln aus ihrer Rocktasche.

»Sicher.« Maryanne lächelte, und die Mädchen verschwanden kichernd auf den Hof.

Im Hinterhaus hatte Maryanne damit begonnen, die Tische für eine Geburtstagsfeier einzudecken. Der lang gestreckte Raum bot zusätzlichen Platz, weshalb die Landertons ihn in der Vergangenheit für größere Personengruppen hergerichtet hatten. Maryanne verteilte die Servietten neben die Teller und kontrollierte noch einmal die vorgegebene Sitzordnung.

Unterdessen strömte aus der Küche der köstliche Duft von Shepherd's Pie und frisch gebackenem Brot.

»Wie weit bist du mit den Mahlzeiten für heute?« Neugierig lugte Maryanne unter Deckel und Tücher, mit denen Gertrud die Speisen abgedeckt hatte.

»Es ist fast alles vorbereitet, bis auf den Pudding und den Apfelkuchen.« Gertrud holte Zucker und Mehl aus der Vorratskammer.

Maryanne nickte. Es hing viel davon ab, dass sie heute einen guten Eindruck machten. Immerhin war es das erste Mal seit dem Tod des Vaters, dass sie wieder größere Gesellschaften zu Gast hatten. Betty und Hanna flitzten in die Küche, stibitzten sich noch vom Früchtebrot und rauschten erneut hinaus.

»Also wirklich!«, rief Gertrud ihnen gespielt tadelnd hinterher. Etwas wehmütig blickte Maryanne den Mädchen nach. Oftmals erinnerte Betty sie an Emily. Was sie jetzt wohl tat? Ob es ihr gut ging? Wahrscheinlich war sie gerade im Garten. Dort, wo sie am liebsten gewesen war, und spielte mit ihrem Hündchen so dicht bei den Rosen, dass sich der Gärtner erschrocken die Hand vor den Mund schlug, während Edward seine Nichte mit einem seligen Lächeln gewähren ließ. Maryanne war gefangen in ihren Gedanken an Roslyn Park, die sie mal wieder unvorhergesehen überkommen hatten. So lange, bis sie Gertruds Hand an ihrer Schulter spürte. »Sie sind zu beneiden, nicht? Es ist gut, wenn sie sorglos sind. Alles andere würde ihnen die Kindheit nehmen. Sie sollen fröhlich sein.«

Maryanne nickte. Sie hatten alle viel durchgemacht, und jeder hatte nach den Entbehrungen der vergangenen Monate etwas Normalität verdient. Für die kleine Betty war es ein Murmelspiel mit ihrer Freundin. Für Gertrud ein gelungener Tag im Teehaus. Maryanne suchte noch danach, was ihrem gebrochenen Herzen ein Balsam war. Vielleicht wäre sie geheilt, würde sie sehen, wie das Leben ins Kensington Crown zurückkehrte. Das geschäftige Treiben, das sie aus früheren Zeiten gewohnt waren. Die einflussreichen, feinen Gäste, denen der Vater stets mit Leidenschaft den köstlichsten Tee aus fernen Ländern wie Indien oder China serviert hatte. Sie alle waren gekommen, weil sie sich im Kensington Crown wohlfühlten und die Freundlichkeit der Landertons zu schätzen wussten. Maryanne freute sich auf die Gespräche mit den Reisenden, die für sie ebenso anregend waren wie die mit lieben Freunden – Stammgästen der Teestube, die durch ihr regelmäßiges Kommen zur Familie gehörten. Und vielleicht würden sie die Gedanken an das Vergangene vertreiben und sie vergessen lassen, dass sie ihr Herz an einen anderen Ort verloren hatte.

Kapitel 2

Roslyn Park, zwei Jahre zuvor

Die Familie Grey war stolz darauf, eines der ältesten Adelsgeschlechter Englands zu sein, dessen Wurzeln mit der Krone verbandelt waren. Lady Grey war sogar entfernt mit der Königin verwandt, was sie wichtig genug machte, um zum alljährlichen, royalen Gartenfest geladen zu werden. Die Vorstellung, bei einer Lady im Dienst zu stehen, die mit der Königin Tee trank, hatte auf Maryanne zu Beginn eine einschüchternde Wirkung gehabt. Inzwischen war sie jedoch seit zwei Wochen auf Roslyn Park und hatte sich an den Umstand gewöhnt, ebenso wie an Lady Greys erhabenes Wesen. Sie drückte sich stets wohlgewählt aus, dabei blieb sie immerzu ernst, sodass Maryanne bereits der Verdacht gekommen war, dass sie nie gelernt hatte zu lächeln – was auch ihre Enkeltochter Emily verunsicherte, für deren Erziehung Maryanne nun verantwortlich war. Emily war ein verschlossenes Kind, das sich am liebsten versteckt hielt. Eine für Maryanne vollkommen verständliche Reaktion auf ihr bisheriges Leben, in dem sie sich meist mit sich allein beschäftigt hatte, weil ihr Vormund oft auf Reisen und ihre Großmutter ihr gegenüber distanziert war. Edward Grey hatte nach dem Tod seines Cousins nicht nur dessen Titel, sondern auch sämtliche Verpflichtungen geerbt. Dazu gehörte unter anderem die Verantwortung für Emily, die als

Waise in die Obhut ihrer Großmutter gegeben worden war.

Es hatte einige Tage gedauert, ehe Maryanne einen Zugang zu dem scheuen Kind gefunden hatte. Sie hatte das Mädchen an deren Lieblingsorten im Garten aufgespürt, von denen ihr die Bediensteten berichtet hatten. Mit viel Einfühlungsvermögen war es Maryanne anschließend spielerisch gelungen, Emily zum Unterricht zu bewegen. Inzwischen hatte das Mädchen sich an den Umstand gewöhnt, nicht mehr allein zu sein im großen Haus. Und Maryanne hatte den Eindruck, als hätte Emily nur auf jemanden wie sie gewartet. Jemanden, der sie umsorgte, der ihr Gesellschaft leistete und auf sie einging.

Am ersten Freitag im Mai war das ganze Haus in Aufruhr. Die Dienerschaft war seit dem frühen Morgen auf den Beinen, um alles für die Ankunft des Lords vorzubereiten, der eine Zeit lang auf seinem Stammsitz bleiben wollte, um nach den Pächtern zu sehen und sich um seine Ländereien zu kümmern. Für Maryanne, die Lord Grey zum ersten Mal begegnen würde, ging es darum, einen guten Eindruck zu hinterlassen.

Doch ausgerechnet an jenem wichtigen Tag hatte sie mehr Mühe als sonst, Emily, nach einem Spaziergang durch den parkähnlichen Garten, ins Haus zu bekommen.

»Emily«, rief sie ihr über die Wiese nach, die sich bis hin zu einem steinernen Pavillon erstreckte.

»Komm sofort her!« Mit gerafftem Rock stapfte sie über die vom Morgentau glitzernde Wiese. Veilchen hoben sich aus den Nebelschlieren, die dichter wurden, desto näher sie dem Irrgarten kamen, der die Mitte des Parks kennzeichnete.

»Dein Onkel kann jeden Moment eintreffen, und er wird nicht erfreut sein, wenn du unauffindbar bist. Und deine Großmutter erst ...« Prustend hielt Maryanne im Eingang zum Irrgarten inne, in dem sie Emily vermutete. Das Mädchen machte sich einen Spaß daraus, seine Gouvernante hineinzuscheuchen, wohl wissend, dass Maryanne nicht besonders gut darin war, wieder hinauszufinden.

»Emily?«, rief Maryanne erneut, dann zwang sie sich hinein, folgte ihrem Kichern und versuchte, sich mühsam zu erinnern, welchen Weg sie beim letzten Mal gemeinsam gegangen waren.

»Das ist nicht lustig, Emily«, sagte sie, als sie ihn nicht finden konnte und wieder und wieder gegen eine grüne Wand stieß. Die kunstvoll gestutzten Eibenhecken waren so hoch, dass es ihr unmöglich war, hinüberzuschauen und die Richtung zu erspähen, in die Emily lief.

Schnaubend und innerlich schimpfend machte sie kehrt, schlug einen anderen Weg ein und fand doch nur wieder eine Sackgasse vor. Maryanne fasste sich entrüstet an die Stirn. Sie dachte an Lady Greys mahnende Worte. Sie solle endlich das Kind unter Kontrolle bringen. Meist machte Emily ihr keine Probleme, war gehorsam und brav, und auch was ihre Konversation anging, hatte sie Fortschritte gemacht. So brachte sie ihrer Großmutter gegenüber mehr als nur Einwortsätze hervor und lächelte sie sogar hin und wieder an. Man konnte also durchaus behaupten, dass es Maryanne in vielerlei Hinsicht bereits gelungen war, das

Mädchen zu verändern. Dennoch schien Lady Grey ihren Erfolg ausschließlich daran zu messen, wie gut das Kind ihr gehorchte, sobald sie einen Fuß in den Garten gesetzt hatten. Außerhalb des Hauses war Emily ein Wildfang, was Lady Grey darauf zurückführte, dass ihre Mutter eine Bürgerliche und noch dazu Schottin gewesen war.

»Du hast gewonnen. Ich finde den Weg immer noch nicht allein raus.« Maryanne gab sich geschlagen, in der Hoffnung, Emily dadurch aus ihrem Versteck zu locken. Aber nichts geschah. Maryanne drehte sich einmal um sich selbst, doch sie fand keine Orientierung.

»Es sei denn … du willst, mich hier zurücklassen. Bis ich irgendwann verhungert und verdurstet bin. Gänzlich vertrocknet … einer Rosine gleiche … bis mich der Gärtner findet und dann …« Maryanne horchte auf.

Ein Rascheln in den Hecken, nicht weit von ihr entfernt, veranlasste sie, einen Weg einzuschlagen, den sie glaubte, bereits gegangen zu sein. Überzeugt, dass Emily sich auf der anderen Seite der grünen Wand versteckte, hastete sie um die Ecke.

»Hab ich dich!«, rief sie aus, sprang auf den Weg und stieß unsanft mit einem Mann zusammen.

Maryannes Herz klopfte schneller, als sie erschrocken zu ihm hinaufschaute. Er war groß und stattlich und besaß so tiefblaue Augen, wie Maryanne sie noch nie gesehen hatte. Verwundert sah er sie an, ein leichtes Grinsen umspielte dabei seinen Mund.

»Oh … ich … bitte vielmals um Verzeihung«, Maryanne schaute beschämt zu Boden. »Ich dachte … Ich meine … Ich war sicher, Sie seien …«

»Emily?«

Sie nickte hastig, zuckte die Schultern, dann lächelte sie verlegen.

»Nun, da muss ich Sie enttäuschen. Aber ich glaube, sie ist nicht weit weg. Kommen Sie mit.«

Maryanne folgte dem Mann durch den Irrgarten und musterte ihn dabei gedankenvoll. Er schien sich gut auszukennen. Wer war er? Sie hatte ihn noch nie gesehen. Seine Kleidung passte nicht zu der der Dienstboten. Der dunkelblaue Samtrock wies ihn eindeutig als feinen Herrn aus. Vielleicht war er einer von Lady Greys Gästen, die diese regelmäßig auf Roslyn Park willkommen hieß. Sie gingen ein und aus. Meist bemerkte Maryanne sie gar nicht. Bisher hatte es aber auch noch keinen von ihnen in den Garten verschlagen.

Gekonnt führte er sie ans Ende des Irrgartens, dorthin, wo dieser in die Rosen überging, die die Greys seit Generationen in üppiger Pracht anpflanzen ließen. Ein wundervoller Garten aus wohlduftenden roten, weißen, gelben und rosafarbenen Blumen, die gerade erst begonnen hatten zu sprießen.

»Ein Glück, dass wir aufeinandergetroffen sind«, sagte Maryanne. »Wahrscheinlich wäre ich nie wieder aus diesem Labyrinth herausgekommen.«

»Das wäre aber eine Schande gewesen.« Der Mann drehte sich zu ihr um und lächelte amüsiert. »Ah, da ist ja unsere Ausreißerin.« Er deutete mit dem Kinn hinter Maryanne. Emily saß seelenruhig auf einer Mauer und beobachtete, wie ein Marienkäfer ihre Hand entlangkrabbelte.

»Onkel Edward!« Sie winkte hektisch, sobald sie ihn bemerkte. Maryanne sog schockiert den Atem ein. Onkel?, dachte sie blinzelnd und spürte, wie die Hitze in ihre Wangen stieg. Wie hatte sie so einfältig sein können? Natürlich. Er war es: Lord Grey. Wen sonst hatte sie erwartet?

Vorsichtig setzte Emily den Käfer auf ein Blatt, dann stürzte sie in Edwards ausgebreitete Arme. Er hob sie hoch, drückte sie an sich.

Wie peinlich, dachte Maryanne, weil sie ihn nicht gleich erkannt hatte. Jetzt, wo sie Gewissheit hatte, fiel ihr die Ähnlichkeit zu dem Porträt auf, das in der Eingangshalle hing. Am liebsten wäre sie augenblicklich in einem Loch im Boden versunken.

»Wir haben Verstecken gespielt«, sagte Emily.

Ihr Onkel lachte. »Soso. Und wer war an der Reihe?«

»Na, ich! Miss Landerton musste mich suchen.« Emily hielt kurz inne, beugte sich dann zu ihrem Onkel und flüsterte ihm ins Ohr: »Aber sie ist furchtbar schlecht darin.«

»In der Tat. Das konnte ich sehen.« Er setzte Emily ab und wandte sich Maryanne zu. Diese sank in eine tiefe Verbeugung. »Lord Grey ... ich hatte keine Ahnung, dass ...«

Er wedelte flink mit einer Hand. »Ist schon gut. Ich nehme an, Sie hatten mich auch nicht unbedingt im Irrgarten erwartet.«

»Nein. Um ehrlich zu sein, nicht, Mylord.«

Er lächelte nachsichtig und wieder fielen ihr seine blauen Augen auf. Sie hatten die Farbe von Vergissmeinnicht und waren umrahmt von einem dunklen Wimpernkranz. Lord Grey war weitaus freundlicher, als sie sich ihn anhand seines Porträts vorgestellt hatte. Sein jüngerer Bruder Duncan jedenfalls, der vor einer Woche Roslyn Park besucht hatte, hatte nichts mit ihm gemein. Duncan hatte seine Abneigung gegenüber Kindern freiheraus kundgetan, indem er Emily vom gemeinsamen Abendessen ausgeschlossen hatte. Für Maryanne hatte er kein höfliches Wort übrig gehabt und lediglich naserümpfend auf sie herabgesehen. Auch was das Äußere anging, übertraf Edward seinen untersetzten Bruder um ein Vielfaches. Der Lord war stattlich gebaut, mit breiten Schultern und einem Lächeln, das Maryanne die Sprache verschlug.

»Wollen wir wieder hineingehen?«, fragte er, nicht zum ersten Mal. Maryanne nahm seine Stimme nur am Rande wahr.

Sie reagierte verzögert. »Ja ... gewiss doch.«

Emily lief tänzelnd voran, bückte sich immer wieder und pflückte Gänseblümchen auf ihrem Weg über die Wiese, die sie zu einem Kranz zusammenband. Maryanne spazierte neben dem Lord her und nestelte nervös an ihrem Kragen. »Sie hat sich sehr auf Ihre Rückkehr gefreut«, sagte sie, um das Gespräch wieder in Gang zu bringen.

Schmunzelnd sah er zu, wie seine Nichte ein Rad schlug und dann wieder fröhlich durch das Gras hopste. »Bedauerlicherweise kann ich nicht mehr Zeit für sie aufbringen.«

»Sie tun, was Sie können.«

Er schaute sie an, nickte knapp und wechselte das Thema. »Wie gefällt es Ihnen bei uns, Miss Landerton?«

»Sehr gut, danke. Ich fühle mich überraschend wohl.« Sie biss sich auf die Unterlippe. Hatte ihre Tante Ursula sie nicht vor unbedachten Worten gewarnt, als sie ihr die Stelle auf Roslyn Park vermittelt hatte? Den Lord schien ihre Ehrlichkeit aber nicht zu stören. Im Gegenteil. Er lachte leise. »Überraschend also?«, fragte er mit hochgezogenen Brauen nach. »Dann hatten Sie es sich so schlimm bei uns vorgestellt?«

»Aber nein. So habe ich das nicht gemeint. Ich bin lediglich … nicht daran gewöhnt, in einem so großen Haus zu arbeiten.«

»Dann waren Sie vorher bereits angestellt?«

Sie schüttelte den Kopf. »Ich war für die Erziehung meiner Nichte zuständig. Meiner Familie gehört außerdem ein Teehaus.«

Er nickte lange. »Ach, ja. Sie sind doch Ursula Grosvenors Nichte. Richtig?«

»Das ist richtig, Mylord.«

»Ich war schon mal mit meinem Cousin im Kensington Crown. Es ist eine Weile her, aber ich erinnere mich an die Gemütlichkeit dort. Ist es immer noch so schön?«

»Oh ja. Meinem Vater ist sehr daran gelegen, dass sich unsere Gäste wohlfühlen. Das Teehaus bedeutet unserer Familie sehr viel. Es hält alles zusammen.«

Er betrachtete sie von der Seite. Bewunderung stand in seiner Miene. »Klingt, als würde es Ihnen fehlen.«

Sie legte lächelnd den Kopf schief, zuckte leicht die Schultern. »Ich bin eine Landerton. Mein Herz schlägt für das Kensington Crown.«

»Und dennoch sind Sie jetzt hier.« Es war keine Frage, die sich in seinen Augen spiegelte, als sich ihre Blicke kreuzten. Er sah sie eindringlich an und Maryanne hatte das Gefühl, als versuchte er, sie zu erkunden. Zu verstehen, was sie veranlasst hatte, den Ort zu verlassen, der ihr nach eigener Aussage so wichtig war.

»Ein Geschäft ist nichts für eine Frau«, erklärte sie mit matter Stimme. »Meine Tante wird nicht müde, mich daran zu erinnern. Sie ist der Auffassung, dass für eine anständige, junge Dame einzig eine Anstellung als Gesellschafterin oder Gouvernante infrage kommt.«

Lord Grey zog die Brauen tief.

»Und Sie ... stimmen ihr zu?«

»Nicht im Geringsten. Allerdings wird mein Bruder das Teehaus erben. Wie alles andere auch. Und er hat gerade erst in York geheiratet. Also ...«

»Dann hat er anderweitige Interessen?«

Sie nickte. »Er ist die Ausnahme, wenn es um das Kensington Crown geht. Deshalb wage ich es nicht, meine Zukunft in etwas zu setzen, das vielleicht mit meinem Vater ein Ende findet.«

Er seufzte bedauernd und presste die Lippen aufeinander. »Nun, ich hoffe doch, das wird nicht der Fall sein.«

Sein Blick ruhte noch immer auf ihr, als sie bereits die Terrasse des Hauses erreicht hatten und schweigend davor stehen blieben.

»Ich bitte nochmals um Entschuldigung für das hastige Aufeinandertreffen«, sagte Maryanne.

Er sagte nichts. Irritiert fragte sie nach: »Ich habe Sie doch nicht allzu sehr mit meiner Lebensgeschichte gelangweilt?«

»Keineswegs«, antwortete er sanft. »Es hat mich gefreut, Ihre Bekanntschaft zu machen, Miss Landerton.« Er lächelte sanft und Maryanne spürte, wie ihr erneut die Hitze in die Wangen stieg.

Emily drängte sich zwischen sie und unterbrach den peinlichen Augenblick. »Es gibt Kuchen, Onkel.« Sie nahm seine Hand und zog ihn hinein. Maryanne stand noch kurz still da und schaute ihm nach, wie er mit E-mily im Salon verschwand.

Kapitel 3

Im Mai feierte der Frühling seinen endgültigen Durchbruch. Zweistellige Temperaturen lockten die Menschen vom Land hinein in die Großstadt. Im Hyde Park erstrahlten die Blumengärten in kräftig leuchtenden Farben. Am Themseufer kamen die Leute zum Picknicken zusammen. Man traf sich wieder, vertiefte alte Freundschaften, knüpfte neue Bekanntschaften.

Im Hof der Teestube hatten es sich Wanderer unter der Eiche vor dem Hinterhaus gemütlich gemacht, deren Blätter sich leise im Wind wiegten. Maryanne war seit dem frühen Morgen auf den Beinen. Sie schenkte Getränke aus und brachte Speisen zu den Tischen. Ihre Arbeit ließ ihr keine Ruhe und trotzdem verselbstständigten sich manchmal ihre Gedanken. Sie goss heißes Wasser in die Kanne. Mit dem Dampf stieg auch der Duft von schwarzem Tee auf, er kroch ihr in die Nase und katapultierte sie zurück nach Roslyn Park. Wie vornehm Edward stets vom Rand seiner Tasse genippt und seine Lieblingssorte genossen hatte: Ceylon Tee mit Saflorblüten.

»Pass doch auf, Kind!« Die Stimme ihrer Mutter holte sie in die Gegenwart zurück.

Erschrocken brachte Maryanne den Kessel in die Waagerechte. Gerade noch im rechten Moment, bevor das siedend heiße Wasser über ihre Hand laufen konnte.

»Träumst du etwa schon wieder?« Schnaufend stellte ihre Mutter das Teeservice auf ein Tablett.

»Verzeih, Mama«, entgegnete Maryanne und seufzte bitterlich auf. Der Duft von jenem Tag, an dem sie mit Edward Tee getrunken hatte, umnebelte sie noch. Mühevoll riss sie sich davon los, setzte den Deckel auf die Kanne und stellte sie zum Service aufs Tablett.

»Du musst deinen Kopf endlich aus den Wolken ziehen, Liebes.« Zunge schnalzend trug Bertha die Bestellung aus und Maryanne bereitete weiteren Tee zu, den sie an die Tische bringen würde.

Das schöne Wetter hatte wieder mehr Gäste ins Kensington Crown gelockt, dennoch blieb die Zahl der Besucher überschaubar, was für einen Saisonbeginn ungewöhnlich war.

»Maryanne?« Die Stimme eines Mannes ließ sie so schnell herumfahren, dass sie Mühe hatte, ihr Tablett in der Hand zu behalten. Ein freundliches Lächeln umfing sie.

»Donnerwetter, bist du aber erwachsen geworden. Ich hätte dich fast nicht wiedererkannt«, sagte er weiter und für einen Moment stand sie ihm perplex gegenüber.

»Robert?« Ungläubig blinzelte sie gegen das Sonnenlicht an. Er war groß und schlank. Seine lieben, kastanienbraunen Augen katapultierten sie sofort zurück in unbeschwerte Kindheitstage.

Robert grinste verschmitzt und deutete eine Verbeugung an. »Wie er leibt und lebt.«

Maryanne fiel ihm um den Hals. Kurz schien er überrascht von so viel Nähe, doch dann schlang auch er die Arme um sie.

»Und ich dachte schon, du hättest mich vergessen«, bemerkte er lachend.

»Dich vergessen? Was redest du?« Maryanne blickte ihm gespielt streng ins Gesicht. »Das wäre wohl kaum möglich.« Sie sah an ihm hinunter. Ihr fiel sein schicker grauer Anzug auf, das rote Emblem einer Londoner Studentenverbindung leuchtete auf seiner Brust. Ohne lange zu überlegen, zog sie ihn auf eine Bank, wo sie sich einander zugewandt hinsetzten.

»Erzähl!« Maryanne trommelte mit den Fingern auf dem Tablett. »Was hat dich so lange von uns ferngehalten?« Ihr Herz klopfte in freudiger Erregung. Seinem Anblick verdankte sie das erste aufrichtige Lächeln seit Wochen.

»Nun ja, Mutter ließ mich nach London gehen. Wofür ich ihr sehr dankbar bin«, berichtete er. »Für ein Praktikum in der Kanzlei meines Großonkels. Du erinnerst dich?«

»Der Lord Oberrichter?«

Er nickte.

»Dann bist du jetzt also auch ...?«

»Noch nicht, nein. Aber ich habe mir in den Kopf gesetzt, zunächst ein recht passabler Anwalt zu werden. Es dauert gewiss noch ein Weilchen, bis ich das Staatsexamen habe. So Gott will, werde ich die Prüfung im nächsten Semester ablegen und dann in einer Kanzlei arbeiten. So ist jedenfalls der Plan.«

»Das ist wunderbar.«

Er zuckte leicht die Schultern und lächelte verlegen.

»Ich hatte immer so ein Gefühl bei dir, dass du einmal etwas aus dir machen würdest«, sagte sie. »Du wirst einen großartigen Anwalt abgeben. Als wir Kinder waren, hast du stets unsere Streitigkeiten geschlichtet. Keiner konnte besser vermitteln als du.«

»Ich habe es zumindest immer versucht.«

»Mit Erfolg – soweit ich mich erinnere.«

Er nickte lächelnd und für einen Moment saßen sie still beieinander, schauten sich an.

Schließlich brach Maryanne das Schweigen. »Bist du in Begleitung?«

»Ich bin mit Studienfreunden hier.« Robert deutete auf drei junge Männer, die im Schatten des Baums saßen und sie von dort aus unauffällig beobachteten. »Das sind George, Colin und Charles. Meine umtriebigen Freunde und Leidensgenossen.«

Maryanne winkte ihnen zu, und die jungen Männer erwiderten ihren Gruß.

»Wir sind auf der Durchreise. Eine Wanderung die Themse hinunter. Die war übrigens meine Idee. Ebenso wie unsere Rast hier bei euch. Ich habe meinen Freunden vom Kensington Crown erzählt, das mir in meiner Kindheit so manches Mal Zuflucht geboten hat. Außerdem habe ich ihnen von den ausgezeichneten Scones vorgeschwärmt, damit sie es weitererzählen. Ihr könnt doch sicher Mundpropaganda gebrauchen. Der gute Colin hier kann nichts für sich behalten. Wenn ihm etwas zusagt, weiß es bald das ganze Königreich einschließlich der Kolonien.«

Maryanne kicherte unter vorgehaltener Hand.

»Ich habe gesehen, dass unser altes Haus umgebaut wird.« Er klang leicht bedrückt.

»Ja, die neuen Besitzer sind aus Nottingham. Ein Gewürzhändler und seine Frau. Sie gedenken, es umzugestalten.«

Er schnalzte mit der Zunge. »Ach, ich wünschte, wir
hätten es nie verkauft. Es war etwas Besonderes, in dieser Straße aufzuwachsen. Neben den Landertons.
Manchmal vermisse ich die gute alte Zeit.«

»Das tue ich auch.« Maryanne dachte daran, wie sie
im nahe liegenden Park Verstecken gespielt hatten.
Schon damals hatte sie zu ihm aufgeschaut. Er, der immerzu auf ein harmonisches Miteinander bedacht gewesen war – ganz anders als die anderen Jungen, die
sich fortwährend gerauft und die Mädchen vom Spiel
ausgeschlossen hatten. Wohingegen Robert immer alles zusammengehalten hatte. Er war der unbestätigte
Anführer ihrer kleinen Freundesgruppe gewesen. Als
er vor sieben Jahren mit seiner Mutter nach Sheffield
umgezogen war, hatten das alle bedauert – aber niemand so sehr wie Maryanne und Gertrud. Seitdem hatten sie noch häufig an ihn gedacht und von ihm gesprochen. Nun war er zurück. Doch er war nicht mehr der
Junge von damals. Robert war erwachsen geworden.
Seine kindlichen Züge waren denen eines attraktiven
Mannes gewichen. Maryanne sah ihn unverwandt an,
und Hitze brandete in ihr auf.

»Darf ich euch etwas bringen?«, fragte sie, um ihre
Verlegenheit zu übertünchen.

»Pfefferminztee aus eurem Garten. Und … Gurkensandwiches?«

»Ich werde Gertrud fragen.«

»Sonst Scones, etwas Butter und Marmelade. Das
reicht allemal.«

Sie nickte und wollte aufstehen, aber er hielt sie sanft am Handgelenk zurück.

»Es ist schön, dich hier zu sehen. Und Gertrud. Ich hatte ein wenig Angst, ihr hättet die Teestube aufgegeben, nachdem euer Vater ...«

Maryanne seufzte leise. »Nein. Wir sind hier.«

Er betrachtete sie unschlüssig. »Was ist aus dem Mädchen geworden, das unbedingt in einem noblen Haus der feinen Gesellschaft arbeiten wollte?«

Wieder seufzte Maryanne, diesmal lauter. Kurz schaute sie zu Boden. »Das ... Das ist aufgewacht.« Sie klemmte sich das Tablett unter den Arm und wandte sich zum Gehen.

»Es tut mir leid. Das mit eurem Vater«, sagte er. Maryanne drehte sich nochmals zu ihm um, und Robert machte einen Schritt auf sie zu. »Er war ein beherzter Mann und ein wunderbarer Vater. Ich habe ihn sehr gemocht.«

Maryanne presste die Kiefer zusammen. Bis zu dem Moment hatte sie nicht gemerkt, wie sehr sie ihre Trauer beiseitegeschoben hatte. Sie hatte es vermieden, daran zu denken, dass ihr Vater für immer fort war. Stattdessen hatte sie sich wie eine Verrückte in die Arbeit gestürzt, in der sie jedoch nur mäßige Ablenkung fand.

»Danke. Es ist freundlich von dir, das zu sagen.« Ihre Stimme war schwach und leise geworden. Robert schien ihren Stimmungswechsel bemerkt zu haben. Er kam zu ihr, legte eine Hand auf ihren Arm und betrachtete sie mitfühlend. »Es muss sehr schwer für euch sein – ohne ihn.«

Sie setzte ein dünnes Lächeln auf, doch ihre Augen spielten nicht mit. »In der Tat. Aber wir schlagen uns durch.«

Er zog die Brauen zusammen, und auch sie merkte nun, wie verräterisch ihre Wortwahl gewesen war. Niemand sollte erfahren, wie schlecht es ihnen tatsächlich ging. Dass die Gäste plötzlich ausblieben und am Ende des Tages kaum noch ein Drittel des vorherigen Verdienstes in der Kasse war.

»Ich muss jetzt leider weiter«, sagte sie.

»Ich hoffe doch, wir haben später noch Gelegenheit, uns zu unterhalten?«

»Bestimmt.« Sie schenkte ihm ein Lächeln und machte sich wieder ans Bedienen.

***

Als der Abend angebrochen und es dunkel und kühler geworden war, verschlug es Robert und seine Freunde in die Teestube. Der Besuch des früheren Nachbarsjungen lockte sogar Gertrud aus der Küche, eine große Platte mit Sandwiches und Kuchen in der Hand, die sie vor ihm auf den Tisch stellte. So unerwartet, wie sie gekommen war, verschwand sie aber auch wieder in ihrem geschützten Raum. Robert kannte sie nicht anders als das schüchterne Wesen, das sich ungern zeigte und offenbarte. Umso bedeutsamer war es, dass sie für ihn mit ihren Gewohnheiten gebrochen hatte. Inzwischen waren die letzten Gäste gegangen, und Maryanne setzte sich zu den Freunden.

»Dann bleibt ihr eine Weile hier?«, erkundigte sie sich, nachdem Robert und Charles ihr von ihren Vorbereitungen auf das Examen berichtet hatten.

»Solange wir Richter Malcolm willkommen sind«, antwortete Colin keck und nahm neben Betty auf dem Klavierhocker Platz. Er klappte die Abdeckung hoch und ließ seine Finger über die Tasten fliegen.

»Wir stehen ihm in einem Gerichtsfall zur Seite und lernen aus der Praxis.« George hatte Mühe, gegen die Musik anzukommen.

»Das ist ja spannend!«, sagte Betty. »Was für ein Fall ist das?«

»Darüber dürfen wir leider nicht sprechen«, antwortete Colin. »Das ist geheim. Aber ... es geht um Betrug. Und um einen sehr einflussreichen Herrn.«

»Und wenn der Richter euch nicht mehr braucht, dann verlasst ihr uns wieder?«, erkundigte Betty sich traurig.

»Oh, es werden sicher noch ein paar Wochen ins Land gehen, ehe wir ein Verfahren anstreben können«, erklärte George.

Wochen, wiederholte die Stimme in Maryannes Kopf, nachdem sie einen erleichterten Blick mit Betty gewechselt hatte. Ein ungeahntes Glücksgefühl wallte in ihr auf, weil Roberts Besuch bei ihnen andauern würde. Das Wiedersehen mit ihrem alten Freund hatte Maryanne nicht nur neuen Mut verliehen, sondern auch die Freude am Leben zurückgebracht, von der sie geglaubt hatte, sie wäre verloren gegangen. Und zum ersten Mal seit Monaten blickte sie nicht zurück.

Kapitel 4

Weil Gertrud in der Küche zu tun hatte, begleitete Maryanne ihre Mutter am nächsten Morgen zur Bank. Sichtlich nervös nestelte Bertha am Riemen ihrer Handtasche, und Maryanne befürchtete bereits, sie würde kein Wort herausbringen, sobald sie vor dem Bankier saßen.

Bevor ihre Mutter zur Witwe wurde, hatte ihr Mann alle Bank- und Geschäftsangelegenheiten geregelt. Hin und wieder hatte Maryanne ihrem Vater dabei über die Schulter gesehen, weshalb sie hoffte, sich als nützlich erweisen zu können. Nachdem sie eine Weile auf dem Flur gewartet hatten, wurden sie von Mr Brauwer in dessen Büro hineingebeten. Mit einem mulmigen Gefühl nahm Maryanne vor dem Schreibtisch des ernst dreinschauenden Mannes im schwarzen Zweireiher Platz.

»Das ist meine Tochter Maryanne.« Bertha wies neben sich, und Brauwer lächelte flüchtig.

»Wie nett, dass Sie Zeit für uns gefunden haben«, sagte sie weiter.

»Nun ja, das ist doch selbstverständlich. Jedenfalls in Anbetracht Ihrer Situation. Für gewöhnlich präferieren wir natürlich, Geschäftsangelegenheiten mit den Ehemännern zu besprechen. Oder dem Erben ... wie in

Ihrem Fall, Ihrem Sohn Anthony.« Brauwers Mund bildete eine schmale Linie, wodurch sich auch sein grauer Schnurrbart verformte.

Bertha pflichtete ihm bei. »Natürlich. Aber ich habe hier einen Brief meines Sohnes, in dem er mir die Befugnis erteilt. Er ist leider momentan nicht abkömmlich in seinem Geschäft in York. Eine Druckerei. Seine eigene.«

Er nahm den Brief an sich, las und strich sich über die Halbglatze, dann schob er ihr den Brief wieder hin und lehnte sich im Stuhl zurück. »Nun denn. Ich hörte vom Hinscheiden Ihres Gatten, Mrs Landerton. Im Namen dieser Bank möchte ich Ihnen und Ihrer Familie unser tiefstes Mitgefühl aussprechen.«

»Vielen Dank.« Bertha verschränkte die Finger über ihrer Tasche miteinander.

Brauwer seufzte übertrieben betroffen, und für einen Moment herrschte eine seltsame Stille, ehe er fortfuhr. »Also, womit kann ich Ihnen dienlich sein?«

Bertha tauschte einen unsicheren Blick mit Maryanne. Diese nickte ihr unmerklich zu.

»Nun, wir wüssten gerne, wie es um unsere Finanzen steht.«

»Wohl denn. Ihre Finanzen«, wiederholte er in einem gelangweilten Ton, schob sich seine Brille die Nase rauf und widmete sich der Akte auf seinem Schreibtisch.

Maryanne schaltete sich ein. »Mein Vater hatte Geld zurückgelegt. Er hatte vor, die Teestube zu renovieren. Es gibt einige Neuerungen, die wir gerne durchführen lassen würden. Sie wissen schon, um sie annehmlicher zu gestalten. Moderner. Obwohl wir auf Tradition setzen, glauben wir, dass das Teehaus einer Veränderung bedarf. Wir glauben, dass es dadurch einladender wirkt, und versprechen uns einen Besucherzuwachs.«

Brauwer bedachte sie kurz mit einem tadelnden Blick, dann blätterte er sich durch die Akte. »Rücklagen, sagen Sie?«

»Jawohl«, antwortete Bertha angespannt.

Er klappte das Dokument zu und verschränkte die Hände darüber.

»Wie viel ist es?«, erkundigte sich Maryanne.

Brauwer gab ein leidiges Seufzen von sich, und der Anflug ihres Lächelns verflog.

»Mrs Landerton, Miss Landerton ... ich muss Ihnen beiden leider sagen, dass die Rücklagen restlos aufgebraucht sind.«

»Was ... Was soll das heißen?« Berthas Gesicht wurde so rot wie das einer Tomate. Ihr Atem ging schnell. Maryanne legte beruhigend ihre Hand auf die ihrer Mutter.

»Das heißt, es ist nichts mehr übrig«, erklärte er.

»Aber ... Aber wieso? Ich weiß genau, es war eine recht hohe Summe. Mein Mann hat viele Jahre darauf gespart. Auch, damit es uns im Alter gut geht.«

»Ich fürchte, die Kosten für seine Behandlung und die medizinische Versorgung haben es vollständig vertilgt. Es tut mir leid, dass ich Ihnen nichts anderes sagen kann.«

Maryanne und Bertha sahen einander an, gleichermaßen betroffen wie schockiert.

Brauwer fuhr fort. »Es gibt noch etwas, das wir besprechen müssen. Wussten Sie, dass Ihr Mann bei der Kirche Hypotheken auf die Teestube aufgenommen hat?«

»Davon hatte ich keinerlei Kenntnis.« Bertha sah bestürzt zu Maryanne.

»Das dachte ich mir. Genau genommen von Westminster und St Martin. Insgesamt ist das Kensington Crown mit einer Summe von dreiundzwanzigtausend Pfund belastet.«

»So viel!«, hauchte Bertha schaudernd.

»Aber ... das ergibt keinen Sinn.« Maryanne schüttelte verständnislos den Kopf. »Wieso hätte er das machen sollen?«

»Nun, darüber kann ich auch nur Vermutungen anstellen, Miss Landerton.«

»Was bedeutet das für uns?«, fragte Maryanne.

Brauwer lächelte matt. »Nun, Sie sind in der Pflicht, das Geld monatlich abzutragen. Sofern dies immer pünktlich und in voller Höhe geschieht, entstehen keinerlei Schwierigkeiten. Allerdings fürchte ich, dass Sie im Rückstand sind. Diesbezüglich liegt uns eine Mitteilung von Westminster vor.«

»Im Rückstand?« Berthas Stimme war nunmehr ein Flüstern.

»Das entspricht wohl den Tatsachen.« Er nickte bedauernd. »Fast drei Monate, so wie ich das hier sehe. Hatte Ihr Sohn denn davon keine Kenntnis?«

Bertha zog die Brauen zusammen. »Ich werde Anthony fragen müssen«, flüsterte sie, wie zu sich selbst. Neben ihr sog Maryanne lautstark Luft ein. Drei Monate, hallte es in ihrem Innern nach. So viel Zeit war seit dem Tod ihres Vaters vergangen.

»Wir werden den Rückstand begleichen«, sagte Maryanne rasch.

Brauwer räusperte sich. »Nun, das höre ich gern. Vielleicht möchte Ihr Sohn das in die Wege leiten, Mrs Landerton.«

Bertha nickte mit einem schwachen Lächeln. »Gewiss. Vielen Dank, dass Sie sich die Zeit genommen haben.« Sie wiederholte sich, dann stand sie ruckartig auf. Brauwer tat es ihr nach und verabschiedete sich mit einem einstudierten Nicken.

»Das kann nicht wahr sein«, murmelte Bertha immer wieder und hastete aus dem Gebäude. Maryanne hatte Mühe, ihr zu folgen.

»Da denkt man, es kann nicht noch schlimmer kommen.« Draußen zerrte Bertha ein Taschentuch aus ihrem Ärmel und presste es sich auf die Augen.

»Wir sind mittellos«, nuschelte sie durch das Tuch und eilte Richtung Fluss.

»Wir sind nicht mittellos, Mama«, erwiderte Maryanne und schloss zu ihr auf. »Wir haben doch Anthony.«

»Anthony!« Bertha lachte spöttisch auf. »Er behält das Teehaus nur unter der Bedingung, dass es schuldenfrei ist. Er wird nicht dafür aufkommen wollen. Ich weiß auch gar nicht, ob er dazu in der Lage wäre. Vielleicht ist das der Grund, weshalb er sich nicht um die Hypothek bemüht hat. Ich kann es einfach nicht glauben: Er hat uns das verheimlicht und euer Vater hat uns belogen.«

»Das ist nicht wahr! Vater hat nur nicht damit gerechnet, dass er schon sterben würde. Er hatte vor, die Schulden zu begleichen, und sobald er genesen wäre, hätte er wieder Geld zurückgelegt. So war er.«

»Du hast ja recht.« Fahrig wischte sie sich die Wangen trocken. »Und trotzdem fühle ich mich von ihm hintergangen. Wenn man glaubt, einen Menschen zu kennen. Einen Menschen, den man von ganzem Herzen liebt und dann herausfindet, dass er Geheimnisse vor einem hatte ... das ist nicht leicht zu schlucken.« Sie schluchzte auf, dann plumpste sie mit dem Rücken zur Hafenmauer auf eine Bank am Ufer der Themse. Ungeduldig riss sie sich die Haube vom Kopf und Strähnen ihres Haars fielen ungebändigt aus der Hochsteckfrisur.

»Vielleicht sollten wir es so sehen ...« Maryanne setzte sich neben sie. »Immerhin wissen wir nun, wie die Dinge stehen.«

Bertha bedachte sie mit einem kurzen, finsteren Blick, ehe sie sich wieder dem Schwan zuwandte, dessen graziler Hals in diesem Augenblick die Wasseroberfläche durchstieß.

»Wir schaffen das, Mama. Wir müssen nur alle zusammenhalten.«

»Ach, Maryanne.« Bertha legte ihre Hand über ihre und lächelte schniefend.

»Was würde ich nur ohne euch Kinder tun? Ihr seid mir in vielem voraus. Besonders du in deinem zarten Alter. Und meine liebe Trudi. Ihr beide seid zwei ganz außergewöhnliche junge Frauen.«

»Und wir sind immer an deiner Seite.«

Bertha zog die Nase hoch, nickte leicht, dann verlor sich ihr Blick wieder auf dem Wasser. Aufgeregtes Schnattern kam von der anderen Uferseite, wo Kinder Stockenten mit Brot fütterten.

»Noch. Noch seid ihr das.« Bertha stöhnte auf. »Ich weiß, ich klinge egoistisch. Bitte höre nicht auf dein altes Mütterchen.« Sie wischte sich mit dem Handrücken eine Träne fort. »Mir ist bewusst, dass sich die Umstände eines Tages ändern werden.«

Maryanne zuckte die Schultern. »Alles ändert sich irgendwann.«

»Und doch macht mich der Gedanke traurig, dass du schon bald wieder weggehen wirst. Obwohl ich dies stets für dich wollte.«

Maryanne hatte keine Erklärung dafür, wie ihre Mutter darauf kam. »Aber ich habe doch gar nicht vor, wieder fortzugehen, Mama.« Maryanne drückte die Hand ihrer Mutter fester. Diese nickte mit zusammengepressten Lippen.

»Du solltest aber deinen eigenen Weg gehen und nicht nur bleiben, weil du glaubst, du hättest keine andere Wahl. Dieser Mr Grey war vielleicht nicht der Richtige, aber das bedeutet noch lange nicht, dass sich das Glück für alle Zeiten von dir abgewandt hat. Und wenn du eines Tages gehst, wird dir Trudi alsbald folgen. Ich weiß, ihr könnt nicht ohneeinander sein.«

Maryanne seufzte leise. Es war das erste Mal, dass ihre Mutter darüber sprach, was zwischen ihr und dem Lord gewesen war. Maryanne hatte stets geglaubt, sie würde sich für sie schämen. Nun hatte sie sie eines Besseren belehrt, und es war wie ein Befreiungsschlag.

Maryanne fühlte sich deshalb in ihrer Entscheidung bestärkt, im Kensington Crown zu bleiben. Das war sie ihren Eltern schuldig. Sie betrachtete ihre Mutter von der Seite. In den vergangenen sechs Monaten schien sie um Jahre gealtert. Die Falten um ihre Augen waren tiefer geworden, das Haar grauer.

Es war noch nicht lange her, da hatte Gertrud bei einem Abendessen mit der Familie angedeutet, mit Maryanne zu gehen, sofern diese eine Anstellung als Gesellschafterin in einer anderen Stadt annehmen würde. Doch Maryanne wusste, dass sie dies nur gesagt hatte, um ihr über den Herzschmerz hinwegzuhelfen. Vor dem Tod des Vaters hatte ihre Mutter solche Aussagen mit einem wohlwollenden Lächeln hingenommen, nun aber schien sie die Angst vor dem Alleinsein zu überwältigen. Sie stand ihr förmlich ins Gesicht geschrieben.

»Keiner von uns wird auch nur irgendwohin gehen.« Maryanne drückte die Hand ihrer Mutter. »Und ich werde dir alles beibringen, was ich von Vater weiß.«

»Ach, ich bin nicht sicher, ob ich das auch möchte, Maryanne.« Ihre Mutter klang beklagenswert müde.

Maryanne schluckte schwer. Beklommener hatte sie sie nie erlebt. »Was meinst du damit?«

»Ich meine, ich habe lange darüber nachgedacht, wie es weitergehen soll, wenn dein Vater mal von uns geht, und ich glaube nicht, dass ich für das Gastgewerbe geschaffen bin. Mir liegt weder das Bewirten noch das Kochen. Noch bin ich sonderlich darauf erpicht, Gäste zu unterhalten.«

»Aber das kannst du doch lernen. Ich helfe dir dabei und Gertrud auch.«

»Maryanne. Liebes.« Sie drehte sich zu ihr und schaute ihr direkt ins Gesicht. »Es ist nichts für mich. Das war es nie und wird es auch nie sein. Ich heiratete deinen Vater aus Liebe, aber ich bin nun mal keine Frau, die zum Arbeiten gemacht ist.«

Maryanne ließ die Schultern hängen. Sie wusste, ihre Mutter spielte damit auf ihre Herkunft an. Bertha war eine geborene van Ryan. Sie entstammte einer der ältesten Familien Londons und hatte sich mit William Landerton für einen Mann entschieden, der nicht ihrer gesellschaftlichen Stellung entsprach, was die Familie entzweit hatte. Maryannes Herz klopfte in schlimmer Vorahnung, doch sie sprach nicht aus, was sie vermutete. Maryanne wollte es von ihr hören.

»Und was willst du stattdessen machen?«

Ihre Mutter atmete lang gezogen aus. »Komm. Lass uns nach Hause gehen. Betty wartet sicher schon ungeduldig auf uns.« Sie ging voran.

Maryanne blieb für einen Moment zurück, gefangen in ihren Gedanken an das Kommende. Sie wurde das Gefühl nicht los, dass ihre Mutter eine Absicht gefestigt hatte, von der sie ihr nicht erzählen wollte. Noch nicht.

****

In dieser Nacht fand Maryanne keinen Schlaf. Sie wälzte sich im Bett umher und dachte immer wieder daran, was ihre Mutter angedeutet hatte. War sie etwa entschlossen, das Kensington Crown aufzugeben? Stöhnend schlug sie ihre Decke zurück.

»Wenn du Betty aufweckst, bist du dafür zuständig, sie wieder zum Schlafen zu bringen«, murmelte Gertrud, deren Bett keinen Meter von ihrem entfernt stand. Ihr gegenüber, auf der anderen Seite des Raums, schmatzte die kleine Betty im Traum, die Wange vermutlich gegen ihren braunen Stoffhasen gedrückt, wie jede Nacht.

»'tschuldigung«, flüsterte Maryanne, drehte sich auf den Rücken und starrte an die holzverkleidete Decke, an der bizarre Schatten tanzten. Fahles Mondlicht drang durch das Fenster und brachte die weißen Bettlaken zum Leuchten. Maryannes unbewusstes, wiederholtes Seufzen veranlasste Gertrud dazu, sich ihr zuzuwenden. Sie setzte sich halb hin und schüttelte ihr Kissen auf. »Es wird schon alles gut werden«, sagte sie leise. »Unsere Mutter durchlebt momentan einfach eine schwere Zeit. Da ist es ganz natürlich, Dinge zu sagen, die man überhaupt nicht so meint.«

Maryanne rollte sich auf die Seite und stützte den Kopf auf ihren Unterarm. Sie hatte Gertrud von der Niedergeschlagenheit der Mutter nach dem Banktermin erzählt und diese zog nun, wie üblich, logische Schlüsse.

»Durchleben wir nicht alle eine schwere Zeit?«, fragte sie dennoch, nachdem sie kurz nachgedacht hatte.

»Natürlich! Aber für Mama ist es eben doch noch etwas anderes. Vater hat sich stets um alles gekümmert. Jetzt fühlt sie sich von ihm alleingelassen.«

Maryanne schlug mit der Faust ins Kissen. »Aber sie ist nicht allein. Sie hat uns. Und wir bemühen uns um die Teestube. Im Gegensatz zu ihr.«

»Sprich nicht so schlecht über sie, bitte.« Gertrud suchte ihren Blick. Langsam schaute Maryanne ihr ins Gesicht und bereute sogleich ihre harten Worte.

»Verzeih! Aber ich habe einfach das Gefühl, dass sie nicht sieht, wie hart wir dafür arbeiten, das Kensington Crown zu erhalten. Wie sehr wir uns anstrengen.«

»Das ist es nicht, Maryanne. Du wirst bald wieder Gouvernante sein und ich ...« Gertrud stockte.

»Würdest du mir denn nachfolgen und dich als Köchin in einem feinen Haus in meiner Nähe bewerben?«

»Darüber habe ich nachgedacht und die Möglichkeiten abgewogen. Aber wenn wir ehrlich sind, dann habe ich nicht allzu viel vorzuweisen. Ich bin nicht wie du, Maryanne. Ich habe nicht dein Charisma.«

»Das ist nicht wahr!« Maryanne schüttelte den Kopf.

»Oh, doch! Abgesehen davon fehlt mir die Ausbildung und ich möchte nicht mein Leben lang in den Diensten stehen, ohne aufsteigen zu können. Ich will nicht nur ein Küchenmädchen sein, das herumkommandiert wird. Nein. Ich denke, ich bleibe lieber hier. Mittlerweile fühle ich mich in unserer Küche richtig wohl. Und es ist doch etwas anderes, in seinem eigenen Teehaus Scones und Malzbrot zu backen.«

Maryanne war überrascht, das von ihr zu hören. »Du klingst, als hättest du dich entschieden.«

»Ja«, hauchte Gertrud und ihre braunen Augen wandten sich dem Fenster zu. »Ich glaube, das habe ich. Und jetzt, da Robert wieder da ist, fühlt es sich doch wie früher an. Oder nicht?«

»Ja. Schon. Aber ... er wird nicht ewig hierbleiben, Trudi.«

»Hm. Wer weiß.« Gertrud sank seufzend zurück ins Kissen. Eine Pause entstand, in der Maryanne über die Worte ihrer Schwester nachdachte. Sie war nicht sicher, wovon Gertrud ihren Entschluss abhängig gemacht hatte. Aus eigenem Interesse oder weil sie überzeugt war, zu Hause unentbehrlich zu sein. Für sie war sie es allemal.

»Wir sollten versuchen zu schlafen.« Gertrud wickelte sich in ihre Decke ein, zog sie bis über die Schultern.

»Du hast recht.« Maryanne sank ebenfalls zurück in ihr Kissen. Ihr Blick fand erneut die Schattenbilder an den Wänden, bis ihr die Lider schwer wurden. Und es wurde still im kleinen Zimmer unter dem Dach.

Kapitel 5

Am nächsten Morgen saß Maryanne im Arbeitszimmer ihres Vaters über die Bücher gebeugt. Sie schrieb gerade sorgfältig die Ein- und Ausgaben nieder, als sie auf einen Mann aufmerksam wurde, den ihre Mutter herumführte. Sein auffällig gezwirbelter Schnurrbart betonte sein langes, ernstes Gesicht. Maryanne kannte ihn nicht, dennoch konnte sie bereits mit Gewissheit sagen, dass ihr seine Ausstrahlung missfiel. Mit gerunzelter Stirn lehnte sie sich im Stuhl zurück, sodass ihr Blick durch die geöffnete Tür direkt in die Teestube fiel.

»Und? Wie gefällt es Ihnen?«, fragte Bertha. »Entspricht es Ihren Vorstellungen?«

»Ich muss schon sagen, es ist recht geräumig.« Die Stimme des Mannes war tief und besaß einen snobistischen Unterton.

»Wenn Sie wollen, zeige ich Ihnen nun die Fremdenzimmer über dem Gastraum.« Bertha deutete zur Treppe hin. »Sie sind vollständig möbliert. Mein Mann hat erst vor vier Jahren neue Betten angeschafft. Oben gibt es auch ein eigenes Badezimmer mit Wanne. Zurzeit sind drei unserer Zimmer belegt, aber die Einrichtung ist überall dieselbe, bis auf geringe Abweichungen.«

»Das wird nicht nötig sein«, sagte der Mann. »Ich denke, ich habe mir ein hinreichendes Bild gemacht.«

»Dann melden Sie sich?«

»Sie hören von mir, Mrs Landerton.« Er wollte gerade gehen, da sprang Maryanne vom Stuhl auf und ging ihrer Mutter und dem Fremden entgegen. »Guten Tag«, sagte sie und schaute ihre Mutter fordernd an.

Der Blick des Mannes wechselte unaufgeregt von ihr zu Bertha. Diese lächelte entschuldigend. »Darf ich vorstellen? Meine zweitälteste Tochter, Maryanne.«

»Gewiss doch.« Er zog angetan seinen Hut vor ihr. »Ich hörte von Ihnen.«

»Tatsächlich?« Maryanne musterte ihn finster.

Er nickte. »Selbstverständlich. Sie und Ihre Schwester sind doch die guten Seelen dieses Hauses.« Er ergriff ihre Hand, bevor sie wusste, was geschah, drückte sie leicht und lächelte anzüglich. »Die hübschen, jungen Landertons, nennt man Sie. Wobei man über Sie noch anderes zu sagen pflegt, Miss Maryanne. Ich glaube, *umtriebig* war das Wort, das ich hörte. Sie waren eine Zeit lang bei den Greys in Anstellung, oder irre ich?«

Maryanne fuhr ein kalter Schauer über den Rücken. Sie schluckte schwerfällig.

»Es hieß, Sie hätten sich nicht nur aufopfernd um die Enkelin Ihrer Ladyschaft gekümmert, nein ... Ihre Fürsorge beinhaltete auch weitere Mitglieder der Familie. Wie überaus zuvorkommend von Ihnen.«

Maryanne presste die Kiefer aufeinander, bis es schmerzte. Er war nicht einfach nur taktlos, er verhöhnte sie. Sie zwang sich, die Fassung zu wahren.

»Sie sollten vielleicht nicht alles glauben, was erzählt wird.«

»Oh, wie könnte ich an dem zweifeln, was man mir zugetragen hat? Wenn sich doch Ihre angepriesene

Schönheit als so zutreffend erweist.« Seine grauen Augen blinzelten anzüglich unter seinen buschigen Brauen hervor. Maryanne schluckte erneut.

»Und ... Sie sind?«, erkundigte sie sich, weil er es nicht für nötig hielt, sich ihr vorzustellen.

»Oh, verzeihen Sie, ich war ganz verzaubert.« Ein hohes, gellendes Lachen entwand sich seiner Kehle. »Mein Name ist Bloom. Benedict Bloom. Sicher haben Sie schon von mir gehört.«

»Tatsächlich nicht«, antwortete Maryanne kühl. Blooms überhebliches Grinsen erstarb. Kurz glitt sein Blick zu Bertha, die betreten lächelte.

»Nun, ich denke, wir sind für heute fertig. Sie melden sich, wenn alles geklärt ist, Mr Bloom?« Bertha begleitete ihn zur Tür.

»Sehr wohl. Ich empfehle mich.« Er setzte seinen Hut auf.

»Auf Wiedersehen.« Bertha vergewisserte sich, dass er in die Kutsche gestiegen war, die vor dem Haus stand, bevor sie sich ihrer Tochter zuwandte.

»Was hat das zu bedeuten, Mama? Wer war dieser Mann?« Maryanne war aufgebracht.

Bertha schnaufte durch. »Ein amerikanischer Investor.«

»Und?«

»Er ist auf der Suche nach lohnenden Immobilien in der Gegend.«

»So?« Maryanne verschränkte zähneknirschend die Arme vor der Brust. »Und was genau will er dann bei uns?«

»Nun ja ... er ist daran interessiert, uns die Teestube abzunehmen. Und er wird uns ein großzügiges Angebot machen. Eines, mit dem auch Anthony einverstanden sein wird.«

»Mir ist egal, wie viel er bietet. Wir verkaufen nicht! Ich hoffe, das hast du ihm gesagt.«

Bertha druckste herum. Ihr Schweigen sprach Bände.

Maryannes Puls schnellte in die Höhe. Sie musste sich bremsen, um nicht ausfallend zu werden. »Du ziehst es in Erwägung?«

»Wir sollten an unsere Zukunft denken, Maryanne. Willst du mit Gertrud ewig so weitermachen? Die Einnahmen reichen kaum aus, um uns satt zu bekommen. Seit dein Vater tot ist, sind Stammgäste verloren gegangen. Männer, die seinetwegen ins Kensington Crown gekommen sind. Die Teestube ist nicht mehr dieselbe ohne ihn und das wissen die Menschen.«

»Das ist Unsinn!«

»Es ist die Wahrheit!«, rief Bertha so laut, dass Maryanne zusammenschreckte. Nie zuvor hatte sie ihre Mutter entschlossener erlebt und das machte ihr Angst.

»Ich verstehe deine Sorge, Mama. Aber es muss einen anderen Weg geben.«

»Welchen?« Sie stemmte die Hände in die Hüften. »Meine liebe Maryanne, wir sind verschuldet. Das Wasser steht uns bis zum Hals und dieser Mann hat vor, einen anständigen Preis zu bezahlen. Mit dem Geld könnten wir fortgehen und irgendwo völlig neu anfangen.«

Maryanne blies zischend Luft durch die Vorderzähne. »Wohin sollten wir schon gehen? Hier sind wir zu Hause.«

»Dass ausgerechnet du das sagst. Wo du doch eigentlich schon fort warst.«

Sie überging das. »Darüber reden wir gerade nicht.«

»Es gibt immer einen anderen Ort. Wir könnten nach York gehen. Zu Anthony. Gewiss, es wird eine Zeit lang dauern, bis wir uns umgewöhnt haben, aber dann wird es sein, als wären wir nie irgendwo anders gewesen.«

Maryanne schüttelte verächtlich mit dem Kopf. »Nirgends kann es sein wie hier. Ich verstehe dich nicht, Mama. Ich verstehe dich wirklich nicht. Warum kann es nicht so bleiben, wie es ist?«

»Weil es nicht funktionieren wird. Nun sei vernünftig! Dein Vater ist seit drei Monaten tot und mit jedem Tag wird die Gaststube leerer und leerer.«

»Die Saison hat gerade erst begonnen.« Maryanne hatte das dringende Bedürfnis, sich für die wegbleibenden Gäste rechtfertigen zu müssen. »Wenn der Sommer da ist, dann ...«

»Wird das nichts ändern. Jedenfalls nicht so, dass wir davon auf Dauer leben können. Und Anthony wird ohnehin verkaufen wollen. Da ist es ratsamer, den Tatsachen gleich ins Auge zu sehen.«

»Welchen Tatsachen denn?« Maryanne war außer sich.

Bertha nahm einen tiefen Atemzug, ehe sie sich erklärte. »Niemand möchte mit einer Frau Geschäfte machen. Frauen erhalten einfach nicht den notwendigen Respekt. Wir werden von der feinen Gesellschaft nicht akzeptiert.«

»Ist das etwa deine Meinung?« Maryanne konnte nicht glauben, was sie da hörte.

»Das ist die allgemeine Meinung, Maryanne. Dein Vater hat uns angeführt. Er war derjenige, der hinter dem Kensington Crown gestanden hat, und das haben die Leute gewusst. Er war überaus beliebt. Die feinen Leute kamen zu ihm, weil er ihnen auch ein Freund war.«

»Daran musst du mich nicht erinnern«, erwiderte Maryanne niedergeschlagen.

»Das weiß ich doch. Aber jetzt sind nur wir drei Frauen übrig und die kleine Betty. Keiner von uns ist der Aufgabe gewachsen, den Platz deines Vaters einzunehmen und ein Geschäft zu leiten.«

Für einige Sekunden starrte Maryanne ihre Mutter herausfordernd an. Unverständnis und Frust breiteten sich in ihr aus, während sie nach dem richtigen Konter für deren mangelndes Vertrauen suchte. Tränen glitzerten in Berthas Augen, bevor sie ihr den Blick entzog. Unvermittelt wurde Maryanne etwas klar: Das abwertende Urteil war dem gegenwärtigen Kummer entsprungen. Wie konnte sie ihrer Mutter das zum Vorwurf machen? Maryanne beschloss, feinfühliger vorzugehen. »Ich teile deine Meinung nicht, Mama. Und ich bin sicher, Gertrud tut das auch nicht. Nichtsdestotrotz trifft es mich hart, dass du uns so wenig zutraust.«

Bertha schüttelte verbissen den Kopf. »Das siehst du falsch.«

Maryanne hielt mit einem Kopfschütteln dagegen. »Du schätzt unsere Arbeit nicht wert. Das, was wir in der Teestube leisten – Gertrud und ich.« Sie rang um Fassung und blinzelte energisch die Tränen weg, die sich in ihr Blickfeld drängten.

»Gertrud wird sich meinem Willen fügen.« Bertha legte ihre Hand über Maryannes. Doch sie entriss sich ihrer Berührung und drehte ihrer Mutter den Rücken zu, kehrte ins Arbeitszimmer zurück und beugte sich wieder über die Buchführung. Bertha folgte ihr.

»Und das solltest du auch tun.« Sie stand nun schwerfällig atmend im Türrahmen.

»Das kann ich nicht, Mama. Das Kensington Crown war Papa zu wichtig. Es war sein Lebenswerk«, sagte Maryanne, ohne von den Büchern aufzusehen und zu erwähnen, dass ihr Vater andere Ansichten gehabt hatte.

»Ich weiß, Maryanne. Aber er ist tot! Bitte, mach es nicht noch schwerer, als es ohnehin schon ist.« Bertha stieß ein Stöhnen aus. »Ich gehe hinauf und sehe nach Betty.«

Maryanne nickte knapp, dann starrte sie vor sich hin, nahm die Liste mit den Zahlen wahr, vor denen sie ein Minus vermerkt hatte, und biss die Zähne zusammen. Ihre Mutter hatte nicht unrecht. Die Geschäfte liefen denkbar schlecht. Die Gäste blieben weg. Seit ihr Vater gestorben war, hatte es kaum noch Anfragen für größere Gesellschaften gegeben. Es war, als wäre der Betrieb mit ihm gestorben, und sie hatte keine Erklärung dafür. Für ihre Mutter schien jedoch klar zu sein, woran es lag – an ihnen. An den Frauen des Hauses, die sich erdreistet hatten zu tun, was Männern vorbehalten war. Das Ausmaß an Missgunst und Diskriminierung war für Maryanne kaum zu ertragen. Bisher hatte sie es für unmöglich gehalten, dass Gäste fernblieben, weil sie sich weigerten, Geschäfte mit einer Frau zu machen. Maryanne wollte nicht wahrhaben, dass es daran lag, dass die Leute nach einer männlichen Präsenz verlangten. Und doch kam auch sie auf keine andere Erklärung. Deprimiert sank sie auf den Stuhl, stützte die Ellenbogen auf und verbarg das Gesicht unter ihren Händen. Der Tränendamm brach und sie weinte bitterlich um all das, was verloren war, und das, was sie noch im Begriff war zu verlieren.

Trauer und Wut mischten sich unter die Enttäuschung, die sie ihrer Mutter und auch Anthony gegenüber empfand. Ihr Bruder war der Einzige, der es in der Hand hatte, weil er ein Mann war. Er jedoch hatte keine Hemmungen, das Kensington Crown aufzugeben. Nie zuvor hatte Maryanne sich derart in der Schwebe gefühlt. Es war, als würde ihr der Boden unter ihren Füßen weggezogen. Doch bei all den Sorgen, die ihr Herz beschwerten, spürte sie auch eine unerschütterliche Kraft in sich. Sie war nicht bereit aufzugeben. Es musste eine andere Möglichkeit geben, das Kensington Crown zu behalten und den Lebensunterhalt für ihre Familie zu bestreiten.

***

Am Nachmittag kehrte Robert mit seinen Freunden erneut im Kensington Crown ein. Gertrud brachte ihnen persönlich den Tee und Roberts heiß geliebte Gurkensandwiches, dazu Schokoladen-Minz-Plätzchen, die noch dampften, weil sie gerade erst aus dem Ofen kamen.

Als die Dämmerung über die Themse hereinbrach, gesellte sich Maryanne zu den Männern. Doch sie blieb ungewöhnlich still. Nachdem Colin ein fröhliches Lied am Klavier angestimmt hatte, sprang sie so schnell auf, dass die Männer es ihr nachtaten. Verwirrt betrachtete Robert sie.

»Ich sollte nachsehen, ob Gertrud Hilfe in der Küche braucht«, erklärte sie sich rasch.

Robert schaute sich stirnrunzelnd im Teehaus um. Die wenigen Besucher, ein älteres Paar und eine Familie mit zwei Kindern, saßen mit Mahlzeiten und Getränken versorgt an den Tischen.

»Ist alles in Ordnung?«

Maryanne wandte sich ihm widerwillig nochmals zu.

»Aber ja doch.« Sie lächelte wenig überzeugend.

»Du wirkst heute irgendwie ganz weit weg. Du bist doch nicht unpässlich?«

»Überhaupt nicht.« Maryanne schüttelte den Kopf. »Es ist nichts. Ich bin höchstens ein wenig müde. Das ist alles.«

Er nickte skeptisch und Maryanne flüchtete sich in die Küche, wo sie sich mit dem Rücken gegen die Tür lehnte und durchschnaufte.

Gertrud schaute besorgt vom Hefeteig auf, den sie gerade anmischte. »Ist etwas passiert?«

»Nein«, murmelte Maryanne unwirsch. »Da drin herrscht eine ausgelassene Stimmung. Robert und die anderen sind eine wahre Freude.«

»Äh, ja. Aber ... das ist doch gut.« Gertrud ließ Mehl wie Schnee in die Schüssel rieseln.

»Ja, schon. Es ist nur so: Ich kann Fröhlichkeit momentan nicht ertragen. Jetzt, da wir nicht wissen, wie es für uns weitergehen soll ...« Maryanne band sich eine Schürze um.

»Wir dürfen die Hoffnung nicht aufgeben.« Gertrud schenkte ihr ein aufmunterndes Lächeln.

Maryanne hatte ihr von dem Amerikaner erzählt, nur um anschließend zu erfahren, dass sie Bescheid wusste, denn ihre Mutter hatte sich ihr anvertraut.

»Woher nimmst du nur immer deinen Glauben daran, dass alles gut wird?« Maryanne stützte die Hände auf die Arbeitsplatte.

Gertrud zuckte mit den Schultern. »Ich bin eben optimistisch. Und ich denke nicht, dass es etwas bringt, alles schwarzzumalen. Wir werden noch mal mit Mutter reden. Morgen sind wir zum Tee bei Tante Ursula eingeladen. Dann werden wir sicher mehr wissen. Du wirst sehen, sie weiß Rat. Und vielleicht wird sie uns auch ihre Hilfe nicht verwehren.«

»Auf welche Art von Hilfe spielst du an?« Hoffnung wallte in Maryanne auf.

Gertrud zuckte mit verschwörerischer Miene die Achseln.

»Hat Mama etwa vor, sich Geld bei ihr zu borgen?«

»Nein. Jedenfalls nicht, soweit ich weiß. Und ich kann mir auch nicht vorstellen, dass sie es tun wird. Die beiden stehen sich, wie du weißt, nicht besonders nahe. Trotzdem … Findest du es nicht seltsam, dass sie uns, nach so langer Zeit, wieder zu sich eingeladen hat?«

Maryanne grübelte, dann nickte sie.

»Womöglich möchte sie uns ihre Unterstützung anbieten.«

»Tantchen Ursel?« Maryanne unterdrückte ein Lachen, denn sie hatte diese nicht als zuvorkommend in Erinnerung.

»Und wenn nicht, sollten wir sie nach dem Geld fragen. Ich meine, du und ich.« Gertruds Entschlossenheit war nahezu befremdlich. »Weißt du, es war nämlich mein Ernst, als ich sagte, dass ich bleiben will. Der Gedanke daran, dass hier schon bald jemand anderes steht und ich irgendwo im düsteren Keller eines mir fremden Hauses tagtäglich Kartoffeln schnippele, gefällt mir nicht.«

Maryanne konnte ein Lächeln nicht zurückhalten. »Nein, das wäre nichts für dich.«

Gertrud strahlte. »Dann lass es uns versuchen.«

»In Ordnung.« Maryanne stimmte zu, obwohl ihr bei dem Gedanken daran, die autoritäre Tante um etwas zu bitten, eiskalt wurde.

»Und wenn sie uns das Geld nicht gibt, fragen wir Anthony. Vielleicht geht er mit uns noch mal zur Bank. Immerhin haben wir einige gute Argumente und heutzutage bekommt doch jeder einen Kredit, oder nicht?«

Maryanne schaute für einen Moment vor sich hin. »Zunächst müssen wir die Hypothekennachzahlung leisten.«

»Ja.« Gertrud malträtierte den Teig mit einem Nudelholz. Zwischen dem Blubbern der Rindfleischsuppe auf dem Herd war Colins Klavierspiel zu hören. Daneben drängte sich den Schwestern zunehmend schräger Männergesang auf. Gleichzeitig begannen sie herzhaft zu lachen. Maryanne hielt sich den Bauch. Es war ein befreiendes Gefühl, sich mit Gertrud einig zu sein.

»So, und jetzt geh, bevor dir das Quartett noch in die Küche nacheilt. Und nimm das mit.« Gertrud wies mit dem Nudelholz auf einen Teller mit Scones und Clotted Cream. »Und wehe, die lassen was übrig.«

Maryanne stieß ihre Schwester neckend in die Seite. »Sag mal, gibt es eigentlich einen Grund, weshalb du dich für Robert und seine Freunde in der Küche übertriffst?«

Gertrud zuckte halb grinsend die Achseln. »Vielleicht«, ließ sie geheimnisvoll verlauten.

»Wer ist es? Ist es Colin?«, fragte Maryanne von Neugier erfasst.

»Ich weiß nicht, wovon du sprichst«, entgegnete Gertrud unschuldig. »Und jetzt raus mit dir.« Sie drückte Maryanne den Teller mit den Scones in die Hand und schob sie aus der Küche.

Kapitel 6

Tante Ursula lud nur selten nach Mayfair ein, so war Maryanne im Laufe ihres bisherigen Lebens nur ein- bis zweimal dort gewesen. Ursula hatte nie ein Geheimnis daraus gemacht, dass sie Berthas Ehe mit einem einfachen Gastwirt missbilligte.

Von den beiden Schwestern hatte sie es zu Wohlstand gebracht. Sie fuhr in den teuersten Kutschen und hatte deutlich mehr Diener beschäftigt, als für einen Zweipersonenhaushalt nötig waren. Ursula bewegte sich in einer völlig anderen Welt und obwohl sich Maryanne nicht vorstellen konnte, mit ihr zu tauschen, fand sie das Leben ihrer Tante dennoch ungemein schillernd. Manchmal machte sie es jedoch auch traurig, zu wissen, dass es nicht nur die Standesunterschiede waren, die die Schwestern davon abhielten, regelmäßigen Kontakt zu pflegen. Weil Bertha sich damals für ihren Ehemann und gegen ihre Familie entschieden hatte, war es zu einem Bruch zwischen den ungleichen Schwestern gekommen, der nie ganz verheilt war. Zwar hatte Ursula aus Höflichkeit die Patenschaft für Maryanne übernommen, auf den Zwist der Frauen hatte das, entgegen Berthas Hoffnungen, aber keinen Einfluss gehabt.

»Nicht trödeln, Mädchen! Wir sind in Eile. Und Pünktlichkeit ist eine Tugend.«

Obwohl sie kein Wort darüber verlor, merkte Maryanne, wie viel Überwindung es ihre Mutter kostete, ihre Schwester aufzusuchen. Ihre Hände umfassten fest den Griff ihres Korbs, während sie in die Cork Street einbogen, in der sich elegante Stadthäuser aneinanderreihten. Maryanne spazierte neben Gertrud und bestaunte die prächtigen Bauten, die sich in Form und Größe gegenseitig überboten. Beinahe hatte Maryanne vergessen, wie malerisch und gleichzeitig nobel Mayfair war.

In den vergangenen Monaten war sie an das Teehaus gekettet gewesen. Sie war nirgendwo hingekommen, weshalb ihr bereits die Kutschfahrt wie ein Abenteuer vorgekommen war.

Zwischen zwei schmalen, eher unscheinbaren Häusern erkannte Maryanne die Villa ihrer Tante wieder. Sie war groß, mit blassrotem Backstein verklinkert, hohem Schieferdach, Erkern und Türmen – beinahe wie ein Schloss.

»Das ist es?« Gertrud, die noch nie im Haus der Tante gewesen war, konnte ihr Staunen nicht verbergen.

»Wunderschön, nicht?« Maryanne stellte sich neben sie. Gemeinsam bewunderten sie die von roten Rosen umrankte Fassade.

»Ich befürchte, ich bin nicht passend gekleidet«, sagte Gertrud. »Ich hätte mein Sonntagskleid anziehen müssen. Mama, du hättest mich daran erinnern sollen, dass unsere Tante eine Lady ist.«

Berthas Blick blieb starr aufs Haus gerichtet, als hätte sie vergessen, in welch noblen Kreisen auch sie einst verkehrt hatte.

Maryanne betrachtete sie besorgt von der Seite, dann stupste sie ihre Schwester mit dem Ellenbogen an.

»Mach dir keine Gedanken. Unsere Tante ist eine ganz normale Frau. Abgesehen von ihrem Geld unterscheidet sie sich in keiner Weise von uns.« Sie tätschelte erst Gertrud, dann ihrer Mutter die Hand, deren Kiefermuskeln sich sichtbar anspannten. In Berthas Augen war ihre älteste Schwester perfekt. Noch dazu hatte Ursula das Talent, ihr ein Gefühl von Minderwertigkeit zu vermitteln, das sie vergessen ließ, was sie in ihrem Leben bereits geleistet hatte. Mitunter fragte Maryanne sich aber, ob sie sich nicht ein wenig zu bereitwillig vor ihr herabsetzen ließ.

In den achtzehnfünfziger Jahren hatte Ursula in die Grosvenor-Familie eingeheiratet, der ein Großteil von Mayfair gehörte. Sie verkehrte in den besten Kreisen und war mit Mitgliedern des englischen Königshofes bekannt, was ihr unweigerlich Zutritt in alle feinen Salons gewährte.

Ursulas Beziehungen hatten es ihr erst ermöglicht, Maryanne die Gouvernanten-Stelle bei den Greys zu vermitteln. Sie hatte sich für sie verbürgt, und Maryanne hatte ihr nicht persönlich mitgeteilt, dass sie nicht länger auf Roslyn Park arbeitete. Nun schürte diese nicht unwesentliche Tatsache Maryannes Nervosität. Zweifelsohne würde ihr Ursulas Meinung dazu nicht erspart bleiben.

»Nun, denn. Bestes Benehmen.« Bertha ging vor ihren Töchtern durch das schmiedeeiserne Tor. Maryanne strich sich in regelmäßigen Abständen das dunkelblaue Kleid glatt und nestelte zum wiederholten Mal an ihren Hutbändern.

»Und redet nicht wild drauflos. Keine Geschichten über das Kensington Crown. Das ermüdet das Tantchen. Besonders du nicht, Maryanne, du weißt doch noch, dass Ursula das überhaupt nicht mag.«

Maryanne schwieg resigniert. Ihre Tante war ein nüchterner Mensch, kühl und kritisch, daneben war sie aber auch stolz und diszipliniert, was Maryanne schätzte.

Die Tür wurde geöffnet, noch bevor sie anklopfen konnten. Gertrud erzitterte unmerklich und krallte ihre Finger in Maryannes Arm.

Ein Diener in dunkler Livree musterte die drei Frauen von oben bis unten.

»Die Landertons. Mrs Grosvenor erwartet Sie bereits. Wenn Sie mir bitte folgen würden.« Er schritt kerzengerade über einen langen Flur voran, der mit rotem Teppich ausgelegt war. Die Luft war von Sandelholz und Rosenwasser durchzogen und alles wirkte so sauber und glänzend, als wäre das Haus brandneu und unbewohnt. Die Wände waren kalkweiß, Landschaftsgemälde hingen zwischen blank polierten Messingleuchtern. Maryanne spürte Gertruds Hand, die ihre umklammerte, als sie den Salon erreichten. Von der Tür aus gesehen wirkte er ebenso groß wie die Gaststube des Teehauses. Maryannes Blick glitt umher. Sie staunte. Kristallkronleuchter, schimmerndes Eichenparkett, mit Damast verkleidete Wände und kostbares Mobiliar. Hinter den bodentiefen Fenstern lagen die gepflasterte Terrasse und der Garten mit dem Kastanienbaum, an den sie sich aus Kindertagen noch lebhaft erinnerte.

Ursula klatschte das Buch zu, in dem sie gerade gelesen hatte, und stemmte sich aus einem samtbezogenen Ohrensessel.

»Meine liebe Schwester!« Bertha ging auf sie zu, die Arme leicht geöffnet. Ursula wich zurück und hielt eine Hand vor sich. Abrupt blieb Bertha stehen, senkte langsam die Arme, als wäre ihr unlängst eingefallen, dass ihre Schwester herzliche Begrüßungen verabscheute.

»Ihr seid pünktlich.« In aller Ruhe legte Ursula das Buch ab: Krieg und Frieden von Lew Nikolajewitsch Tolstoi – wie Maryanne dem Einband entnahm. Die Lektüre ihrer Tante brachte sie zum Schmunzeln.

»Gewiss doch.« Bertha lächelte angespannt.

»Ich hoffe, ihr hattet eine angenehme Hinfahrt?« Ursulas Blick wanderte von ihrer Schwester über Gertrud zu Maryanne.

»Die Kutschfahrt war etwas ruckelig, aber dennoch recht angenehm. Danke.« Bertha reichte ihr den Korb, den sie ihr mitgebracht hatte.

»Was ist das?«, fragte Ursula emotionslos.

»Ein kleines Geschenk für dich. Für deine Gastfreundlichkeit. Die Minzteeblätter und der getrocknete Rosmarin stammen aus unserem kleinen Garten im Hof. Für deinen empfindlichen Magen. Du solltest den Garten sehen. Er sieht so hübsch aus. Und das Früchtebrot, das hat unsere Trudi hier gebacken. Sie ist außerordentlich geschickt in der Küche.«

Ursula verzog pikiert den Mund. »Geschickt in der Küche. Nun, das ist meine Köchin auch.« Sie schnaubte undamenhaft, dann wedelte sie flink mit einer Hand, woraufhin der Diener, der im Durchgang zum Salon stand, den Korb an sich nahm.

Eine Pause folgte, in der Bertha, Maryanne und Gertrud einander verunsichert ansahen. Ursulas kritischer Blick ruhte derweil auf den ausladenden Hüften ihrer Schwester. Sie selbst war beinahe unnatürlich schmal. Von ihrer Mutter wusste Maryanne, dass Ursula nie viel Gefallen am Essen gefunden hatte und dass sie sich noch dazu mehrmals im Jahr strengen Fastenkuren unterzog, um ihren Glauben zu stärken.

»Nun, es ist wirklich schön, dich zu sehen, Schwester.« Berthas Versuch, die Situation aufzulockern, misslang. Ursula überging ihre Bemerkung und wandte sich stattdessen Maryanne zu.

»Du bist groß geworden, Mädchen.« Sie schritt um sie herum. Dabei betrachtete sie sie eingehend von Kopf bis Fuß. »So erwachsen. Ich bin überrascht. Als du klein warst, hatte es eher den Anschein, du würdest wenig Vorzüge hervorbringen. Doch nun ... Ich muss zugeben, du besitzt ein recht angenehmes Äußeres.«

Maryanne runzelte die Stirn, verstand dann jedoch das Kompliment. »Danke, Tantchen.«

Ursula schnalzte lautstark mit der Zunge. »Nenn mich nicht Tantchen. Ich weiß, ich bin deine Patin, aber ich bin Mrs Grosvenor – auch für dich.«

»Jawohl, verzeih, Tant...«

Ein Raunen entfuhr Bertha.

Sogleich schlug sich Maryanne strafend eine Hand vor den Mund. »Ich bitte vielmals um Entschuldigung.«

Ursula unterdrückte ein weiteres Schnauben. Sie betrachtete Maryanne aus schmalen Augen. »Nun, ich hörte bereits von deiner Neigung, Regeln zu missachten. Ich muss gestehen, ich war überrascht, als mir zu Ohren kam, dass es dein Wunsch war, bei den Greys aufzuhören. Ist dir klar, wie sehr ich mich einbringen musste, um dir diesen Weg zu ebnen? Eine einfache Wirtstochter als Gouvernante in einer der reichsten Familien Englands?«

»Ich bin mir dessen bewusst ... ja«, murmelte Maryanne und senkte den Blick.

»So?« Ursula sank zurück in ihren Sessel, ohne ihren bohrenden Blick von ihrer Nichte zu nehmen. »Ganz zu schweigen von den schockierenden Details, die mir außerdem zugetragen wurden. Ich will doch hoffen, dass an den Gerüchten über dich und Lord Grey kein Funken Wahrheit ist?«

Maryanne schnappte unmerklich nach Luft. Ihr klopfte das Herz bis zum Hals und sie brachte kein Wort heraus.

»Nun, es sei denn, es gäbe irgendeine Form von ... Übereinkunft.« Ungeduldig tippte Ursula mit den Fingern auf den Armlehnen. »Gibt es vielleicht ein Versprechen, von dem wir nichts wissen? Auch das wäre selbstredend ein Skandal, der zweifelsohne auf unsere gesamte Familie Auswirkungen haben würde.«

Maryanne schluckte schwerfällig. Sie hatte geahnt, dass ihre Tante nachhaken würde, warum sie Roslyn Park verlassen hatte, doch auf dieses gnadenlose Verhör war sie nicht gefasst gewesen.

Bertha mischte sich beschwichtigend ein. »Natürlich nicht. Es gibt keinerlei Skandal.«

»Ich will es von deiner Tochter hören«, entgegnete Ursula scharf.

Maryanne stieg die Hitze in die Wangen. Sie fühlte sich mit einem Mal furchtbar schwindelig.

»Nun, sprich endlich, Kind. Gibt es nun ein Versprechen oder nicht?«

Maryanne schüttelte leicht den Kopf. »Nein«, wisperte sie in einem Ausatmen.

Ursula lehnte sich mit der Hand an ihrer Ohrmuschel
vor. »Wie bitte?«

»Es gibt keins«, antwortete Maryanne lauter. »Edward
Grey hat mir gar nichts versprochen. Wie könnte er
auch?« Noch während sie diese Worte sprach, spürte
sie, wie sich ihr das Herz zusammenschnürte. Die Gefühle für Edward waren nicht verflogen, sie hatte sie lediglich unter ihrem Schleier des Schweigens verborgen.

»Lord Grey für dich!«, erwiderte Ursula spitzzüngig.

Maryanne fuhr ein eiskalter Schauer über den Rücken.

»Eine ehrenhafte Verbindung wäre unmöglich, denn
er steht gesellschaftlich weit über dir«, sagte Ursula
weiter. »Nun, angesichts dieses sich dennoch hartnäckig haltenden Gerüchts war es wahrscheinlich die
richtige Entscheidung, die Stelle zu quittieren. Lady
Drummond ist jedenfalls der Ansicht und mit ihrer
Meinung steht und fällt alles. Es bleibt abzuwarten, wie
sich das auf euer Teehaus auswirkt. Nun, höchstwahrscheinlich warst du einfach nachlässig, Kind. Hach, ich
weiß nur zu gut, wie es ist, wenn man sich Bedienstete
zum Feind macht. Missgunst ist eine ernst zu nehmende Sache. Erst recht, wenn man in einem so feinen
Haus wie dem der Greys arbeitet. Man sollte sie nicht
unterschätzen. Ich hätte es ahnen müssen. Gewiss
trage ich eine Mitschuld an dem Dilemma.«

»Du? Aber warum denn das?«, erkundigte sich Bertha mit gespielter Bestürzung.

Ursula zuckte die Achseln. »Nun, immerhin habe ich diese Anstellung eingefädelt. Obwohl ich aufgrund deiner Herkunft Bedenken hatte.«

Maryanne knirschte mit den Zähnen. Ihre Tante war unmöglich. Eine garstige alte Schachtel, die verurteilte, sobald sie den Mund aufmachte. Suchend wandte sie ihren Blick zur Tür. Sie war nicht gekommen, um sich erniedrigen zu lassen.

»Meine ... Herkunft?«, wiederholte Maryanne aufgebracht. Sie wollte ihr die Meinung sagen. Ihr klarmachen, dass sie nicht weniger wert war, nur weil sie weniger besaß. Dann jedoch spürte sie die Hand ihrer Schwester auf ihrem Arm und schluckte ihren Groll hinunter.

Ursula erhob sich aus dem Sessel, bedachte sie kurz mit einem finsteren Blick und ging anschließend zu Gertrud über. »Ah ja. Und du musst die Köchin sein.«

Gertrud knickste vornehm. Bertha legte ihr die Hand in den Rücken und schob sie leicht nach vorn.

»Du erinnerst dich doch noch an sie, Schwester?«

»Selbstverständlich erinnere ich mich«, antwortete Ursula überschwänglich, als könnte sie sich selbst die Anfänge der Menschheit mühelos ins Gedächtnis rufen.

»Wie alt bist du inzwischen?«

»Sie ist vierundzwanzig«, antwortete Bertha für sie.

»Also eine Frau im heiratsfähigen Alter.« Ursula umrundete sie, als wäre sie eine Stute, die zum Verkauf stand. »Groß gewachsen, schlank, hohe Stirn. Gibt es schon irgendwelche Pläne?«

Gertrud schüttelte zaghaft den Kopf.

»Dann ist da kein Mann, der dir den Hof macht?« Ungläubig suchte Ursula den Blick ihrer Schwester.

»Noch nicht. Nein«, erwiderte diese.

Ursula hob irritiert die Brauen. »Seltsam. Dabei ist dein Äußeres durchaus ansprechend. Woran liegt es dann?«

Gertrud schluckte sichtbar und wechselte einen unsicheren Blick mit Maryanne. Ursula hob ihre Brauen und stellte sich direkt vor sie. Maryanne konnte sehen, wie sich der gesamte Körper ihrer Schwester unter dem kritischen Blick der Tante anspannte.

»Sprechen kannst du aber, oder?«, fragte Ursula rigoros.

Gertruds Wangen liefen knallrot an. Ihre Unterlippe zitterte. Unaufhörlich knetete sie ihre Finger.

»Gewiss, ich ...« Sie stammelte so leise, dass Ursula erneut die Ohrmuschel aufstellen musste, um etwas zu verstehen.

»Oje, ich sehe schon«, murrte sie daraufhin, als wäre Gertrud ein hoffnungsloser Fall. Unauffällig ballte Maryanne ihre Hände zu Fäusten. Die Schüchternheit ihrer Schwester hatte schon so manches Mal für Unverständnis bei den Menschen gesorgt. Es gab Leute, die überzeugt waren, sie wolle nicht reden, sie sei arrogant. Maryanne wusste es besser. Sie hatte gesehen, was die Vorurteile der Menschen in Gertrud bewirkten. Tränenreiche Nächte und noch mehr Unsicherheit. Es schmerzte, zu sehen, wie sehr sie unter ihnen litt, aber ändern konnte sie sie nicht. Gertrud war nun einmal, wie sie war. Wieso konnten andere sie nicht einfach akzeptieren?

»Wie dem auch sei.« Ursulas Stimme durchschnitt ihre Gedanken wie ein Fallbeil. »Wir haben einiges zu besprechen. Wir sollten uns lieber setzen.« Sie läutete nach der Dienerschaft. Sogleich erschien der Mann in der dunklen Livree wieder in der Tür.

»Tee, Mr Lightoller.« Sie stöhnte und es klang so leidend, als müsste sie ihn selbst zubereiten.

»Sehr wohl, Madame.« Lightoller zog leise die Tür hinter sich zu. Wenig später brachte ein Dienstmädchen Tee und Gebäck und eine unangenehme Stille schlich sich ein.

Bertha nippte an ihrer Tasse. »Ist mein Schwager auch im Haus? Ich würde mich freuen, ihn wiederzusehen.«

»Matthew ist geschäftlich in Edinburgh. Ich erwarte ihn nicht vor nächsten Donnerstag zurück«, erklärte Ursula.

»Schade, ich hätte ihn gern noch mal gesehen.«

Ursulas Mund verzog sich zu einem schwachen Lächeln. »Nun ja, bedauerlicherweise hält er sich nur noch selten hier auf.«

»Oh«, entfuhr es Bertha versehentlich, denn sie wusste nur zu gut um Matthews außereheliche Eskapaden. Ursula hatte stets darüber hinweggesehen. Einzig Patrick, der Sohn, den Matthew mit einer irischen Schauspielerin hatte, war ihr ein Dorn im Auge, denn sie selbst hatte keine eigenen Kinder bekommen können. Manchmal dachte Maryanne, dass die Ursache für ihre Strenge auch darin begründet war.

»Wir waren überrascht, als wir deine Einladung erhalten haben.« Bertha rührte Zucker in ihren Tee.

»Nun ja, ich hielt es für einen geeigneten Zeitpunkt in Anbetracht der Lage«, entgegnete Ursula. »Du bist jetzt eine Witwe. Ich bedauere Williams Tod. Obwohl wir uns nicht sonderlich nahestanden, hat er mir nie Grund zu der Annahme gegeben, dass du mit deiner Entscheidung, ihn zum Mann zu nehmen, unzufrieden warst.«

»Dem ist so«, hauchte Bertha. »Wir waren glücklich miteinander. Sehr sogar.«

Maryanne merkte, dass ihre Mutter mit den Tränen kämpfte.

»Hm«, stieß Ursula lediglich aus und eine Pause entstand, in der nur das Ticken der Uhr über dem Kamin zu hören war.

»Wie genau ist es eigentlich passiert?«, erkundigte sich Ursula anschließend wenig feinfühlig. Bertha sank in sich zusammen.

»Eine Kutsche«, antwortete Maryanne, als ihre Mutter es nicht konnte. »Sie hat ihn auf der Straße vor dem Teehaus erfasst.«

Ursulas Miene verriet leise Bestürzung. Diesmal schien sie nicht zu wissen, was sie sagen sollte, und Maryanne war dankbar für die Stille, die darauf folgte, denn sie gab ihrer Mutter Gelegenheit, durchzuatmen und ihre Stimme wiederzufinden.

»Er hätte nicht aus dem Haus gemusst.« Bertha wimmerte.

»Wir hatten Personal für die Botengänge. Aber er konnte nicht warten. Er war stets in Hektik.«

Ursula reichte ihr ein Taschentuch. Beschallt vom lauten Schnäuzen ihrer Mutter, stierte Maryanne vor sich hin. Eingenommen von dem Gedanken, der auch sie immer wieder heimsuchte. Ihr Vater könnte noch leben, hätte er an jenem schicksalhaften Morgen das Haus nicht verlassen. Sie schluckte einen Kloß herunter, der sich bei dieser Überlegung in ihrer Kehle festgesetzt hatte, und schnappte hörbar nach Luft.

Ursula seufzte. »Nun ja. Ungemein tragisch. Zweifellos.«

Berthas Körperhaltung verkrampfte sich zunehmend. Sie hatte die Füße gekreuzt und spielte an der Spitze ihres Rocks.

»Wie dem auch sei, kommen wir zum Punkt. Ich habe euch heute hergebeten, um Maryannes Zukunft zu besprechen«, sagte Ursula.

»Ihre ... Zukunft?« Bertha tauschte einen ratlosen Blick mit ihren Töchtern, dann wandte sie sich wieder ihrer Schwester zu.

Ursula nickte knapp. »Als ihre Patentante sehe ich mich gewissen Pflichten ihr gegenüber ausgesetzt. Und nach dem Desaster mit den Greys möchte ich diesmal alles richtig machen. Ich habe alles bereits mit Matthew besprochen. Wir sind uns einig, dass sie zu uns kommen soll. Wir werden sie in die feine Gesellschaft einführen. Sie wird alsbald debütieren. Ich habe nämlich vor, einen Ball zu geben, sobald Matthew nach Mayfair zurückgekehrt ist. Londons beste Familien werden anwesend sein und mit ihnen die begehrtesten Junggesellen. Wer weiß, möglicherweise macht Maryanne sogar eine Partie, die alle Erwartungen übersteigt.«

»Ich weiß gar nicht, was ich sagen soll.« Bertha hatte Tränen in den Augen, als sie sich ihrer jüngsten Tochter zuwandte. »Wie überaus großzügig von dir, liebe Schwester. Findest du nicht auch, Maryanne?«

Maryanne schluckte erneut. Hatte sie richtig gehört? Und was verstand ihre Tante bitte unter *Londons besten Familien*? Mit einem Mal war ihre Kehle staubtrocken. Mit zittriger Hand nahm sie einen zu großen Schluck Tee und hustete. Gertrud klopfte ihr sanft zwischen die Schulterblätter.

»Wie lautet dein Plan, Schwester?« Bertha lehnte sich begeistert vor.

»Maryanne wird bei uns wohnen. Ich werde sie unter meine Fittiche nehmen, sie neu einkleiden ... Das wird notwendig sein.«

»Was ist mit dem Kensington Crown?« Die Frage platzte nur so aus Maryanne heraus.

»Was soll damit sein? Dort wirst du selbstredend keine weitere Zeit verplempern«, erwiderte Ursula.

»Aber ich arbeite gerne in unserem Teehaus«, sagte Maryanne ruhig.

Ursula neigte sich zu ihr vor. »Hör zu, Kind. Eine Dame arbeitet nicht. Wie willst du einen reichen Ehemann finden, wenn du den ganzen Tag Tee servierst? Um in der Gesellschaft aufzusteigen, ist es unumgänglich, dein gesamtes Wesen darauf auszurichten. Es gilt, einen Mann zu finden, der dich und nötigenfalls auch den Rest deiner Familie versorgen kann.« Sie wandte sich ihrer Schwester zu. »Und sei unbesorgt, Bertha. Ihr könnt jemanden einstellen, der für Maryanne im Teehaus übernimmt. Ich habe Anthony bereits meine finanzielle Unterstützung zugesichert. Wenn das der Preis dafür ist, wenigstens die nächste Generation deiner Familie abzusichern, dann werde ich bereitwillig für ein Arbeitsmädchen aufkommen. Deine Kinder können schließlich nichts für deine Entscheidungen, Bertha.«

»Ich bin nicht sicher, ob wir so verfahren sollten.« Berthas Ton klang nun strenger. Ihre Schwester hatte eine Grenze überschritten und Maryanne sah ihr an, dass sie nicht länger bereit war, ihre Erniedrigungen hinzunehmen.

»Nun. Ich weiß es. Das muss genug sein.« Ursula stand auf und ging einige Schritte im Salon umher. »Matthew ist ebenfalls der Meinung, dass der Familienbetrieb Maryanne nur aufhält. Sie sollte ihr Potenzial nicht länger vergeuden. Schönheit vergeht. Wir sollten nicht darauf warten, dass es so kommt, bevor wir handeln.«

Erneut hing unbehagliches Schweigen im Raum. Maryanne war sprachlos. Sie kam sich einfältig vor, weil sie geglaubt hatte, sie seien einer höflichen Einladung ohne Hintergedanken gefolgt. Stattdessen hatte Ursula vor, sie zu kaufen, um ihr Gewissen zu beruhigen. Sie wollte ihre Patentochter vor einem Leben bewahren, wie es ihre Schwester geführt hatte. Jenes Leben, das in ihren Augen beschämend war. Maryanne sah Gertrud an, die ihrem Blick mit niedergeschlagener Miene auswich, dann ihre Mutter, die durch Ursulas Diffamierung ähnlich bedrückt wirkte. Wut und Enttäuschung keimten in Maryanne und sie stand auf.

»Nein!«

»Nein? Was soll das heißen, Kind? Nein?« Ursula schaute verwirrt zu ihr, als hörte sie dieses Wort zum ersten Mal.

»Das heißt, dass ich nicht bei euch wohnen werde. Ich danke euch jedoch dafür, mich bedacht zu haben, aber ich bleibe lieber in Kensington, wo meine Familie mich braucht.« Maryanne griff nach der Hand ihrer Mutter und der von Gertrud.

Ursula wich erbost vor ihr zurück. »Junge Dame, bist du dir darüber im Klaren, welche Gelegenheit du dir entgehen lässt?«

Maryanne legte den Kopf schief.

»Wahrscheinlich nicht, aber ...«

»Wenn du in Kensington bleibst, wirst du nie eine gute Partie machen. Du wirst als alte Jungfer enden. So wie deine Schwester.«

Maryanne riss schockiert die Augen auf. Ihre Unverschämtheit übertraf ihre Erwartungen. Sie sah zu Gertrud, die den Kopf gesenkt hielt, und spürte eine unbändige Wut in sich aufwallen. »Dann soll es eben so sein. Es macht mir nichts aus, nie zu heiraten. Ich wäre frei und das hört sich doch sehr verlockend an.«

»Wie du willst«, raunzte Ursula und nahm wieder Platz. »Und ich dachte, ihr wärt in schweren finanziellen Nöten.« Sie sah Bertha auffordernd an.

Maryannes Blick glitt ebenfalls zu ihrer Mutter. Diese schaute zu Boden. Schlagartig wurde Maryanne der wahre Grund für ihren Besuch klar.

»Mama? Wovon spricht sie da?«

Bertha seufzte und schwieg.

»Ich muss gestehen, ich bin irritiert«, sagte Ursula. »Als du mich in deinem Brief um Unterstützung batest, Bertha, da ging ich fest davon aus, du meintest damit Maryannes Zukunft, nach der Geschichte mit den Greys.«

»Verzeih mir. Da habe ich mich wohl missverständlich ausgedrückt«, erwiderte Bertha scheu.

»Wohl eher tölpelhaft. Nun, wenn es dir dabei nicht um Maryanne ging, worum dann, in Gottes Namen?«

»Um das Kensington Crown«, antwortete Maryanne leise.

Ursula kniff ihre Augen zusammen.

»Entschuldige bitte, dass ich es nicht schnell genug begriffen hatte.« Maryanne wandte sich an Ursula, als wäre sie eingeweiht gewesen. »Ich glaube, wir sind allesamt einem Irrtum erlegen. Mama hatte wohl nicht den Mut, dir zu schreiben, wie schlimm es um das Kensington Crown bestellt ist. Papas Arztkosten waren zuletzt sehr hoch, sodass es uns die Ersparnisse gekostet hat. Zudem gilt es, Hypothekenschulden zu begleichen.«

»Das klingt in der Tat überaus ernst.« Ursula fasste sich ans Herz.

»Das ist es«, raunte Maryanne.

Ihre Tante atmete geräuschvoll aus. »Ich sage ja nicht, dass ich es wusste, aber ich wusste, dass sich dein Vater verspekulieren würde. Ihr hättet das Teehaus längst verkaufen sollen.«

»Ja, vielleicht«, brummte Maryanne.

Leise meldete sich Gertrud zu Wort. »Aber keiner von uns möchte sich davon trennen. Die Lage ist ausgezeichnet und die Besucher waren stets zufrieden. Das Geld hat immer gereicht.«

»Na, offensichtlich nicht«, widersprach Ursula ihr brüsk. »Aber du hast recht, was die Lage angeht. Ich bin sicher, es wird sich ein Abnehmer für die Teestube finden.«

»Es gibt da einen Investor«, erklärte Bertha. »Er bietet eine, wie ich finde, gerechte Summe.«

»So?« Ursulas Augen verengten sich zu Schlitzen. »Dann hoffe ich, Anthony zieht sein Angebot in Erwägung.«

»Wir werden nicht verkaufen!«, sagte Maryanne, bevor ihre Mutter antworten konnte.

»Du bist recht vorlaut, Kind.« Ursula blickte tadelnd auf sie herab. »Hat man dir nicht beigebracht, zu schweigen, wenn andere eine wichtige Unterhaltung führen?«

»Nicht, wenn die Unterhaltung auch mich betrifft«, entgegnete Maryanne.

Ursulas Augen wurden so groß, dass es aussah, als würden sie aus ihren Höhlen fallen. »Und auch noch unbekümmert. Aber was wundere ich mich? Aufgewachsen wie Gesindel zwischen Tee und Sandwiches. Was hatte ich anderes erwartet? Nur, glaube mir, wäre der Betrieb stets gut unterhalten gewesen, wärt ihr jetzt nicht in dieser schwierigen Lage. Und die scheint mir äußerst prekär zu sein. Willst du mir da zustimmen, Schwester?«

Bertha nickte matt.

»Wohlan. Was genau verlangt ihr nun von mir? Wie sollen wir euer nicht rentables Teehaus retten?« Ursula schaute die drei abwartend an.

»Ich sehe, es war ein Fehler, herzukommen.« Bertha stand auf. »Tut mir leid, wenn wir dir deine Zeit gestohlen haben. Kommt, Mädchen. Wir gehen.« Sie hastete zur Tür.

»Auf Wiedersehen, Tantchen. Ich meine, Mrs Grosvenor.« Maryanne eilte wie Gertrud ihrer Mutter nach, die das Haus nicht schnell genug verlassen konnte.

»Was hattest du erwartet?«, fragte Maryanne, als sie die Straße hinuntergingen. Bertha hatte es so eilig, dass ihre Töchter kaum Schritt halten konnten.

»Es war einen Versuch wert.«

»Du hättest uns vorher aufklären sollen, Mama«, sagte Gertrud ruhig.

»Lasst uns vergessen, dass wir hier waren. Es war eine dumme Idee, mich an sie zu wenden.« Berthas Stimme war belegt. Sie räusperte sich.

»Das war es nicht.« Maryanne strich ihr über die Schulter. »Wir hatten denselben Einfall. Gertrud und ich. Wir hätten es auch versucht. Tante Ursulas Entscheidung wäre nicht anders ausgefallen.«

Sie gingen den ganzen Weg bis zum Hyde Park zu Fuß und sprachen währenddessen nicht. Graue Wolken waren aufgezogen und kündeten von Regen. Der Wind frischte auf, verwehte ihre Kleider und zerrte an ihren Hüten. Als die hohen Bäume des Parks in Sichtweite kamen, wurde Bertha endlich langsamer. Abgehetzt setzte sie sich auf eine Bank unterhalb einer Eiche und schnaufte aus. »Ursula hat nie viel von unserem Teehaus gehalten. Dennoch ... Sie war die Einzige, die uns hätte helfen können. Jetzt haben wir wirklich keine andere Wahl, als zu verkaufen.«

Maryanne schüttelte den Kopf. »Wir werden nicht verkaufen. Nicht an diesen Investor und auch an sonst niemanden.«

»Das ist das Ende, Maryanne. Sieh es doch ein. Du hast die Bank gehört. Wenn wir die Raten nicht begleichen können, wirft man uns raus. Da ist die Kirche unerbittlich. Und Anthony soll nicht für uns alle aufkommen müssen.«

Gertrud fasste sich an die Stirn. »Ich habe ein wenig gespart. Vor Vaters Tod habe ich, wann immer es ging, etwas zurückgelegt.«

»Genau wie ich.« Maryanne setzte sich neben ihre Mutter. »Wir könnten zumindest einen Teil der Schulden begleichen und die Kirche um Aufschub bitten. Den Rest treiben wir in der Zwischenzeit auf.«

»Das ist sehr lieb von euch, Mädchen. Aber es wird nicht reichen. Abgesehen davon möchte ich nicht, dass ihr eure Ersparnisse für etwas opfert, das aussichtslos ist. Und das ist es. Da dürfen wir uns nichts vormachen. Ich habe weiß Gott alles versucht, um zu verhindern, dass so etwas passiert. Ich habe mich sogar an meine herzlose Schwester gewandt. Die Verzweiflung treibt uns wahrlich zu unmöglichen Taten an. Was habe ich mir nur dabei gedacht?«

»Was machen wir jetzt?«, fragte Gertrud.

»Mein Cousin, Sir Richard Bingham, hat in Gloucester ein kleines Landgut. Dort können wir erst einmal unterkommen, bis wir eine erschwingliche Bleibe gefunden haben«, erklärte Bertha schluchzend. Gertrud legte den Arm um sie. Weinend lehnte Bertha den Kopf an die Schulter ihrer ältesten Tochter. Auch Maryanne rang um Fassung. Ihr Herz war im Würgegriff einer Trostlosigkeit, die es schneller schlagen ließ. Das Teehaus aufgeben? Aus London fortgehen? Ihr war, als würde sie damit ihren Vater ein weiteres Mal verlieren. Würde sie das verkraften können? Ihre Mutter, Gertrud oder Betty? Für sie alle würde sich das Leben von Grund auf ändern. Der heftiger gewordene Wind rauschte heulend durch die Äste der Eiche über ihnen.

»Bis wann müssen wir ausgezogen sein?« Gertrud stellte die Frage, die auch Maryanne beschäftigte.

»Ich werde diesem Amerikaner morgen schreiben. Er soll das Datum festlegen. Anthony wird einverstanden sein.« Bertha hielt sich den Mantel am Kragen zu und stand auf. Ein Spatzenschwarm schwirrte unter lautem Gezwitscher über ihre Köpfe hinweg und ließ sich in einer Eibenhecke nieder, die Maryannes Blick festhielt, sodass sie kaum merkte, dass es zu regnen begonnen hatte.

»Dann ist es entschieden? Wir verlieren das Teehaus.« In Gertruds Augen standen die Tränen.

»Nein.« Maryanne schüttelte den Kopf, ohne von der Eibenhecke aufzuschauen. »Damit werde ich mich nicht abfinden!«

»Es sieht danach aus, als würdest du es müssen. Wie der Rest von uns.« Berthas Antwort war zermürbend. Sie klang so endgültig. So hart wie ein Faustschlag in die Magengrube. Maryannes Körper verkrampfte sich. Die Eibenhecke immer noch mit ihrem Blick fixierend, trottete sie hinter ihrer Mutter und ihrer Schwester zur Straße, an der eine Kutsche stand, die sie nach Hause bringen sollte. Hastig stiegen Bertha und Gertrud ein. Der Regen nahm zu, in der Ferne grollte ein Gewitter. Dicke Tropfen platschten auf die Erde, doch Maryanne hielt vor der Kutsche inne.

»Maryanne, bitte! Du wirst noch ganz nass.« Die Stimme ihrer Mutter drang nur gedämpft zu ihr durch. Mit den Handflächen nach oben zeigend, trotzte Maryanne dem Wolkenbruch. Schwermut umschloss ihr Herz. Unwillkürlich verlor sich ihr Blick in der Pfütze zu ihren Füßen, in der sich ihr verzerrtes Spiegelbild zeigte. Es war, als führte es ihr die Vergänglichkeit ihrer Jugend vor Augen, von der ihre Tante gesprochen hatte. Und sie ertappte sich bei der Frage, ob eine reiche Heirat vielleicht doch die Lösung all ihrer Probleme sein könnte. Immerhin hatte sie ihre Hoffnung auf die Liebe bereits begraben. Auch daran hatte ihre Tante sie erinnert. Ihr Herz lag in Trümmern, seit sie von Edwards Verlobung erfahren hatte. Die Erinnerung an ihn und ihre zerplatzten Träume hatte sie so schlagartig eingeholt, dass sie erzitterte. Tränen mischten sich unter die Regentropfen, die ihre Wangen hinabliefen. Erst als Gertrud kam und sie das Gewicht ihres Arms an den Schultern spürte, löste sie sich aus ihrer Starre.

»Komm, Maryanne«, sagte sie mitfühlend und schob sie sanft in die Kutsche.

Kapitel 7

Roslyn Park, Herbst 1875

Wenn man Lady Grey Glauben schenken wollte, so musste eine Dame lediglich auf eine Sache im Leben vorbereitet werden: das Heiraten. Es war ihre wohlüberlegte Meinung, dass ihre Enkeltochter Emily eines Tages eine glänzende Partie machen musste, weshalb es Priorität hatte, dem Mädchen gesittetes Benehmen beizubringen. Für eigenständiges Denken war im Hause Grey hingegen kein Platz. Jedenfalls nicht, wenn man eine Frau war.

Wann immer Maryanne sich mit Emily im Haus aufhielt, achtete sie darauf, dass Lady Greys Regeln penibel eingehalten wurden. Wohingegen ihr Neffe Edward weit weniger daran interessiert war, Emilys lebhaftes Wesen einzuschränken. Auch deshalb ging für Maryanne eine zunehmende Faszination von dem Lord aus, von dem ganz London ständig sprach. Doch er war nicht so, wie die Leute sagten, weder arrogant noch überheblich. Er sprach nur dann, wenn es etwas zu sagen gab, und wirkte dabei stets besonnen. Eine gewisse innere Einkehr schien ihn ständig zu umgeben.

***

Am Morgen hatte er die Köchin alles für ein Picknick vorbereiten lassen, das er zwischen seinen Besuchen bei den Pächtern mit Emily geplant hatte. Milch, Sandwiches und Kuchen als Nachspeise.

Etwas befangen ritt Maryanne hinter ihnen her. Dass sie seit Jahren auf keinem Pferd gesessen und deshalb keine besonders gute Reiterin war, hatte sie verschwiegen. Lord Grey ritt mit Eleganz und sah auf seinem Schimmel aus wie ein Prinz. Auch Emily, die mit ihrem Pony Marmelade voranritt, saß weitaus sicherer im Sattel als sie. Jetzt nur nicht panisch werden, ermahnte Maryanne sich lautlos und hielt die Zügel fest in der zitternden Hand. Inständig hoffte sie, dass ihr alter Brauner brav weitertrabte und sich von nichts aus der Ruhe bringen lassen würde. Eigentlich hatte Maryanne ohnehin Emily und ihrem Onkel die gemeinsame Zeit allein geben und sich nicht zwischen sie drängen wollen. Sie hatten jedoch darauf bestanden, dass sie mitkam, weshalb sie sich deren Wunsch gefügt hatte.

»Womley ist gleich dort drüben, hinter der Bergkuppe«, sagte Lord Grey, als sie ein Waldstück passierten, in dem die Bäume so eng aneinanderstanden, dass Maryanne Mühe hatte, ihr Pferd hindurchzumanövrieren. Für Anfang Oktober war es noch ungewöhnlich warm. Das Laub an den Bäumen hatte sich zwar verfärbt, blieb aber hartnäckig an den Ästen. Es schien, als weigerte sich der Sommer, das Zepter abzugeben, was den gesamten Wald in gelb leuchtende Farben tauchte.

»Wer zuerst unten im Dorf ist.« Emily spornte Marmelade an, schneller zu laufen.

»Herausforderung angenommen«, sagte ihr Onkel, dann warf er Maryanne einen Blick über seine Schulter zu.

»Sie kommen zurecht, Miss Landerton?«

»Aber ja doch«, antwortete Maryanne leicht gehetzt. Sie wollte ihm durch dichtes Gestrüpp nach, blieb jedoch mit dem Kleid hängen, rutschte vom Rücken des Pferdes und landete krachend im Gebüsch. Lord Grey wendete seinen Schimmel, ritt eilig zu ihr und sprang, noch bevor sein Pferd angehalten hatte, aus dem Sattel. »Sind Sie unverletzt?«, fragte er besorgt.

»Mir geht's gut. Der Busch hat meinen Sturz abgefedert«, antwortete Maryanne. »Es ist nichts passiert.« In dem Versuch, sich aus der Hecke zu befreien, drehte sie sich einmal um sich selbst, wodurch sich ihr Rock nur noch mehr verhedderte. Maryanne stöhnte auf, als sie erkannte, dass sich ihr Unterrock in den Brombeeren verfangen hatte, die eine Einheit mit der Hecke bildeten. Die dornenbesetzten Zweige hielten sie zurück, durchbohrten ihre Haut und sie kam nicht mehr von der Stelle.

»Lassen Sie mich Ihnen helfen.« Grey ging neben ihr in die Knie und löste Dorn für Dorn. »Nicht bewegen«, riet er sanft.

Maryanne ergab sich seiner Fürsorge. Sie sah zu ihm hinunter und hielt kurz die Luft an. Ihr Herz schlug mit einem Mal so schnell, dass sie glaubte, ohnmächtig zu werden. Edward Grey zupfte sorgfältig an ihrem Unterrock und hatte währenddessen eine unverstellte Sicht auf ihre Beine. Maryanne war wie erstarrt. Verlegen schaute sie zu den Pferden, die nicht weit von ihnen entfernt seelenruhig grasten, dann zur Baumkrone hinauf und auf die moosbedeckten Steine neben dem Trampelpfad. Irgendwohin, Hauptsache nicht zu ihm: Edward Grey, der sie heldenhaft aus den Fängen einer aufdringlichen Pflanze befreite. Hin und wieder streiften seine Finger dabei versehentlich ihre Haut und Maryanne erbebte leicht. Sie fühlte eine Beklemmung in sich, die sie nicht beschreiben konnte, und kam nicht umhin, daran zu denken, dass Lady Grey oder Ursula schockiert wären, könnten sie sie jetzt sehen. In jedem Fall wären sie sich sogar mit ihrer Mutter darüber einig gewesen, dass dieser unerwartete, intime Moment zwischen ihr und Lord Grey an Unschicklichkeit nicht zu übertreffen war. Der Lord zischte leise, zog sich einen Dorn aus dem Daumen, dann blickte er kurz lächelnd zu Maryanne auf. Eine Hitze durchfuhr ihren ganzen Körper, die jedwede Schamesröte übertrumpfte. Ihm jedenfalls, so dachte sie, konnte kein Vorwurf gemacht werden. Es ziemte sich, einer Dame in Nöten behilflich zu sein, und darin schien Lord Grey ausgezeichnet zu sein.

»Erledigt!« Der Stoff löste sich vom letzten, beharrlichen Zweig und Lord Grey klopfte sich die Hände an seiner Hose ab.

»Und schon kann es weitergehen.« Er stemmte sich hoch und beide standen für einen Moment still beieinander. Versunken im Blick des anderen.

»Vielen Dank, Mylord«, sagte Maryanne, nachdem sie ihre Stimme wiedergefunden hatte. Er lächelte, nickte und wandte sich zum Gehen. Maryanne atmete erleichtert auf. Was für eine Blamage, dachte sie und fasste sich an ihr immer noch hastig klopfendes Herz. Spätestens jetzt hatte Edward Grey begriffen, dass sie nicht nur eine miserable Reiterin war, sondern auch ein Tollpatsch.

Sie führten die Pferde an den Zügeln und schlossen zu Fuß zum Pfad auf, von dem aus man die Siedlung der Pächter bereits sehen konnte.

»Und? Was meinen Sie?«, fragte Lord Grey, als sie darauf zugingen.

»Sie meinen ... Womley?«

»Ja.«

Maryanne ließ ihren Blick schweifen, erfasste die trostlosen, kleinen, grauen Steinbauten, die mit Brettern notdürftig geflickten Fenster und war weniger enttäuscht als schockiert. »Nun, um ehrlich zu sein ... ich finde, es sieht recht alt und irgendwie ... traurig aus.«

Er nickte und sie wagte sich weiter vor.

»Um nicht zu sagen: heruntergekommen.«

Wieder nickte er. Maryanne kniff die Augen zusammen. War es das, was er hören wollte? Die Wahrheit? Sie fuhr mit ihrer Expertise fort. »Die Dächer sollten unbedingt erneuert werden. Und das Rinnsal, dort, in der Mitte zwischen den Häusern, gehört entfernt. Dort stauen sich Nässe und Unrat. Das verursacht Krankheiten.«

Kurz sah er sie verwundert an. »Sie kennen sich wohl aus?«

»Ich habe meinen Vater gelegentlich in die Armenviertel begleitet. Ihm war daran gelegen, die Lebensbedingungen der Menschen dort zu verbessern.«

»Dann hat Ihr Vater nicht nur etwas von Tee verstanden?«

»Nun, er hat es verstanden, alles miteinander zu verbinden. Tee ist nicht nur ein Genussgetränk, Mylord. Er wird seit Jahrtausenden zu Heilzwecken eingesetzt. So wissen wir, dass Kamillentee beruhigend wirkt, Rosmarin belebt den Geist und Pfefferminze und Fenchel vermögen Krämpfe zu lindern.«

»Interessant! Und? Konnten Sie vielen Menschen helfen ... mit Ihrem Tee?«

»Nun ... wir haben stets getan, was wir konnten.«

Wieder sah er sie verwundert an, und eine kleine Ewigkeit verging, in der Maryanne nicht wusste, ob es klug gewesen war, so offen mit ihm zu sprechen. Immerhin hatte Ursula ihr eingebläut, dass Männer nicht belehrt werden wollten. Sie wollten belehren. Doch sein Lächeln gab Entwarnung.

»Sie erstaunen mich immer wieder aufs Neue«, sagte er. »Und Sie haben vollkommen recht, Miss Landerton. Ich teile Ihre Meinung, was Womley angeht, weshalb ich gedenke, die gesamte Siedlung neu zu gestalten. Die meisten der Häuser stammen noch aus der Zeit meines Urgroßvaters. Einige der Pächter beklagen sich über Feuchtigkeit in der Stube.«

»Sind wir deswegen hier?«, fragte sie vorsichtig. »Um uns die Häuser anzusehen?«

Er druckste herum. »Unter anderem.«

Im Dorf stand Emily, an den Zaun eines Gänsegeheges gelehnt, und winkte ihnen zu. »Sehen Sie doch nur mal, Miss Landerton. Sind die Gänse nicht niedlich?«

Maryanne stellte sich neben sie und bewunderte mit ihr zusammen das rege Treiben der schnatternden Gänse. Sie kam jedoch nicht umhin, sich kurz darauf wieder Lord Grey zuzuwenden, der sich mit den Pächtern unterhielt. Die Art und Weise, wie sie mit ihm sprachen, machte deutlich, dass sie ihn achteten. Nicht als ihren Herrn, sondern als Mensch. Sie lachten, bedankten sich. Eine Frau mit einem Kleinkind auf dem Arm schenkte ihm einen Korb mit Äpfeln. Zunehmend spürte Maryanne eine Bewunderung für diesen Mann, die sie so noch für niemanden empfunden hatte. Lord Grey war ein außergewöhnlicher Mensch, der das Herz am rechten Fleck hatte. Nachdem er sich in zwei der Häuser umgesehen hatte, kehrte er zu Maryanne und Emily zurück. Im Arm hatte er einen schwarzen Cocker-Spaniel-Welpen, der sich fiepend bemerkbar machte.

»Der ist ja zauberhaft! Wie heißt er?« Emily nahm ihm den Hund ab. Sofort schleckte er ihr übers Gesicht.

»Das darfst du entscheiden«, sagte Lord Grey. »Der Hund gehört jetzt dir, Emily.«

Sie schaute ihn aus großen Augen an. »Danke, Onkel!« Freudentränen rannen ihr über die Wangen, als sie den kleinen Hund fest an sich drückte.

»Und er ist übrigens eine Sie«, sagte Grey.

»Ein Mädchen? Wie schön. Dann soll sie Bonnie heißen.« Emily strahlte.

»In der Tat. Sie sieht auch aus wie eine Bonnie. Finden Sie nicht auch, Miss Landerton?«

Maryannes Blick glitt zu Grey, der geduldig auf ihr Urteil wartete.

»Ja«, antwortete sie. »Der Name könnte nicht passender sein.«

»Ich habe nie zuvor etwas Hübscheres gesehen.« Emily küsste den Hund aufs Köpfchen.

»Nein«, flüsterte Lord Grey. »Ich auch nicht.« Sein Blick ruhte dabei auf Maryanne und sie konnte sich ihm einfach nicht entziehen.

Drei Wochen später war Bonnie bereits ein fester Teil der Grey-Familie und Emily blühte mit dem Hund an ihrer Seite förmlich auf. Sie machte brav ihre Schularbeiten, erledigte ihre Aufgaben mit Geduld und Konzentration und war insgesamt ausgeglichener als zuvor.

An einem Donnerstagmorgen waren sie früher mit dem Unterricht fertig geworden und Maryanne hatte Emily in den Garten entlassen, wo sie mit ihrem tierischen Gefährten herumtollte. Maryanne wollte gerade den Atlas zurück in die Bibliothek bringen, als sie eine typisch bittere Bergamotte-Note roch. Ein Duft, der maßgeblich für das Kensington Crown war. Angestachelt von ihrem Wunsch herauszufinden, woher er stammte, folgte sie ihm in den Blauen Salon. Kurz hielt sie im Türrahmen inne. Lord Grey stand vor dem Fenster, blickte hinaus und schwenkte gedankenverloren eine Tasse Tee in der Hand.

Als hätte er sie gehört, drehte er sich zu ihr um und sein Lächeln umfing sie.

»Es ist eine wahre Freude, Emily so glücklich zu erleben«, sagte Maryanne.

»Das ist es.« Er bedeutete ihr, sich zu ihm zu setzen. Maryanne nahm in einem der Sessel Platz. Ein Teeservice, das auf dem Tisch stand, erweckte ihre Aufmerksamkeit. Lord Grey entging das nicht.

»Ist etwas mit dem Porzellan nicht in Ordnung?«

»Oh nein. Es ist nur … im Kensington Crown haben wir Teekannen, die dieser hier sehr ähnlich sind.«

Er nickte leicht, dann läutete er nach einem Diener, ihnen ein weiteres Gedeck zu bringen.

»Ich habe Ihnen noch gar nicht gedankt«, sagte er.

»Mir?« Maryanne konnte ihm nicht folgen.

»Sie haben mir ins Gedächtnis gerufen, dass Emily zu oft allein ist. Abgesehen von der Gesellschaft meiner Tante und Ihrer natürlich, hat sie niemanden. Ich weiß nicht, ob das so gut ist für ein Kind ihres Alters.«

Ein Dienstmädchen betrat den Raum und stellte ein Teegedeck vor Maryanne auf den Tisch. Lord Grey schickte sie dankend fort und schenkte Maryanne persönlich den Tee ein. Vorsichtig nippte sie unter seinem aufmerksamen Blick vom Rand.

»Wie schmeckt er Ihnen?«, fragte er.

»Er hat ein angenehmes Aroma. Ceylon, nehme ich an. Kräftig, aber nicht zu stark.« Sie besah sich den rotbraunen Inhalt ihrer Tasse genauer. Orangerote Blütenteile waren auf den Grund gesunken. »Saflor«, sagte sie. »Edelsüß und mild im Geschmack. Eine interessante, wenn auch ungewöhnliche Kombination. Ich muss gestehen, ich hatte gedacht, Sie würden eine andere Teesorte präferieren. Immerhin geht doch Earl Grey auf Ihren Vorfahren zurück, wenn ich mich recht entsinne?«

Er nickte. »Das ist richtig. Er wurde nach meinem Großvater Charles Earl Grey benannt. 1832 brachte er eine Parlamentsreform in England auf den Weg. Zum Verbot des ...«

»Sklavenhandels.« Achtsam stellte sie ihre Tasse ab.

»Ganz recht.« Er schaute sie verblüfft an.

»Und ... warum dann der Tee?«, fragte sie nach einer Pause lächelnd.

»Ähm, natürlich, nun … ein Bediensteter meines Großvaters soll einen Mandarin in China vor dem Ertrinken gerettet haben. Dieser bedankte sich bei ihm für die Rettung mit dem Teerezept. Es war also genau genommen nicht sein Verdienst, aber es ist …«

»Eine schöne Geschichte.«

»In der Tat. Ja.« Er lächelte befangen. »Und wieder kannten Sie einen Teil davon bereits. Wahrlich, Miss Landerton, ich bin beeindruckt. Gibt es eigentlich ein Gebiet, in dem Sie sich nicht auskennen?«

»Oh, da gibt es so einige, Mylord.« Sie stellte ihre Tasse auf dem Tisch ab und schaute verlegen zu Boden.

Stille schlich sich ein, während der Maryanne Lord Greys Blick auf ihrem Gesicht spürte. Als das Schweigen unangenehm wurde, durchbrach sie es. »Also … ich halte Emily für ein fröhliches Mädchen. Sie ist absolut ausgeglichen – solange Sie hier sind, geht es ihr gut, Mylord.«

»Ja. Wahrscheinlich.« Er zog unschlüssig einen Mundwinkel hoch. Maryanne sah zu, wie er eine Zitronenscheibe in seine Tasse gleiten ließ und diese dann mit dem Löffel hinunterdrückte. »Sagen Sie, haben Sie eine Lieblingssorte?«

Maryanne hob die Brauen. »Sie meinen, welchen Tee ich am liebsten trinke?« Sie hatte keine Ahnung, wieso er nun zum vorherigen Thema zurückkehrte, ging jedoch darauf ein. »Grünen.« Sie räusperte sich. »Ich trinke am liebsten Grünen Tee.«

Er lächelte sanft, sagte aber nichts dazu, was Maryanne verunsicherte. Sie spürte, wie sie unter seinem Blick errötete und wandte sich dem Orientteppich zu. Lord Grey jedoch ließ sich davon nicht abhalten. Er schaute sie weiterhin an und Maryanne ließ seinen Blick zu. Auch empfand sie die Stille, die sich ab und an zwischen sie senkte, nicht mehr als unangenehm. Sie mussten nicht miteinander sprechen, um beieinander zu sein. Maryanne gefiel die Nähe zu ihm und die Art und Weise, wie er seine Tasse an die Lippen führte, hatte etwas ungeahnt Aufregendes an sich. Maryanne konnte nicht anders, als ihn zu beobachten, wie er trank. Wie sich sein Adamsapfel mit jedem Schluck bewegte und sich die feinen Sehnen an seinem Hals anspannten. Unmerklich schüttelte sie diese Gefühle von sich. Sie waren neu. Sie waren ... unschicklich. Diese blauen Augen, dachte sie, als er sie über den Rand seiner Tasse hinweg ansah. Maryanne war erneut dabei, sich in ihnen zu verlieren. Ihr Herz geriet ins Stolpern, als er sich zu ihr vorlehnte. Sie waren nun kaum eine Armlänge voneinander entfernt. »Miss Landerton?«

Maryannes Brauen hoben sich erwartungsvoll. Sie rutschte wie von selbst im Sessel weiter nach vorn und war ihm nun so nah, dass sie die feinen Haare auf seiner Brust zählen konnte, die der gelockerte Kragen seines Hemdes preisgab. Rasch glitt ihr Blick wieder hinauf zu seinem Gesicht. Zurück zu seinen Augen. Hatte er schon immer diesen hellen Kranz um die Pupillen gehabt? Oder lag es am einfallenden Tageslicht? Sie schluckte nervös.

»Ich werde unsere Hauswirtschafterin beauftragen, Grünen Tee zu kaufen«, sagte er leise, als wäre dies ein Geheimnis. Maryanne schluckte erneut, sank zurück in die Lehne und rang sich ein Lächeln ab.

»Vielen ... Dank ... Mylord.« Sie biss sich verlegen auf die Unterlippe. Seine Gegenwart hatte eine Wirkung auf sie, die sie nicht steuern konnte. Nie zuvor hatte sie sich auch nur für irgendeinen Mann interessiert. Edward Grey jedoch weckte ein Verlangen in ihr, das sie nicht für möglich gehalten hätte.

Kapitel 8

Kensington, 1877

»Gleich habe ich euch.« Bettys Singsang erfüllte das Teehaus. Maryanne hielt den Atem an. Sie kauerte mit angewinkelten Knien unter einem der Tische und unterdrückte angestrengt ein Lachen, als Betty an ihr vorbeilief. Schräg gegenüber lugte Hannas Fuß neben dem Tresen hervor.

»Hab dich, Tante Trudi!« Betty klatschte triumphierend in die Hände.

»Hilfst du mir, die anderen zu suchen?«, hörte Maryanne ihre Nichte daraufhin leise fragen, dann vernahm sie eilige Schritte. Die Küchentür öffnete und schloss sich. Maryanne harrte aus, wähnte sich in Sicherheit, als sich im nächsten Moment, völlig unerwartet, jemand zu ihr hinunterbeugte.

»Gefunden!« Roberts breites Grinsen entlockte ihr ein erleichtertes Lächeln. Flink krabbelte sie unter dem Tisch hervor und stieß sich den Kopf an der Platte.

»Autsch!« Brummend rieb sie sich die schmerzende Stelle am Haaransatz.

»Oje. Ich hab dich doch nicht etwa erschreckt?«

»Nein, nein. Passiert mir ständig. Dafür bin ich aber meistens die Letzte, die gefunden wird.«

»Ach, echt? Ist ja seltsam. Ich habe dich sofort entdeckt.«

Hanna kicherte laut in ihrem Versteck und erinnerte Maryanne daran, dass das Spiel noch nicht vorbei war.

»Meine Nichte und ihre Freundin haben uns genötigt mitzumachen«, sagte Maryanne mit gesenkter Stimme.

»Verstehe. Und ich dachte schon, du versteckst dich vor deinen Gästen.« Er lachte.

»Von wegen. Ihr seid früh dran. Wir machen gerade erst auf.« Sie klopfte sich das Kleid ab und brachte ihre festsitzende Schürze in Form.

»Ich bin früh dran«, entgegnete er. »Der Rest unserer Truppe ist schon im Gericht. Nachdem Colin George und Charles zu einem Gelage überredet hat, das ein wenig ausuferte, beharrte mein Großonkel heute auf ihre Anwesenheit. Ich glaube, es geht um den Diebstahl eines Schweins. Sie kommen erst gegen Abend.«

»Dann ist es eine Art Strafe?«

Er nickte grienend.

»Nur gut, dass du so anständig bist und dich dem Gelage entziehen konntest.«

»Nun ... so bin ich eben.«

Maryanne konnte ein Lachen nicht zurückhalten. »In jedem Fall hast du dir jetzt ein nahrhaftes Frühstück verdient.«

»Deswegen bin ich hier.«

»Ich freu mich, dass du da bist.«

Robert strahlte. Sein Blick tastete sich über ihr Gesicht und ihr wurde ganz warm. Für einen Moment standen sie sich reglos gegenüber.

Die Küchentür schwang erneut auf und Betty stürmte auf Maryanne zu, ehe diese wusste, was geschah.

»Hab dich!« Betty rüttelte so energisch an Maryannes Kleid, dass sie diese fast umwarf.

»Na ja. Also genau genommen ...« Robert kniete sich vor Betty und legte den Kopf schief. »... hatte ich sie zuerst.«

Betty schaute ihn finster an. »Du spielst doch gar nicht mit.«

»Jetzt schon.«

Sie stemmte die Hände in die Hüften und sah dabei ebenso belehrend aus wie ihre Großmutter. »Nur die Familie darf mitspielen.«

»Nun ja, als ein alter Freund deiner Tanten gehöre ich doch quasi zur Familie.«

»So alt siehst du gar nicht aus.«

Robert richtete sich lachend auf. »Na, das fasse ich mal als Kompliment auf.«

»Hm.« Betty schürzte unschlüssig die Lippen, dann machte sie Hanna aus, die durch lautes Kichern ihr Versteck preisgegeben hatte.

»Du bist dran!« Betty zeigte auf Gertrud, die soeben aus der Küche gekommen war.

»Schönen guten Morgen, liebe Trudi.« Robert beugte sich vor.

»Guten Morgen.« Gertrud lächelte schüchtern.

»Wir spielen später weiter«, sagte Maryanne an Betty gewandt. »Jetzt müssen wir arbeiten.«

Die Kleine schmollte. »Aber es ist doch noch kein Gast da.«

»Doch. Robert ist ein Gast.«

»Er hat gesagt, er gehört zur Familie.«

Maryanne musste lachen. »Ja. Das ... stimmt auch.«

»Folgender Vorschlag. Wenn ihr mich lasst, melde ich mich nach meinem Frühstück freiwillig als Sucher«, sagte Robert. »Aber dann draußen im Hof, wo es schwieriger ist. Ich brauche eine Herausforderung. Wie wär's? Ihr könntet euch ja schon mal nach den besten Verstecken umsehen.«

Betty wechselte einen knappen Blick mit Hanna. Beide ließen sich erweichen, nickten gleichsam und sausten los.

Maryanne wandte sich an Robert. »Was möchtest du haben?«

»Eier mit Schinken. Scones mit Marmelade und Tee, bitte«, antwortete er in Gertruds Richtung. Sie nickte und verschwand zurück in die Küche.

Maryanne führte ihn zum besten Tisch des Hauses, in der Ecke unter dem Fenster.

»Wie geht es euch inzwischen?«, fragte er, während sie Besteck und Serviette vor ihm zurechtlegte. »Ist es leichter geworden?«

Sie biss sich auf die Lippe. Warum fragte er das?

»Es ist jedenfalls nicht schwerer geworden. Zumindest nicht alles.«

Er runzelte die Stirn. »Klärst du mich auf?«

Maryanne konnte ein Seufzen nicht zurückhalten.

Robert betrachtete sie besorgt. »Es ist die Teestube, richtig?«

Wieder seufzte sie.

Er nickte verständnisvoll. »Irgendetwas hat sich verändert. Ich habe bemerkt, dass die Tische kaum mehr besetzt sind. Woran liegt das?«

»Ich weiß es nicht«, antwortete sie bedrückt. »Aber es ist so schlimm, dass wir unsere Rechnungen nicht bezahlen können. Und Mama ist der Meinung, es wird nicht wieder besser werden.«

»Das verstehe ich nicht. Es lief doch immer so gut. An Gertruds Sandwiches liegt es jedenfalls nicht.«

»Nein.« Sie schluckte.

»Woran dann?«

Maryanne zuckte die Schultern. »Ich habe keine Ahnung. Seit Vaters Tod ist es, als würden die Leute denken, es gäbe uns nicht mehr. Dabei sind wir immer noch da.« Sie holte tief Luft, winkte ab und wandte sich zum Gehen. »Ich will dich nicht damit belasten.«

»Tust du nicht!«, sagte er prompt.

Sie drehte sich nochmals zu ihm, blieb bei ihm stehen, ohne zu wissen, was sie sich davon versprach. War es sein Trost, seine Nähe, die Beständigkeit, die er ausstrahlte? Zweifellos brachte er etwas vom Altbewährten ins Kensington Crown zurück und davon fühlte sie sich angezogen wie die Motte zum Licht.

»Ich hätte mir für euch gewünscht, dass ihr nun endlich zur Ruhe kommen könnt.« Roberts Blick war besorgt auf sie gerichtet. »Gestern war ich am Grab deines Vaters. Ich habe ihm Nelken gebracht und in der Kapelle eine Kerze für ihn angezündet. Das war längst überfällig.«

Sie schnappte nach Luft.

»Du besuchst ihn sicher häufig.« Er sah sie durchdringend und fragend an.

Beklommenheit stieg in Maryanne auf. »Nicht besonders oft. Nein.« Seit dem Tag nach der Beerdigung war sie nicht mehr auf dem Friedhof gewesen. Sie überließ die Grabpflege ihrer Mutter oder Gertrud und verkroch sich lieber im Teehaus. Robert betrachtete sie nachdenklich, als ahnte er ihren Widerwillen.

»Ich ... habe es nicht so mit Friedhöfen«, murmelte sie stockend, weil sie das Gefühl hatte, er erwarte eine Erklärung.

»Hm.« Er nickte leicht. »Nun, das muss jeder für sich wissen, denke ich. Für viele ist es tröstlich, einen Ort des Gedenkens zu haben. Aber im Grunde bin ich der Ansicht, dass du deinen Vater überall erreichen kannst. Wenn es so etwas wie Geister gibt, dann wäre er wohl eher hier.«

»Das wäre er«, raunte sie, doch wirklich aufgemuntert war sie nicht, was auch Robert nicht entging.

»Wenn ich euch irgendwie unterstützen kann, dann ...«

Sie schüttelte den Kopf. »Das ist nett von dir, aber ich wüsste nicht, was du tun könntest.«

Er rückte ihr den Stuhl neben sich zurecht und bedeutete ihr, sich hinzusetzen.

Maryanne schaute sich zögerlich um.

»Wenn andere Gäste kommen, darfst du sofort wieder aufstehen.« Etwas ungemein Tröstliches lag in seinem Versprechen.

Sie rang sich ein Lächeln ab, nahm Platz und atmete tief ein und aus, um die Tränen zurückzudrängen, die sich in ihren Augen gesammelt hatten – wegen ihres Vaters und des Scherbenhaufens, in dem er sie zurückgelassen hatte.

»Ist es so schlimm?« Robert lehnte sich zu ihr vor.

»Schlimmer.« Sie wagte nicht, zu ihm aufzusehen, weil sie befürchtete, sonst heftig losweinen zu müssen, ohne sich wieder beruhigen zu können. Er gab ihr die Serviette, die sie ihm hingelegt hatte, und sie trocknete damit ihre Tränen, die sie nun nicht mehr zurückhalten konnte.

»In drei Wochen kommt Anthony aus York zurück, dann soll das Kensington Crown an den neuen Eigentümer überschrieben werden.« Sie zog die Nase hoch. Ihm das zu erzählen, fiel ihr unglaublich schwer.

Seine Augen weiteten sich, aber er blieb ruhig. »Lässt sich der Verkauf denn nicht irgendwie verhindern?«

Leise schluchzend schüttelte sie den Kopf. »Wir haben Hypothekenschulden bei der Kirche, die wir nicht bezahlen können. Wenn wir nicht verkaufen, dann wirft man uns hier raus.«

»Könnt ihr euch das Geld von niemandem leihen?«

»Das haben wir versucht. Wir waren bei meiner Tante Ursula, doch sie hat uns eine Absage erteilt.«

»Die Schwester deiner Mutter, die in Mayfair wohnt?«

Maryanne nickte. Er kannte ihre Tante von früheren Erzählungen als Angehörige des gutbürgerlichen Familienzweiges. Jener Zweig, den man nur selten sah, über den aber ständig irgendetwas in der Zeitung stand.

»Ich denke, sie ist erleichtert darüber, dass wir verkaufen.« Maryanne schluckte, um ihre Stimme zu festigen. »So muss sie sich wenigstens nicht mehr unseretwegen bei ihren feinen Freunden rechtfertigen. Sie hat sich schon immer für uns geschämt.« Maryanne schlug kurz die Augen nieder. Sie hatte sich ihm nicht anvertrauen wollen und doch war es geschehen. Die Verzweiflung tobte in ihr wie ein wildes Tier und brachte sie noch um den Verstand. Maryanne hatte sie nicht unter Kontrolle und nun hatte sie ihr auch noch das letzte bisschen an Selbstbeherrschung geraubt.

»Ich bringe dir dein Frühstück.« Sie stemmte sich müde hoch, ehe er etwas sagen konnte. Auf dem Weg in die Küche spürte sie seinen mitfühlenden Blick in ihrem Nacken.

»Ich habe mich schon gefragt, wo du bleibst.« Gertrud legte die gebratenen Eier zum Schinken auf den Teller.

»Ich habe mich mit Robert unterhalten.«

Gertrud schaute besorgt zu ihr auf. »Du hast ihm aber nicht erzählt, was bei uns los ist, oder?«

»Und wenn doch?«

»Ich will nicht, dass er es weiß.« Gertrud versenkte das Messer in den Brotlaib und schnitt eine dicke Scheibe ab.

»Ich wüsste nicht, welchen Unterschied das macht. Es weiß ohnehin bald jeder. Dieser Bloom plant bereits den Umbau unserer Gaststube. Es soll ein Erholungshotel werden, mit Saunen und Bädern wie im alten Rom. Den Eingangsbereich will er einreißen. Ich habe gehört, wie er gestern bei der Besichtigung mit seinem Architekten darüber sprach, den Vorderbereich abzutragen, um Platz für einen Springbrunnen zu haben.«

»Das Kensington Crown, ein Erholungshotel?«, wiederholte Gertrud abfällig.

»Wer weiß, vielleicht darfst du als Köchin bleiben? Die können sicher gutes Personal gebrauchen.«

Gertrud schaute Maryanne aus schmalen Augen an. »Denkst du wirklich, ich würde für diesen Mann arbeiten?«

Maryanne senkte den Blick. Sie war über sich selbst erschrocken. Sie klang kapitulierend. Das passte nicht zu ihr.

»Also, ich verachte diesen Mann dafür, was er mit unserem schönen Teehaus vorhat. Schlimm genug, dass er uns unser Heim nimmt. Jetzt hat er auch noch vor, es zu entweihen.« Gertrud ließ das Knochenbeil auf die Schinkenschwarte niedersausen. So aufgebracht hatte Maryanne ihre Schwester noch nicht erlebt. Obwohl sie sie verstehen konnte, fehlte ihr mit einem Mal die Kraft, sich weiterhin gegen das Unvermeidliche zu stellen.

»Ist Mama noch bei der Bank?« Maryanne goss heißes Wasser auf die Teeblätter in der Kanne.

»Sie müsste jeden Moment zurück sein«, antwortete Gertrud.

***

Am Morgen hatte ihre Mutter darauf bestanden, allein zum Banktermin zu gehen, bei dem es um die überfälligen Hypothekenzahlungen und den Verkauf des Teehauses an den Amerikaner ging. Sie hatte die unangenehme Verpflichtung allein wahrnehmen wollen. Maryanne und Gertrud jedoch wussten, dass sie ihnen eine weitere Demütigung ersparen wollte. Anthony hatte ihnen die notwendigen Vollmachten zukommen lassen. Was fehlte, war einzig seine Unterschrift.

Maryanne schnappte sich ein Gedeck und brachte Robert seine Bestellung.

»Tut mir leid, dass du warten musstest.«

»Das macht doch nichts.« Er sah durchdringend auf die Eier, nahm die dampfende Tasse wahr und wirkte plötzlich gehetzt.

»Mir ist eingefallen, dass ich noch etwas Wichtiges zu erledigen habe.« Hastig kramte er Geld aus seiner Hosentasche und legte es auf den Tisch.

»Kann das nicht bis nach dem Frühstück warten?«, fragte Maryanne perplex.

»Leider nein.« Er stand auf.

Maryanne hob verwundert die Brauen.

»Ich komme heute Abend wieder. Bis dahin ist hoffentlich alles erledigt.« Robert manövrierte sich an ihr vorbei, schlüpfte in seinen Mantel und eilte aus der Teestube. Maryanne sah verunsichert zu, wie die Tür hinter ihm ins Schloss fiel. Ihr Herz schlug wie wild gegen ihren Brustkorb, und eine furchtbare Ahnung ließ sie schlucken. Sicher hatte er die gut gelaunte, selbstsichere Maryanne erwartet. Stattdessen hatte er heute eine jammernde, schwache Version von ihr vorgefunden. Sie war so sehr damit beschäftigt, darüber nachzudenken, womit sie ihn verscheucht hatte, dass das Gespräch der beiden Frauen, die am Tisch gegenüber saßen, nur gedämpft zu ihr vordrang.

»Das ist sie. Sie und Lord Grey ...«, hörte sie sie tuscheln. Ihr Magen verkrampfte sich.

Maryanne versuchte, zu ignorieren, was sie gehört hatte, und trug Roberts Frühstück zurück in die Küche. Gertrud sah verwundert von einem Blech frisch gebackener Scones zu ihr auf. »Stimmt was nicht mit der Bestellung?«

Maryanne schüttete die Eier in den Abfalleimer und stellte den Teller unsanft in die Spüle.

»Maryanne? Was ist denn?«, fragte Gertrud besorgt.

Maryanne deutete ein Kopfschütteln an. »Gar nichts. Robert musste noch mal weg.«

»Hm.« Gertrud rührte mit dem Schneebesen Eigelb an. Kurz hielt sie dabei inne. »Hat er gesagt, wann er wiederkommt?«

»Heute Abend«, antwortete Maryanne leise.

»Na, dann.« Gertruds Lippen verzogen sich zu einem Lächeln, während sie beschwingt mit dem Pinsel über die frisch gebackenen Scones strich.

Maryanne schob die Hände in ihre Schürzentaschen und ballte so fest die Fäuste, dass sich ihre Nägel ins Fleisch bohrten. Sie war es leid, das Gesprächsthema der ganzen Stadt zu sein. Am liebsten hätte sie die Frauen aus dem Teehaus geworfen, weil sie so offen über sie und Lord Grey gesprochen hatten, dass jeder es hatte hören können. Bestimmt war das der Grund gewesen, weshalb Robert so fluchtartig aufgebrochen war.

Aber würde er einem solchen Gerücht einfach so Glauben schenken? Eigentlich passte das nicht zu ihm. Stets hatte er sich seine eigene Meinung gebildet und nichts auf Tratsch und Klatsch gegeben. Aber was, wenn sie sich irrte? Wenn er Maryannes Affäre mit dem reichen Lord für möglich hielt und nun enttäuscht von ihr war? Maryanne schwirrte der Kopf. Obwohl sie nicht mehr über ihre Zeit auf Roslyn Park reden wollte, würde sie mit Robert darüber sprechen müssen. Ihm erklären, wie es dazu kam, dass dieses Gerücht aufkam, und sie würde auf sein Verständnis hoffen.

Kapitel 9

Roslyn Park, Frühjahr 1876

Traditionell eröffnete der Ball auf Roslyn Park die Saison, und Lady Grey nahm diese wichtige Aufgabe äußerst ernst. Nur einmal im Jahr waren alle Fenster im großen Haus hell erleuchtet. Fackeln säumten feierlich die lange Auffahrt zum Herrenhaus, und Laternen brannten auf der Terrasse bis hinunter zum Irrgarten, um den feinen Gästen die Schönheit des Anwesens auch in der Dunkelheit nicht vorzuenthalten.

Maryanne hatte Emily ins Bett gebracht, die wenig begeistert darüber war, dem Fest nicht beiwohnen zu dürfen. Zu gerne hätte sie all die vornehmen Damen in ihren pompösen Kleidern gesehen, doch für einen Ball war sie zu jung, und Lady Grey hatte darauf bestanden, dass sie auf ihrem Zimmer war, bevor die ersten Gäste auf Roslyn Park eintrafen.

Kaum hatte Maryanne Emily eine gute Nacht gewünscht, zog sie sich ebenfalls zurück. Zwar gefiel ihr die Vorstellung vom schillernden Ball und vom Tanzen, abgesehen davon aber löste die gehobene Gesellschaft in Verbindung mit großen Menschenansammlungen in ihr auch immer ein gewisses Unbehagen aus. Und wenn sie an Lady Greys endlos lange Gästeliste dachte, war sie dankbar dafür, keine Einladung erhalten zu haben.

Stattdessen machte es sich Maryanne mit einem Buch im Bett bequem, fest entschlossen, früh zu schlafen, um am Morgen ausgeruht zu sein. Sie hatte allerdings Mühe, sich auf ihre Lektüre zu konzentrieren. Unwillkürlich folgten ihre Gedanken der Musik, die aus dem Saal zu ihr hinaufdrang, und sie fragte sich, was Lord Grey wohl gerade tat. Sie sah ihn vor sich, umgeben von hoffnungsvollen jungen Damen und Müttern, die ihm ihre Töchter aufdrängten. Zweifellos gehörte er zu Englands begehrtesten Junggesellen. Edward Grey war im selben Alter wie Gertrud, aber ihn drängte niemand zur baldigen Heirat. Er durfte sich damit offenbar Zeit lassen. Ob er auf die Richtige wartete? Oder war er schon versprochen?

Maryanne seufzte unwillkürlich auf, während sie vor sich hin ins Leere starrte. Das aufgeschlagene Buch rutschte von ihrem Schoß, und sie merkte es nicht einmal.

Wer wäre nicht gerne die Frau an seiner Seite?, dachte sie, und zum ersten Mal, seit sie auf Roslyn Park war, spürte sie das dumpfe Gefühl von Minderwertigkeit aufflackern.

Obwohl sie sich nie etwas daraus gemacht hatte, nicht der obersten Gesellschaftsschicht anzugehören, war da plötzlich diese Gewissheit, dass ihr doch nicht alle Lebenswege offenstanden. Von einer inneren Unruhe getrieben stand sie auf, ging zum Fenster und schaute in die Nacht hinaus. Der Vollmond stand am Himmel und tauchte den Garten in silbriges Licht. Sie wollte sich gerade wieder abwenden, da sah sie Bonnie, die über die Wiese flitzte, dicht gefolgt von Emily und einem Dienstmädchen, das ihr aufgescheucht hinterherrannte.

»Oh, nein!« Hastig streifte Maryanne sich ihren Morgenrock über, schlüpfte in ihre Schuhe, eilte die Gesindetreppe hinunter und durch den Küchentrakt hinaus.

»Emily?«, rief sie verhalten. Aufmerksam sah sie sich
nach den hell erleuchteten Fenstern des Ballsaals um,
inständig hoffend, dass Emilys Flucht aus dem Haus
von Lady Grey unbemerkt geblieben war.

In der Ferne hörte sie Bonnie bellen und Emily rufen.
Maryanne schloss zu Bill, dem Stallburschen, auf, der
auf der Wiese stand und in die Richtung starrte, in die
Emily gelaufen war.

»Der Hund musste raus«, meinte Bill und zuckte entschuldigend die Schultern. »Dann ist er einfach fortgelaufen. Wahrscheinlich jagt er einem Kaninchen
nach.«

»Ich gehe und suche Miss Emily. Sie muss umgehend
zurück ins Haus. Sie halten Wache, und sollten Gäste
auf Sie zukommen, wimmeln Sie sie ab«, sagte Maryanne entschlossen.

»Sehr wohl, Miss.« Er nickte.

Maryanne eilte über die Wiese, am Irrgarten und den
Rosen vorbei bis hinter die Kuppe und zum Eichenwäldchen, das daran grenzte. Sie suchte die gesamte
Umgebung ab.

»Miss Landerton!« Edward Greys Stimme ließ ihr
Herz ruckartig schneller schlagen. Langsam wandte sie
sich ihm zu und schluckte ertappt und vor Verlegenheit, denn in dem dunkelroten, modischen Jackett sah
er umwerfend aus.

»Es ... tut mir so leid, Mylord. Emily ... Sie ... Sie wollte dem Hund nach und dann ...« Sie stockte, als er mit undurchsichtiger Miene direkt vor ihr stehen blieb.

»Ich weiß. Bill hat mich aufgeklärt.«

»Sie müssen nun wirklich nicht hier sein. Ihr Ball ...«

»Ich wollte sowieso ein wenig frische Luft schnappen. Wir suchen gemeinsam. Dann sind wir schneller.«

Maryanne nickte dankbar. Sie teilten sich auf und suchten das Gebiet nach Emily ab. Edward schaute im Wäldchen und am Teich nach. Maryanne verschlug es zum steinernen Pavillon, wo sie Emilys Wimmern wahrnahm. Sofort beschleunigte sie ihren Gang, rannte darauf zu und fand das Mädchen weinend auf der Treppe des Pavillons sitzend vor.

»Emily! Da bist du ja.« Erleichtert schloss sie sie in ihre Arme, und das Kind bettete schluchzend das Gesicht an ihre Schulter.

»Wir haben uns solche Sorgen gemacht«, sagte Maryanne und strich ihr sanft über den Rücken.

Edward traf bei ihnen ein, und Emily lief sogleich weinend in seine Arme.

»Was ist denn nur passiert?«, fragte er und trocknete Emilys Tränen mit einem Zipfel von dem Tuch aus seiner Westentasche. »Ach ... Onkel Edward. Bonnie ... hat nicht auf mich gehört«, erklärte Emily aufgelöst. »Ich wollte sie nur ganz kurz rauslassen, weil sie so gejammert hat, und jetzt ... jetzt ist sie weg.«

»Wir werden sie finden«, sagte ihr Onkel ruhig.

»Miss Emily!« Das Dienstmädchen, das ihr nachgerannt war, kam abgehetzt zu ihnen. »Gott sei Dank, Ihnen ist nichts passiert.«

»Ruth, bitte begleiten Sie meine Nichte zurück ins Haus. Sie hat sich eine heiße Schokolade verdient.« Edward strich Emily liebevoll über den Schopf. »Mach dir keine Sorgen. Wir finden Bonnie.«

Emily zog die Nase hoch, nickte leicht und ging mit Ruth.

»Wir sollten uns aufteilen«, sagte Edward anschließend. »Bill, Sie gehen bis zum Gärtnerhaus.«

»Sehr wohl, Mylord.« Bill tat wie ihm geheißen.

Nachdem er nicht mehr zu sehen war, glitt Maryannes Blick erwartungsvoll zu Lord Grey.

»Es ist besser, Sie gehen auch hinein, Miss Landerton. Ich werde im Irrgarten und bei den Rosen suchen.«

»Ganz allein? Das kommt nicht infrage.« Ihr Einspruch brachte ihn zum Glucksen. »Sind Sie etwa besorgt um meine Sicherheit?«

Sie druckste herum. »Nun ja … Ich …« Maryanne konnte ihm keine schlüssige Erklärung liefern, denn er wirkte auf sie keineswegs hilflos. Eher wie jemand, der sich Banditen gegenüber durchaus zu verteidigen wusste.

»Wie dem auch sei. Ich werde mit Ihnen kommen«, erwiderte sie dennoch. »Vier Augen sehen mehr als zwei. Und … Sie werden doch zurück auf dem Ball erwartet, oder nicht?«

»Seien Sie versichert, dass mich dort gerade niemand vermisst«, entgegnete er prompt.

Maryanne hob irritiert die Brauen. Sie öffnete ihren Mund, um ihm zu widersprechen. Immerhin war er der Gastgeber. Letztlich beließ sie es aber dabei.

»Warum ausgerechnet dort hinein?«, fragte sie stattdessen. Ihr war mulmig zumute – ein Gefühl, das stärker wurde, je näher sie dem Irrgarten kamen, der bei Nacht eine gespenstische Ausstrahlung besaß. Der Gedanke, sich im Dunkeln zu verlaufen, brachte ihr eine Gänsehaut am ganzen Körper ein.

Grey lachte leise auf. »Kaninchenbauten«, erklärte er knapp, wurde ernst und bedachte sie mit einem feinfühligen Seitenblick. »Aber keine Angst, ich bin ja da. Ich passe auf Sie auf.«

Tatsächlich hörten sie Hundegebell, sobald sie am Irrgarten angelangt waren. »Wahrscheinlich findet Bonnie nicht mehr allein raus. Da haben Sie wohl etwas gemeinsam.« Grey knuffte Maryanne leicht in die Schulter.

»Haha«, tönte Maryanne, konnte aber ein amüsiertes Lächeln nicht zurückhalten. Sein Humor gefiel ihr gerade deshalb so gut, weil er nicht unbedingt standesgemäß war.

»Bleiben Sie ganz nah bei mir.« Er betrat leicht geduckt vor ihr den Irrgarten, als wagten sie sich in eine Löwenhöhle.

»Bonnie. Hierher«, rief er und suchte dabei immer wieder nach Orientierungspunkten, wie etwa einer besonders kunstvoll gestutzten Hecke oder einem Loch im Dickicht, bevor er eine Richtung einschlug. Rücksichtsvoll vergewisserte er sich in regelmäßigen Abständen, ob Maryanne noch bei ihm war.

»Wenn ich das zu Hause jemandem erzähle…«, meinte sie, zwischen seinen Rufen wie zu sich selbst und schüttelte den Kopf.

»Was genau?«, fragte er so beiläufig, als wäre der Abend bisher vollkommen unspektakulär verlaufen.

»Nun ja, lassen Sie mich kurz überlegen. Möglicherweise, weil ich in einem Nachthemd draußen herumlaufe.«

Er warf ihr einen Blick über seine Schulter zu und lächelte verschmitzt.

»Oder etwa, weil ich in Begleitung des Hausherrn bin. Der die Nacht lieber in einem Irrgarten verbringt als auf seinem eigenen Ball.«

»Ich weiß nicht, was Sie meinen. Das hört sich für mich nach einer gewöhnlichen Samstagnacht an«, entgegnete er keck.

Sie schnaubte, konnte aber ein Grinsen nicht zurückhalten. Dieser Mann war einfach so anders als all die feinen Herren, die sie aus dem Kensington Crown kannte. Wenn sie es nicht besser wüsste, würde sie meinen, er wäre bürgerlich – wie sie, und doch war er so viel mehr. Bodenständig, familiär, vernünftig, gütig und ... unverschämt reich.

Sie gingen nebeneinander her, und manchmal waren die Gänge so eng, dass sich ihre Hände berührten. Doch Edward Grey zuckte darunter nicht zusammen. Und er änderte auch nicht ihre Distanz zueinander. Hie und da warf er Maryanne einen scheuen Seitenblick zu. Spätestens als sein zielstrebiger Weg in einer Sackgasse endete, wurde Maryanne klar, dass nicht nur sie auf ihrem gemeinsamen nächtlichen Ausflug orientierungslos geworden war.

Suchend schaute Lord Grey sich nach allen Seiten um, dann wandte er seinen Blick hinauf, als könnten ihm die Sterne den richtigen Weg weisen.

»Ich hoffe doch, wir haben uns nicht verirrt?«, fragte Maryanne mit einem schelmischen Unterton.

»Äh, nein, nein. Keine Sorge«, antwortete er und ließ seinen Blick weiter umherschweifen. »Ich habe nur kurz den Überblick verloren.«

Maryanne lachte auf. »Nun, ich denke, das ist die Definition von Sich-verirrt-Haben.«

»Hm«, machte er, stemmte die Hände in die Hüften, prustete und schaute dann zu ihr. »Nun ja. Und ich denke, dass ... Sie recht haben. Wie üblich.«

»Oje«, hauchte Maryanne verdrossen.

»Keine Angst. Ich finde immer wieder raus. Manchmal dauert es allerdings länger.«

Maryanne schmunzelte ob der Selbstironie, die er so offen nach außen trug.

Der lang gezogene, heulende Ruf einer Eule erfüllte die Nacht und ließ Maryanne so sehr zusammenschrecken, dass sie versehentlich gegen Lord Grey stieß.

»Verzeihung«, murmelte sie betreten und blieb dicht hinter ihm, während er einen neuen Weg durch den Irrgarten vorgab. Der Hund bellte erneut und sie horchten auf.

»Bonnie!«, rief Lord Grey und beschleunigte seinen Gang. Er folgte dem Gebell, Maryanne im Schlepptau.

»Wessen Idee war dieser Irrgarten eigentlich?«, fragte sie, um das Schweigen zu brechen.

»Die meines Großvaters. Er hat ihn für seine Frau errichten lassen. Ursprünglich war er nur als Weg zur eigentlichen Überraschung gedacht gewesen.«

»Zum Rosengarten?«

Er drehte sich zu Maryanne um und nickte leicht.

»Wie ungemein romantisch«, sagte sie.

»Mein Großvater war in der Tat ein Romantiker. Mit einer gewissen Vorliebe fürs Spiel.«

»Dann hoffe ich, dass Ihre Großmutter über einen besseren Orientierungssinn verfügte als ich.«

Er zuckte unschlüssig die Schultern. »Nun, sie hatte viele Jahre Zeit, sich zurechtzufinden. Und sie hatte eine Leidenschaft für Rosen. Das war wahrscheinlich der beste Anreiz, sich den richtigen Weg zu merken.«

»Dann ... hat er sie geliebt? Ich meine, Ihr Großvater liebte Ihre Großmutter?« Maryanne wusste nicht, wieso sie ihm diese Frage gestellt hatte. Allerdings hatte die Geschichte vom geheimen Garten ihre Vorstellung von der arrangierten Ehe, wie es in Adelskreisen üblich war, auf den Kopf gestellt.

Lord Greys Miene verriet Irritation. »Davon gehe ich aus«, antwortete er nach einer gedankenschweren Pause. »Es war aber keine Liebesheirat, wenn Sie das meinen. Nicht in der Art, wie es bei Ihren Eltern der Fall war.«

Maryanne lächelte ob der Tatsache, dass er sich gemerkt hatte, was sie ihm auf einem ihrer Spaziergänge mit Emily erzählt hatte.

»Es ist ein allgemein bekanntes Geheimnis, dass mein Großvater viele Jahre eine andere Frau liebte. Die Herzogin von Devonshire. Aber ... sie war unerreichbar für ihn.«

»Wie tragisch«, hörte Maryanne sich flüstern.

»Ja. Für meine Großmutter mehr noch als für ihn«, entgegnete er. »In meinen Augen ist es unverzeihlich, die Ehe einzugehen, wenn die Gefühle an jemand anders gebunden sind.«

»Ich gebe Ihnen recht. Es ist unverzeihlich.« Maryanne konnte dem nur zustimmen.

»Allerdings«, sagte er gedehnt. »Mit der Zeit hat sich wohl doch noch etwas zwischen meinen Großeltern entwickelt. Eine andere Form von Zuneigung. Geprägt von Wertschätzung und gegenseitigem Respekt. Ganz gleich, was es auch war, es war für meinen Großvater Anlass genug, um diesen Garten zu erschaffen. Und ... da er bis heute besteht und er immer noch regelmäßig Menschen in die Irre führt, hat er Bedeutsames hinterlassen.«

»Ganz zweifellos.« Etwas am Ausdruck seiner Augen ließ Maryanne gedanklich innehalten. Lord Greys Fähigkeit, eine Verbindung zwischen Verstand und Gefühl zu schaffen, war bemerkenswert. »Ist das auch Ihr Wunsch?«, hörte sie sich fragen. »Etwas zu hinterlassen, das von Bedeutung ist?«

Er sah sie an, als hätte sie ihn soeben darauf hingewiesen, wie naiv ein solches Lebensziel war. »Nun, ich nehme an, das entspricht dem Wunsch eines jeden Mannes«, antwortete er dennoch.

»Und ich nehme an, Sie sprechen davon, einen Erben in die Welt zu setzen.«

Er hob die Brauen, blinzelte überrumpelt von ihrer schamlosen Ehrlichkeit. »Weil das das erklärte Ziel eines jeden Mannes ist? Wollen Sie darauf hinaus?«

Rasch stimmte sie ihren Ton milder. »Weil es Ihre Nachfolge sichert. Und das ist völlig in Ordnung. Hätte ich ein solches Anwesen, sähe ich es auch lieber in den Händen meiner Nachkommenschaft.«

Betretenes Schweigen trat zwischen sie, und Maryanne bereute es, so unangebracht offen mit ihm gesprochen zu haben. Sie rief sich in Erinnerung, mit wem sie es zu tun hatte. Dass sie nicht mit einem ihrer Gäste im Kensington Crown über das Wetter diskutierte, sondern mit einem Lord sprach, der ihr nicht nur, was den Stand entsprach, überlegen war. Bevor sie jedoch eine Entschuldigung für ihre Vorwitzigkeit aussprechen konnte, hatte er schon das Wort ergriffen. »Ich sagte Ihnen noch gar nicht, wie aufgeräumt Emily ist, seit Sie hier sind, Miss Landerton.«

»Nun, Emily ist ein liebes Kind. Klug und voller Eifer.«

Er lächelte stolz. »Ja. Das ist sie. Wünschen Sie … sich … eigene Kinder?«, fragte er stockend.

»Das tue ich. Eines Tages. Ja. Ich hätte gerne eigene Kinder.«

»Ich bin sicher, Sie wären eine wundervolle Mutter.«

»Vielen Dank!« Maryannes Wangen fühlten sich heiß an. Ihr ganzer Körper war erhitzt, als stünde sie vor einem glühenden Ofen. Gleichzeitig überkam sie aber auch der Wunsch, ihm klarzumachen, dass sie sich nicht nur in der Rolle der perfekten, gebärenden Ehefrau sah.

»Vielleicht wäre ich das. Ja«, murmelte sie deshalb gedankenvoll. »Verstehen Sie mich nicht falsch, ich habe allergrößten Respekt vor der Mutterschaft, aber … in mir lodert auch der Wunsch, etwas zu schaffen, das darüber hinausgeht. Etwas … Außergewöhnliches. Vielleicht eine Veränderung herbeizuführen, hin zu etwas Gutem. Eine Verbesserung unserer Möglichkeiten. Bestimmt sind Sie nun schockiert und halten mich für überaus hochmütig.« Sie schaute scheu zu ihm auf, konnte jedoch keine Spur von Bestürzung in seiner Miene feststellen.

Stattdessen suchte sein verwunderter Blick den ihren, während sie langsamer wurden, und Maryannes Herz klopfte schneller.

Das Ende des schmalen Gangs kam in Sichtweite und sie spürte ein seltsames Bedauern aufkommen, denn mehr Licht fiel auf den Weg. Maryanne aber wollte im Dunkeln bleiben – mit ihm, diesem Mann, der in den Schatten des Irrgartens kein Lord zu sein schien, sondern einfach nur Edward war. Sein Gang wurde wieder langsamer, doch sie wagte nicht, den Gedanken zuzulassen, dass er genauso wenig erleichtert war wie sie, der unerwarteten Zweisamkeit zu entkommen.

Ein kalter Windhauch fand den Zugang zum Irrgarten und Maryanne hielt sich fröstelnd die Arme. Ein wenig geistesabwesend blieb sie stehen, kurz bevor sie den gepflasterten Weg erreichten, der in den Rosengarten führte. »Sie frieren ja.« Edward zog sein Jackett aus und legte es ihr um die Schultern. Maryanne konnte seine Körperwärme spüren, die auf den weichen Stoff übergegangen war. Er war auch getränkt von Edwards herben, maskulinen Duft, der Maryanne nun ungefiltert in die Nase stieg.

»Besser?«, erkundigte er sich fürsorglich, eine Hand ruhte auf ihrem Arm.

Maryanne nickte leicht, während sie zu ihm aufschaute, und eine wohlige Wärme durchströmte ihren Körper.

Sie standen dicht beieinander. Maryannes Herz klopfte so laut, dass sie fürchtete, er könnte es schlagen hören.

Lange Sekunden verstrichen, in denen sie seinem fließenden Atem lauschte. Abwartend, ungeduldig, hoffend. Edward ging näher auf sie zu. Er nahm seine Hand nicht zurück, strich stattdessen sanft ihren Arm entlang, über ihren Hals, bis zu ihrem Kinn. Maryanne warf sämtliche Vernunft über Bord. Sie ließ es geschehen. Sie wollte ihm vom ersten Augenblick an nah sein, als sie sich trafen. Willenlos ergab sie sich seiner zärtlichen Berührung, schob sich dichter an ihn heran. In seinem Blick stand etwas, das sie nicht zu deuten wusste. Ihr fehlte die Erfahrung mit Männern, aber als er seine Hände um ihre Taille legte und sanft an sich zog, spürte sie ein unbändiges Verlangen. Etwas, das sie nie zuvor empfunden hatte.

»Miss Landerton«, hauchte er und sie spiegelte sich in seinen Augen. »Maryanne.« Er flüsterte ihren Vornamen mit solcher Hingabe, dass ihr die Knie weich wurden.

»Wir ... Wir sollten weitersuchen.« Ihren müden Versuch, die Grenze des Schicklichen zu wahren, konterte er, indem er seine Hand zärtlich unter ihren Morgenrock schob.

»Das dürfen wir nicht.« Maryanne machte sich von ihm los.

»Bitte verzeihen Sie mir«, sagte er.

»Sie ... Sie werden auf dem Ball zurückerwartet.« Maryanne eilte voran. Tausend Fragen schossen ihr durch den Kopf. Wieso sie? Und ... würde sie die Kraft aufbringen können, sich ihm zu entziehen, falls er ihr wieder nahekam – wenn doch alles in ihr nach seiner Berührung verlangte? Inmitten des Rosengartens kam sie zum Stehen und ihr Verstand suchte händeringend nach Klarheit. Der Mond schien hell auf sie herab, in der Ferne klang der Ruf eines Uhus.

Edward kam ihr nach. »Ich wollte Sie nicht bedrängen. Ich weiß selbst nicht, was in mich gefahren ist.«

In dem Gefühlswirrwarr, das in Maryanne herrschte, musste sie ihm zustimmen. Auch sie hatte eine völlig neue Seite an sich entdeckt.

»Wie ergreifend dieser Teil des Gartens bei Nacht doch ist«, sagte sie, bemüht, ihre Fassung zurückzugewinnen. Tatsächlich fielen ihr die zahlreichen Steinwege auf, die wie kleine Gassen durch eine Stadt verliefen. Zwischen ihnen die Rosenbüsche, Stämme und Bodendecker – gehütet und gepflegt von den Gärtnern Seiner Lordschaft.

»Bitte verzeihen Sie«, wiederholte Edward reumütig. »Wenn ich etwas falsch gemacht habe, sehen Sie es mir nach. Ich bin nur ... nur ...«

»Nur was?« Maryanne war zwiegespalten. Einerseits wusste sie, dass sein Verhalten unpassend war. Andererseits war es das ihre ebenso gewesen. »Ich verstehe nicht recht, was Sie von mir wollen, Mylord«, sagte sie leise. Maryanne nagte an ihrer Unterlippe, während sie ihn ängstlich ansah. Er konnte es unmöglich ernst mit ihr meinen. Sie fühlte sich wie benommen.

»Also schön.« Resigniert wandte sie sich zum Gehen, als er keinen Ton herausbrachte.

»Warten Sie!« Er schloss zu ihr auf, fasste sie am Handgelenk, um sie dazu zu bringen, sich ihm wieder zuzuwenden. Edward schluckte und holte tief Luft, ehe er ihr eine Erklärung bot. »Ich bin ... der Ihre.«

Langsam schaute Maryanne zu ihm auf. Sie glaubte, sich verhört zu haben.

»Lange habe ich mit mir gerungen. Aber jetzt kann ich nicht länger schweigen. Sie sind in meinen Träumen, Miss Landerton. Und ich weiß, ich dürfte so etwas nicht sagen. Doch ich kann meine Träume nicht steuern. Genauso wenig wie meine Gefühle.«

»Bitte, halten Sie mich nicht zum Narren, Mylord.«

»Das würde ich nie wagen. Vielmehr bin ich der Narr, weil ich ...« Er kam ihr nah, blickte ihr tief in die Augen. Maryanne wich nicht zurück. Sie blieb wie gefangen von seinen Worten, seinem Blick – verzweifelt hoffend.

»Miss Landerton. Maryanne ...«

Ein wohliger Schauer flutete sie, als er jede Silbe ihres Vornamens mit Hingabe betonte.

»Eine Frau wie Sie ist mir noch nie begegnet. Ihre Offenheit, Ihre Natürlichkeit und die Leidenschaft, mit der Sie Ihr Leben leben.«

»Sie halten mich für leidenschaftlich?« Maryanne blinzelte ungläubig. Er lächelte und nickte. »Ich habe einen Ballsaal voll mit heiratswilligen Damen und doch bin ich hier.«

»Sie sind hier«, wiederholte sie leise für sich und ihre Füße bewegten sich wie von selbst auf ihn zu.

Der Wind verwehte ihr langes, ungebändigtes Haar. Edward strich es sanft zurück.

»Ich bin hier«, flüsterte er. »Und ich will nirgendwo anders sein.«

Bevor Maryanne etwas erwidern konnte, verschloss er ihren Mund mit seinen Lippen. Sie erbebte leicht, als sich seine Hände fest um ihre Taille schlossen, dann ließ sie sich fallen, versank in dem Augenblick des Kusses, in dem alles um sie herum stillzustehen schien.

Lange, endlose Sekunden verstrichen, in denen Maryanne nicht wusste, wie ihr geschah. So fühlte es sich also an, zu lieben und geliebt zu werden. Es war, als öffnete sich die Tür zu einer völlig neuen Welt. Schlagartig offenbarten sich ihr Gefühle, die zuvor nicht mehr als leere Worte gewesen waren: Leidenschaft, Begierde, Lust. Und sie wollte vollkommen in diesem Moment vergehen.

Hundegebell erschallte und holte sie so schnell zurück in die Wirklichkeit, dass Maryanne für einen Moment glaubte, geträumt zu haben. Aus den Schatten der nahe gelegenen Bäume rannte Bonnie auf sie zu. Maryanne ging vor dem Hund in die Hocke, der sofort schwanzwedelnd in ihre Arme stürmte.

»Da bist du ja endlich. Du hast uns einen ganz schönen Schrecken eingejagt«, sagte sie und kraulte Bonnie hinter den Ohren.

»Emily wird sich freuen.« Edward ging ebenfalls in die Knie und Bonnie schleckte ihm übers Gesicht. Er verzog den Mund, lachte jedoch, während er eine Leine aus seiner Tasche zog und sie an Bonnies Halsband befestigte.

Sie traten den Rückweg an und sprachen nicht, bis die Fenster des Herrenhauses wie Glühwürmchen in der Dunkelheit auftauchten.

Maryanne nahm Edward die Hundeleine ab. »Es ist wohl besser, wir verabschieden uns hier. Ich bringe Bonnie zu Emily. Sie ist bestimmt noch wach.«

»Das ist sie mit Sicherheit.« Er verharrte bei ihr, als wollte er den Moment des Abschieds hinauszögern.

»Sie sollten auf Ihren Ball zurückkehren. Es werden sich schon alle fragen, wo Sie so lange sind«, sagte Maryanne mit Bedauern in der Stimme.

Edward nickte leicht, doch seine Miene verriet Unschlüssigkeit. Er neigte sich zu ihr hinunter, so nah, dass sie seinen warmen Atem auf ihren Lippen spüren konnte. Und der Drang, ihn erneut zu küssen, war fast unbezwingbar.

»Mylord!« Bill störte den Moment und Maryanne und Edward fuhren auseinander. Verwirrt schaute der Stallbursche seinen Herrn und Maryanne, dann den Hund an.

»Ein glimpflicher Ausgang.« Edward räusperte sich.

»Das sehe ich«, meinte Bill leicht erstaunt.

»Gute Nacht.« Maryanne verabschiedete sich mit einem verlegenen Lächeln.

»Gute Nacht«, sagte Edward.

Eilig kehrte Maryanne durch den Küchentrakt ins Haus zurück, spürte jedoch noch eine Weile Edwards sehnsüchtigen Blick auf sich.

Kapitel 10

Einige Tage vergingen, ohne dass Maryanne Gelegenheit hatte, mit Edward zu sprechen. Am Morgen nach dem Ball war er an den königlichen Hof berufen worden. Maryanne wusste nicht, wie lange sein Aufenthalt in London dauern würde. Sie konnte seine Rückkehr kaum erwarten, wagte jedoch nicht, Lady Grey danach zu fragen.

Edwards süße Worte hallten noch immer in ihr nach. Ebenso wie sein Kuss. Oft wurde sie völlig unvorhergesehen von dem Moment überrollt, an dem er sie an sich gezogen hatte und sie zum ersten Mal erfahren durfte, wie es war, begehrt zu werden und selbst zu begehren. Unwillkürlich überkam sie die Erinnerung an seine Berührungen, seinen Geruch, und sie erschauderte unmerklich in den unmöglichsten Augenblicken.

»Sie wirken irgendwie so anders, Miss Landerton«, bemerkte Emily, während sie gemeinsam in einem Buch über Pflanzenheilkunde blätterten, und Maryanne wurde klar, dass sie sie die ganze Zeit über aufmerksam beobachtet hatte.

»Es geht mir gut«, antwortete sie und fuhr damit fort, dass Tee nicht nur dem Genuss, sondern auch dem Wohlbefinden diene. Als die Stunde beendet und Emily mit Bonnie im Garten verschwunden war, saß Maryanne noch eine Weile am Fenster. Unwillkürlich fuhr sie mit den Fingerspitzen ihre Lippen nach. Es war, als könnte sie Edwards Mund noch immer auf ihrem spüren, ihn schmecken, und ein wohliger Schauer flutete sie. Maryanne war so tief in Gedanken versunken, dass sie zunächst nicht hörte, wie sich Schritte vom Flur her näherten.

»Miss Landerton?« Lady Greys Stimme ließ sie zusammenzucken. Sofort stand sie kerzengerade da, brachte ihre Hände vor dem Bauch zusammen und knickste vor Ihrer Ladyschaft.

»Ich fürchte, ich habe keine guten Nachrichten für Sie«, sagte Lady Grey kühl. »Ihre Mutter hat mir geschrieben. Ihr Vater hatte einen Unfall. Sie werden auf der Stelle zu Hause verlangt.« Sie reichte ihr das Schreiben und Maryanne las voll Bestürzung.

»Es ist bereits alles vorbereitet. Mein Kutscher wird Sie umgehend nach Kensington bringen.«

»Vielen Dank!« Maryanne knickste erneut. Sie wollte gerade den Raum verlassen, da hielt sie Lady Grey zurück. »Ach, und ... Miss Landerton?«

Maryanne drehte sich noch einmal zu ihr um.

»Sie reisen sofort. Ich werde Emily alles erklären. Nehmen Sie sich ruhig Zeit bei Ihrer Familie. Sie werden so schnell nicht mehr hier benötigt.«

Maryanne runzelte die Stirn ob ihrer Wortwahl, doch dann überwog die Angst um ihren Vater. Sie eilte auf ihr Zimmer und packte in Windeseile ihre Sachen.

Vor dem Haupteingang wartete schon die Kutsche auf sie. Kurz überlegte Maryanne, sich doch noch von Emily zu verabschieden und ihr zu versichern, dass sie alsbald zurückkommen würde, dann sah sie jedoch davon ab. Emily sollte sich nicht unnötig Gedanken machen. Immerhin würde sie wahrscheinlich nicht lange fortbleiben. Nur so lange, bis es ihrem Vater wieder besser ging.

Vorerst würde sie in Edwards Nähe sein. Bestimmt würde er ihr seine Aufwartung machen und sie in Kensington besuchen, wenn er erfuhr, dass sie gegenwärtig dort war.

Ein letztes Mal schaute Maryanne an Roslyn Parks prunkvoller Fassade hinauf, bevor sie in die Kutsche stieg und nach Hause fuhr.

***

Zurück in Kensington fand sie ihren Vater verändert vor. Das Fuhrwerk, das ihn in der Morgendämmerung auf der Straße vor dem Teehaus erfasst hatte, hatte seine Hüfte zertrümmert. Er hatte große Schmerzen und nichts konnte sie lindern. Die meiste Zeit war er deshalb kaum mehr bei Bewusstsein.

Der Arzt riet der Familie, es ihm so schön wie möglich zu machen, denn es bestand wenig Hoffnung darauf, dass er sich von seinen schweren Verletzungen erholen würde.

Während Bertha Tag und Nacht an seinem Bett wachte, hielten Maryanne und Gertrud den Betrieb im Teehaus aufrecht. Tage vergingen, wurden zu Wochen. Edward schrieb ihr, er sei gegenwärtig leider nicht abkömmlich. Er teilte ihr seine Anteilnahme mit und versicherte ihr seine Zuneigung. Die viele Arbeit ließ Maryanne jedoch kaum noch Gelegenheit, an Roslyn Park zu denken. Ihre familiären Pflichten hatten sie so schnell in die Realität zurückgebracht, dass sie sich oftmals fragte, ob das, was zwischen ihr und Edward geschehen war, nicht mehr als ein schöner Traum gewesen war. Nur in der Nacht, wenn die Stille das Haus einhüllte, rief sie sich die Wahrheit in Erinnerung. Dann las Maryanne im Bett liegend wieder und wieder Edwards Briefe, die er ihr seit ihrem Fortgang geschickt hatte. Den ersten hatte sie nur wenige Tage nach ihrer Ankunft in Kensington erhalten. Er hatte ihr sein Mitgefühl wegen ihres Vaters ausgedrückt und geschrieben, wie sehr er sich auf das Wiedersehen mit ihr freue. Dass er es kaum erwarten könne. Seine Zeilen brachten Maryanne Trost. Und die Tatsache, dass seine Briefe mit dem Wunsch endeten, sie alsbald wiedersehen zu wollen, war für Maryanne Anlass zu glauben, dass seine Absichten ihr gegenüber ehrenhaft waren. Manchmal ertappte sie sich bei der Vorstellung, wie er ihr im Rosengarten von Roslyn Park einen Antrag machte, und ihr Herz machte jedes Mal einen Sprung. Noch schwieg sie sich gänzlich darüber aus, vertraute sich weder ihrer Mutter noch Gertrud an, obgleich ihre Schwester einen Verdacht hegte, dass es auf Roslyn Park einen Mann gab, der Maryannes Herz erobert hatte. Sollte es wirklich so geschehen?, fragte sich Maryanne, Nacht für Nacht, bevor sie ihre Augen schloss. Sollte ihr tatsächlich eine Liebesheirat und gleichzeitig eine glänzende Partie vergönnt sein? Ihre Tante Ursula jedenfalls wäre hocherfreut, wenn sie deren Erwartungen weit übertreffen würde.

Leise schob Maryanne Edwards Brief unter ihr Kopfkissen, dann schaute sie zur Zimmerdecke hinauf und die Vorfreude auf das Wiedersehen mit ihm überwältigte sie erneut. Noch wurde sie im Kensington Crown gebraucht. Der Gedanke an eine gemeinsame Zukunft mit Edward motivierte sie jedoch für den Tag und verlieh ihr die Geduld, die notwendig war.

***

Neue Teeblätter waren aus Übersee eingetroffen. Exotische Sorten, fruchtig, blumig und süß aus den entlegensten Orten der Welt. Sie in die Karte aufzunehmen und den Gästen zu empfehlen, war stets eine von Williams Lieblingsaufgaben gewesen, doch nun war es an Maryanne, diese zu übernehmen.

Die Schmerzen waren für ihren Vater mitunter so unerträglich, dass seine Schreie durchs Haus hallten und einen normalen Betrieb im Kensington Crown fast unmöglich machten. Anthony drängte darauf, ihn in ein Sanatorium zu bringen, aber Bertha winkte ab. Sie wollte ganz und gar für ihren Mann da sein und weigerte sich, die Hoffnung darauf aufzugeben, dass er doch noch gesund werden würde. In Maryanne wuchs zudem eine innere Unruhe, weil Edward auf ihren letzten Brief noch nicht geantwortet hatte. Sie ahnte, dass sein Schweigen mit dem Skandal in Verbindung stand, der im Umlauf war. Ein schreckliches Gerücht, das nicht nur ihren, sondern auch den guten Ruf des Kensington Crowns zu ruinieren drohte.

»Warum hast du Roslyn Park wirklich verlassen, Schwester?« Anthony hatte sich mit Maryanne in den Salon zurückgezogen, um mit ihr unter vier Augen zu sprechen. Doch Gertrud wollte unbedingt dabei sein, weil sie befürchtete, ihr Bruder könnte ausfallend werden. Und sie hatte recht.

132

Anthony forderte lautstark eine Erklärung. »Hat es etwas mit Lord Grey zu tun?«

Maryanne schluckte schwerfällig und fand keine Worte.

»Ist er dir zu nah gekommen? Auf eine unangebrachte Art und Weise?« Anthony schnaubte vor Wut und starrte sie aus großen Augen an.

Als Maryanne keine Verteidigung hervorbrachte, ging auch Gertrud auf Abstand zu ihr. Fassungslos betrachtete sie sie von der Seite.

»Hast du denn gar nichts zu sagen?« Anthony tobte.

Maryanne erzitterte unter seiner Erregung. Immer noch war sie unfähig, etwas zu sagen.

Gertrud mischte sich verhalten ein. »Es ist sicher nur ein Missverständnis, Bruder.«

Anthony schnaufte aus, dann stimmte er seinen Ton milder. »Jetzt, da Vater unpässlich ist, sehe ich mich gezwungen, die Rolle des Familienoberhauptes zu übernehmen. Das macht mich für dein Verhalten verantwortlich, Maryanne. Ich muss so ein Gerede ernst nehmen.«

»Gewiss doch, das verstehen wir«, meinte Gertrud. »Ist doch so, Maryanne?« Sie sah sie auffordernd an.

»Es … ist nichts geschehen«, sagte sie zögerlich. »Es war nichts zwischen mir und … Lord Grey.« Ihn so zu nennen, war befremdlich für sie geworden. In ihrem Herzen gab es seinen Titel nicht, er war einfach nur Edward. Doch das konnte sie ihrem Bruder unmöglich sagen.

»Also gut«, brummte Anthony, die Hände in die Hüften gestemmt. »Wer auch immer diese unverschämte Lüge verbreitet, ihm wird Gehör geschenkt. Offenbar halten die Menschen eine Affäre zwischen dir und diesem Lord für möglich.«

»Ach, du weißt doch, wie die Leute sind, Anthony.« Gertrud winkte beschwichtigend ab. »Sobald sie ihr eigenes Leben wieder einmal langweilt, erfinden sie irgendwelche Geschichten. Sie lieben Klatsch. Es wird sein wie immer: Sobald ein neues Thema die Runde macht, ist das alte schnell vergessen.«

Anthony atmete hörbar aus, dann nickte er leicht. »Ich will nicht, dass unser Vater etwas davon erfährt, was über Maryanne erzählt wird. Wir dürfen ihn damit nicht belasten.«

»Natürlich«, sagte Gertrud.

Anthony rauschte aus dem Zimmer und ließ Maryanne mit Gertrud allein. Kurz hielt sie dem bohrenden Blick ihrer Schwester stand, dann schaute sie zu Boden.

»Willst du mir vielleicht irgendetwas sagen?«, fragte Gertrud.

In dem Moment schossen Maryanne die Tränen in die Augen. Sie konnte ihren Kummer nicht mehr zurückhalten und fiel in Gertruds Arme. Tröstend strich diese ihr über den Rücken.

»Es ist nicht so, wie man sich erzählt«, murmelte Maryanne mit der Wange an der schwesterlichen Schulter.

»Ist schon gut.« Gertrud strich ihr beruhigend über das Haar. »Möchtest du mir nicht verraten, was wirklich los ist?«

Maryanne seufzte auf. Viel zu lange hatte sie ihren Liebeskummer für sich behalten und alles mit sich allein ausgemacht. Nun tat es gut, mit jemandem darüber sprechen zu können. Sie wusste, dass Gertrud ihr Geheimnis bewahren würde. Maryanne blieb es ein Rätsel, wer das Gerede über sie und Edward losgetreten hatte. Ein Dienstbote? Oder hatte sogar Lady Grey davon erfahren? Unwillkürlich klang ihr die Zweideutigkeit der Worte in den Ohren, die sie bei ihrem Abschied von Roslyn Park an sie gerichtet hatte.

Was, wenn sie jemand im Rosengarten beobachtet hatte?

Wer auch immer für das Gerücht verantwortlich war, er hatte ganze Arbeit geleistet, denn es schlug so hohe Wellen, dass Bertha auf der Straße darauf angesprochen wurde. Maryanne wurde regelrecht angestarrt, sobald sie das Haus verließ, und auch im Teehaus tuschelten die Gäste. Sie flüsterten über sie hinter vorgehaltener Hand.

Für Maryanne war es kaum auszuhalten, wie sehr sie plötzlich in den Mittelpunkt des Interesses gerückt war, und sie war sicher, dass auch Edward mittlerweile davon gehört hatte. Ob er deshalb keine Briefe mehr schickte? Wartete er ab, bis sich der aufgewirbelte Staub um seine Person gelegt hatte?

Maryanne jedenfalls blieb keine Zeit, nach einer Antwort für sich zu suchen, weil nur kurz nach dem Aufkommen des Gerüchts eine weitere Schreckensnachricht die Familie erschütterte. Der Arzt hatte bei William eine Wundinfektion festgestellt, die dessen Körper zusätzlich schwächte und für die es keine Behandlung gab. Für Anthony war der Zeitpunkt gekommen, um mit seiner Mutter und den Schwestern die Zukunft des Kensington Crown zu besprechen.

»Als Erbe ist es meine Pflicht, für euch zu sorgen«, sagte Anthony, während sie bei einer Tasse Tee in der Gemeinschaftsküche saßen. »Da ich aufgrund meiner eigenen Verpflichtungen in York nicht in der Lage sein werde, das Kensington Crown weiterzuführen, wird ein Verkauf die sinnvollste Lösung sein.«

»Auf keinen Fall!« Gertrud erhob sich entschlossen von ihrem Stuhl. »Das ist nicht in Vaters Sinne.«

»Was schlägst du stattdessen vor, Schwester?«

»Ich mache weiter und ... wir alle werden weitermachen.«

Sie wechselte einen scheuen Blick mit Maryanne.

Anthonys Brauen hoben sich. »Nun, Maryanne hat ihre Anstellung bei den Greys und wird bald dorthin zurückkehren. Ist doch so, Maryanne?«

Maryanne zögerte, nahm einen tiefen Atemzug. »So ist es«, antwortete sie anschließend matt.

Gertrud betrachtete sie kurz mit einer Mischung aus Enttäuschung und Unverständnis, dann sank sie zurück auf ihren Stuhl und schwieg.

»Können wir dieses Gespräch zu einem anderen Zeitpunkt fortführen?«, erkundigte sich Bertha mit matter Stimme. »Es ist nicht recht, darüber zu sprechen, was passiert, wenn euer Vater ...« Sie stockte und presste sich ein Taschentuch vor die Augen.

Anthony tätschelte ihre Hand. »Verzeih mir, Mutter. Gewiss doch. Aber ... wir müssen uns auf das Schlimmste vorbereiten.«

Bertha nickte und schluchzte laut. Auch Maryanne kämpfte mit den Tränen, denn sie sah keinen Ausweg. Ihr Bruder hatte recht. Das Kensington Crown würde mit ihrem Vater sterben. So oder so.

***

Fassungslos starrte Maryanne auf den Brief, auf den sie so lange gewartet hatte. Edwards Zeilen ergaben keinen Sinn. Tausend Fragen schossen ihr durch den Kopf. Warum schrieb er ihr derart nüchterne, verletzende Worte, als wäre sie einfach nur irgendeine Angestellte? Abermals las sie:

Verehrte Miss Landerton,
ich schreibe Ihnen in der Hoffnung, dass Sie wohlauf sind und es Ihrem werten Vater bereits besser geht. Ich bin sicher, Ihre Familie braucht Sie momentan mehr denn je, weshalb ich entschieden habe, eine neue Gouvernante für meine Nichte einzustellen. Folglich sind Ihre Dienste fortan nicht mehr vonnöten.
Ich bedanke mich im Namen meiner Familie aufrichtig für Ihre Arbeit und verbleibe hochachtungsvoll
E. W.
Lord Grey

Unmerklich schüttelte sie den Kopf. Fühlte er sich zurückgestellt? Hatte ihn das Gerede der Leute veranlasst, die gesellschaftliche Form zu wahren? War Rücksichtnahme auf ihre familiären Umstände sein Antrieb? Wenn, dann lag er falsch. Maryanne rannte die Kellertreppe hinunter, verkroch sich in einen dunklen Abstellraum und presste sich eine Hand auf ihren Mund, um nicht laut loszuweinen. In ihr brannte das Verlangen, mit Edward zu sprechen. Ihn persönlich zur Rede zu stellen. Aber ... wie sollte das gehen? Jetzt, da sie keinen Grund mehr hatte, nach Roslyn Park zurückzukehren, würde sie keine Möglichkeit haben, auch nur in seine Nähe zu gelangen.

Mit zittriger Hand schrieb sie ihm noch am selben Tag zurück. Maryanne verlangte eine Erklärung dafür, wieso er sie nicht mehr sehen wollte, nach allem, was sie verbunden hatte. Sie wartete. Tage, Wochen. Doch eine Antwort blieb aus. Maryanne war verzweifelt. Sie war zutiefst verletzt. Sie war ratlos. Doch je länger ihr stilles Leiden andauerte, desto sicherer war sie, dass Edward seine Stellung durch das Gerücht über sie gefährdet gesehen hatte. Schämte er sich für sie? Wahrscheinlich, so dachte Maryanne niedergeschlagen, lag seine Entscheidung, sie als Gouvernante zu ersetzen, darin begründet. Für sie war dies die einzig logische Erklärung, dennoch konnte sie sich damit nur schwer abfinden. Zu vieles blieb ungesagt zwischen ihnen. Es brachte sie schier um den Verstand. Sie konnte nicht mehr klar denken und gab ihrem Bedürfnis nach, Edward weitere Briefe zu schreiben, in der Hoffnung, er würde sich doch noch zu einem Gespräch mit ihr bereit erklären. Vergeblich. Sein Schweigen war schlimmer, als es eine Zurückweisung jemals hätte sein können. Maryanne blieb in einer quälenden Ungewissheit zurück, während der sie sich fortwährend fragte, was sie falsch gemacht hatte. Sie verbarg ihren Schmerz geschickt, aber Gertrud entging der trostlose Ausdruck in ihren Augen nicht. Und als sie sie darauf ansprach, erzählte Maryanne ihr von dem Brief. Gertrud riet ihr daraufhin, vorzugeben, dass es ihr eigener Entschluss gewesen war, nicht zu den Greys zurückzukehren. Die

Ablehnung des Lords sollte nicht dazu dienen, das Gerücht über Maryannes mangelhafte Tugend zu bekräftigen.

***

Einige Tage später glaubte Maryanne, das Gerede über sie hätte sich endlich zerstreut, da geriet ihr eine Zeitung in die Hände, in der sie namentlich genannt wurde. Offenbar war das Gemunkel über Lord Greys Vorliebe für »die jüngste Tochter der Landertons« dem Feuilleton einen Artikel wert, der den guten Namen des Kensington Crowns in den Schmutz zog. Bertha war so außer sich, dass ihr kranker Mann sie aufforderte, ihr den Grund zu nennen, und es war aus ihr herausgeplatzt wie Saft aus einem überreifen Pfirsich.

»Welch üble Nachrede. Die wird nicht ungesühnt bleiben«, hatte er daraufhin verlauten lassen, dann hatte er sich kurz aufgebäumt, war jedoch in die Kissen zurückgesunken, als er merkte, dass seine Kraft schon erschöpft war. Danach prophezeite William, dass die Menschen es schon bald vergessen haben würden. Er jedenfalls würde schon nicht mehr daran denken. Maryanne jedoch ahnte, dass es ihn im Innern weiterhin beschäftigte, weshalb sie von einer Schuld geplagt war, die ihr Herz zusätzlich beschwerte.

***

Das Jahr klang leise aus und ein neues brach an.

Im Januar ließ ein Kälteeinbruch ganz London verstummen. Schnee bedeckte die Dächer der Stadt und machte die Straßen unpassierbar. Abgeschirmt von einer dicken Eisschicht floss die Themse still und unerreichbar für die Boote, die ihre Waren nun auf anderen Wegen durch die Stadt transportieren mussten.

Anfang Februar hatte Maryannes Vater nur noch wenig wache Momente. Seine anhaltenden Schmerzen hatten seine letzten Kräfte aufgezehrt und die Infektion ihm Fieberträume beschert, in denen er fantasierte. Seit Tagen war die Stimmung im Kensington Crown so niedergedrückt, als wäre das Unvermeidbare bereits eingetroffen. Maryanne hatte das Gefühl, von einem dichten, dunklen Nebel umgeben zu sein, der nur darauf wartete, sich zu schließen.

Draußen war bereits tiefe Nacht. Maryanne legte ein Holzscheit nach und löste ihre Mutter am Krankenbett ab. Bertha hatte wieder einmal den ganzen Tag bei ihrem Mann gewacht, nun konnte sie vor Müdigkeit kaum mehr die Augen aufhalten. Leise schloss sie die Tür hinter sich und ließ Maryanne mit ihrem Vater allein. William atmete angestrengt und mit schmerzverzerrter Miene. Ein Stöhnen entwand sich seiner Kehle und Maryanne setzte sich zu ihm.

»Vater?« Sie nahm seine Hand, die bereits kalt und fleckig war, und drückte sie fest, woraufhin ihr Vater seinen Kopf in ihre Richtung drehte. Maryanne hielt erschrocken den Atem an. Seine grünen Augen wirkten ganz trüb im Kerzenlicht.

»Maryanne«, hauchte er schwerfällig. »Du bist ... noch hier.«

»Ja, Vater. Ich geh nicht mehr fort. Ich bleibe.«

Ein erleichtertes Lächeln zuckte über seinen Mund und Maryanne erkannte, dass sie die Entscheidung für das Kensington Crown längst getroffen hatte. Doch es war dieser Moment, der sie veranlasst hatte, sie laut auszusprechen.

»Es tut mir so leid, dass ich dir Kummer bereitet habe.« Sie schluchzte.

Er drückte leicht ihre Hand. »Das hast du nicht«, wisperte er kraftlos. »Ich ... bin ... stolz auf dich ... meine Maryanne.«

Er schnappte mühevoll nach Luft. »Das Kensington Crown ...« Er keuchte. »Es ist ...«

»In guten Händen. Ich kümmere mich um das Teehaus. Sei unbesorgt. Gertrud und ich werden es weiterführen. Es wird weitergehen. Das verspreche ich dir.«

Er lächelte kurz, dann schloss er die Augen, und Tränen der Freude drangen unter seinen Lidern hervor. Schimmernd rollten sie über seine Wangen. Maryanne wischte sie sanft mit einem Taschentuch fort. Ein leises Röcheln drang aus seiner Lunge, und sein Brustkorb hob sich ein letztes Mal. Seine Hand erschlaffte in Maryannes, und sein Kopf fiel leicht zur Seite.

»Vater?«, fragte Maryanne mit heiserer Stimme, suchte seinen Blick und erschrak. Sie wich zurück, eine Hand auf ihren Mund gepresst, um den Schrei zu unterdrücken, der sich in ihrer Kehle staute. Williams Augen waren leer. Schluchzend ließ Maryanne ihren Kopf auf die Bettdecke sinken und weinte bitterlich, inmitten der erdrückenden Stille, die sich im Schlafzimmer ausgebreitet hatte. Endlos erscheinende Sekunden verstrichen, ehe Maryanne sich wieder rühren konnte. Es war das Versprechen, das sie ihrem Vater gegeben hatte und das sie zum Aufstehen zwang.

»Ich werde es nicht vergessen«, flüsterte sie und küsste ihren toten Vater auf die Stirn.

142

Kapitel 11

Die Dämmerung legte sich über die Stadt und hüllte die Bäume im Hyde Park in glühende Farben. Grillen zirpten so laut im hohen Gras, dass Maryanne sie von der Straße vor dem Teehaus aus hören konnte. Die Kerze in der Laterne neben dem Eingang zum Kensington Crown flackerte. Am Giebelfenster darüber schickte eine einsame Taube ihren surrenden, traurigen Ruf in die laue Abendluft. Nachdenklich schaute Maryanne zu ihr hinauf und hielt inne. Der Moment, als Robert sie fluchtartig verlassen hatte, hallte in ihr auf beklemmende Art und Weise nach. Reue und Scham hatten sich in ihrem Innern entfaltet, sodass es ihr nicht möglich war, einen klaren Gedanken zu fassen. Gertrud hatte Roberts überhasteten Aufbruch mit einer flinken Handbewegung abgetan. Er habe viel zu tun, und es sei nur natürlich, dass er bei seinem anstrengenden Studium in eine plötzliche Zeitnot gerate. Allerdings war sie nicht dabei gewesen, als er und Maryanne sich unterhalten hatten, und wenn es nach ihrer Mutter ging, verstand Gertrud ohnehin nicht viel von Männern. Was auch immer ihn fortgejagt hatte, es hielt ihn auch am Abend vom Teehaus fern. Seine Freunde waren ohne ihn eingekehrt, und Maryanne glaubte ihren Verdacht bestätigt zu sehen, denn keiner von ihnen wusste, wo Robert war oder was er vorhatte. Von einem wichtigen Termin jedenfalls hatte keiner von ihnen Kenntnis.

Das Warten und die Ungewissheit waren für Maryanne unerträglich. Erst als die Nacht über sie hereinbrach, fand sie Ablenkung in der Musik. Sie hatte sich zu einem spontanen Lied überreden lassen, das sogar ihre Mutter aus dem Obergeschoss in die Teestube gelockt hatte. Colin begleitete Maryanne am Klavier, George hatte seine Violine dabei. Die Männer spielten, und Maryanne sang mit hoher Sopranstimme *Greensleeves*. Andächtig wurde gelauscht. Betty saß mit faszinierter Miene auf Gertruds Schoß und ließ ihren Stoffhasen zur Melodie tanzen. Die beiden einzigen Stammgäste, die dem Kensington Crown treu geblieben waren, die Brüder Arthur und Andrew Cotton, wippten mit den Füßen im Takt. Und für die Dauer des Stücks hatte sich die Teestube in eine Kulturstätte verwandelt, die neugierige Nachbarn und Flanierende hineinlockte. Unter ihnen auch Mr Vaughn, der ein Mitglied im Parlament war und seit Jahren im Kensington Crown verkehrte, es nach Williams Tod aber nicht mehr besucht hatte. Er blieb im Türrahmen stehen. Gestützt auf seinen goldbesetzten Spazierstock, schien er die Musik und die heimelige Atmosphäre in der Teestube zu genießen. Maryanne sang mit noch mehr Leidenschaft und Gefühl. Applaus wallte auf, nachdem die letzten Töne des Liedes verklungen waren. Colin schnellte vom Hocker hoch, nahm Maryannes Hand, ehe sie etwas sagen oder tun konnte, und umschloss sie mit seiner.

»Das war wahrlich zauberhaft, meine liebe Maryanne.«

George schloss sich seinem Lob an. »Wahrlich. Das müssen wir unbedingt wiederholen.« Er verbeugte sich überschwänglich vor ihr.

»Vielen Dank!« Die Komplimente trieben Maryanne die Hitze ins Gesicht. Unmerklich tastete sie mit einer Hand über ihre glühende Wange, bevor sie auf Mr Vaughn zuging.

»Guten Abend. Wie schön, dass Sie wieder da sind. Setzen Sie sich doch.«

»Danke, Miss Landerton, aber ...« Er winkte ab. »Bedauerlicherweise werde ich bereits erwartet.«

»Aber Sie sind doch gerade erst gekommen.«

»Meine Frau, nun ja ... Sie hat mich zum Fasten angehalten, bis auf Weiteres. Ich habe es mit dem Magen ... Sie wissen schon.«

»Hat sie das, ja?«, murmelte Maryanne skeptisch.

»Nun, vielleicht ein anderes Mal.« Vaughn lächelte betreten in die Runde. »Ich empfehle mich.« Er nickte knapp und floh dann förmlich aus dem Teehaus.

»Wie überaus ungewöhnlich.« Gertrud schüttelte verständnislos den Kopf. »Da kommt er seit Wochen wieder her, nur um gleich darauf erneut zu verschwinden. Er war doch sonst nicht so distanziert uns gegenüber.«

Betty wechselte vom Schoß ihrer Tante auf Georges, der ihrem Hasen ein Eiersandwich reichte, woraufhin Betty in schallendes Gelächter ausbrach.

»Denkst du, es ist noch immer wegen des Gerüchts?«, fragte Maryanne in gesenkter Lautstärke ihre Schwester.

Gertrud seufzte. »Entweder das oder ... es hat sich bereits herumgesprochen – dass wir gehen müssen.«

»Möglicherweise. Aber das erklärt Vaughns seltsames Verhalten nicht, wenn du mich fragst.«

»Du hast ihn gehört. Seine Frau steckt dahinter.« Gertrud machte sich daran, schmutziges Geschirr einzusammeln.

Maryanne schnalzte mit der Zunge. »Und das glaubst du ihm?«

Gertrud verzog den Mund zu einer schmalen Linie, dann zuckte sie kurz mit den Schultern, brachte Tassen und Teller in die Küche und blieb für den Rest der Nacht der Gesellschaft der Freunde fern. Maryanne gab sich die Schuld. Weil sie unvorsichtig gewesen war, sich verbotenerweise verliebt hatte, verschmähten die feinen Leute das Teehaus. Plötzlich drängte sich ihr der Gedanke auf, dass Lady Grey etwas damit zu tun haben könnte. Was, wenn sie ihre Macht und ihren Einfluss in London spielen ließ, um Maryanne für immer aus der Gesellschaft zu vertreiben?

***

Ein Monat war seit dem Besuch der Landerton-Frauen in Mayfair vergangen. Der Juni war fast zu Ende, und der Sommer brachte erste heiße Tage mit sich, in denen die Leute im Hyde Park picknickten und kaltes Ale tranken. Trotz der alljährlichen Besucherströme blieb das Kensington Crown meist leer. Noch immer fehlten Stammgäste, auf die stets Verlass gewesen war. Weder Mr McNeil noch Mr Vaughn oder deren Parlamentsfreunde noch die Universitätsprofessoren nahmen ihren Nachmittagstee mehr im Teehaus der Landertons ein. Die wenigen Einkehrenden waren

Freunde oder Besucher, die sich nach Kensington verirrt hatten. Zu allem Übel hatte Bloom seinen Architekten in einem der Fremdenzimmer über der Teestube
einquartiert. Archibald Murdoch war ein Waliser von
gedrungener Statur. Statt sich mit den Plänen für den
geplanten Umbau zu befassen, beschäftigte er sich lieber mit Gertruds Kuchen, über den er behauptete, er
habe nie einen besseren probiert. Daneben wurde er
nicht müde, die Schönheit der beiden fleißigen Schwestern zu rühmen, und ließ dabei einen Mangel an Anstand erkennen.

»Ich muss doch sehr bitten!«, hatte Bertha geschimpft,
als seine Hand die Schürzenschleife in Maryannes Rücken streifte und dabei in anzüglicher Manier tiefer
glitt. Maryanne war daraufhin erschrocken zusammengezuckt und hätte beinahe das Tablett fallen lassen. Am liebsten hätte sie ihm eine Ohrfeige verpasst,
sah aber davon ab. Immerhin brachte er ihnen bis zum
endgültigen Verkauf feste Einnahmen ein, auf die sie
nicht verzichten konnten. Trotzdem war Murdochs
Anwesenheit eine Geduldsprobe. Ständig scharwenzelte er im Haus herum, als wäre er der Eigentümer.
Maßlos forderte er Mahlzeiten und Getränke ein, die er
auf Blooms Rechnung setzen ließ. Um ihn im Auge zu
behalten, verbrachte Bertha die Tage in der Gaststube,
wo sie sich mit einer Stickerei die Zeit vertrieb.

Am Sonntagmorgen hatte Murdoch sich von Gertrud
zunächst wie ein König bedienen lassen und sich anschließend einen Spaß daraus gemacht, sie unnötig
herumzuscheuchen.

»Dieser kleine Giftzwerg!« Grummelnd stellte Maryanne schmutzige Tassen auf die Anrichte in der Küche.

»Und dieser furchtbare Amerikaner. Ich bekomme Kopfschmerzen davon, wie er seinen Tee schlürft. Ist dir aufgefallen, dass er ständig das Porzellan mit dem Löffel berührt?«

Gertrud stöhnte nickend.

»Und wenn der Giftzwerg noch einmal aufdringlich wird, schütte ich ihm seinen heißen Tee mitten ins Gesicht.«

Gertrud schickte ihr einen ebenso amüsierten wie mitleidsvollen Blick. »Tu das nicht. Es wäre schade um den Tee. Aber ich könnte Pferdeäpfel in den Teig mischen. Das würde niemand merken.«

Maryanne grunzte. »Du klingst, als würdest du dich auskennen.«

Sie lachten kurz miteinander, bevor sie wieder ernst und still wurden.

»Ich spar mir die Mühe«, sagte Gertrud nach einer Pause. »Es wäre eine Verschwendung. Die Pferdeäpfel eingeschlossen. Wir sind ihn bald los.«

»Das ist das einzig Gute an der Sache. Ich kann es kaum erwarten.« Maryanne prustete entnervt und massierte ihre pochenden Schläfen.

»Mädchen, Mädchen!« Bertha kam keuchend im Türrahmen zum Stehen.

»Ist etwas passiert, Mama?« Maryanne ging besorgt auf sie zu.

»Das kann man wohl sagen.« Sie fächerte sich mit einer Hand Luft zu. Ungeduldig zerrte sie daraufhin an der Schleife ihrer Haube, legte sie ab und plumpste völlig außer Atem auf einen Stuhl.

»Eben erhielt ich einen Brief von der Kirche.« Sie zog ein Schreiben aus der Innenseite ihres Umhangs und gab es Maryanne, die aufgeregt las:

Verehrte Mrs Landerton,
hiermit teilen wir Ihnen mit, dass der ausstehende Betrag restlos beglichen wurde, sowie eine Vorauszahlung der nächsten drei Monate. Demnach erwarten wir Ihre nächste Rate erst im Oktober ...

Verwundert sah Maryanne zu ihrer Mutter auf. »Wie ist das möglich? Wer ...?«

Bertha zuckte die Schultern und lächelte beseelt.

»Offenbar besitzt meine Schwester doch so etwas wie ein Herz. Wer hätte das gedacht?« Sie sprang auf, drückte erst Maryanne, dann Gertrud und drehte sich freudestrahlend einmal um sich selbst.

»Du denkst, Tante Ursula hat das Geld für uns bezahlt?«, fragte Maryanne skeptisch.

Gertrud hatte den Brief an sich genommen und starrte auf die erlösenden Zeilen. »Natürlich! Wer sollte es sonst gewesen sein?«

Bertha nickte. »Ursula hat sich erweichen lassen. Wahrscheinlich hat sie noch einmal gründlich über alles nachgedacht und ist zu dem Schluss gekommen, dass es nur recht und billig ist, ihrer armen Schwester und deren Kindern zu helfen. Ich werde ihr sofort schreiben und mich im Namen von uns allen bedanken. Ach, und ... wir sollten sie zu uns einladen. Womöglich ist das der Beginn einer Erneuerung der Verbindung unserer Familien.« Sie drückte Maryanne und

Gertrud je einen Kuss auf die Wange, und sämtliche Sorgen der vergangenen Wochen schienen vergessen.

»Dann können wir uns jetzt neu ausrichten, oder? Ich meine, was bedeutet das für uns?« Maryanne klatschte aufgeregt in die Hände.

Ihre Mutter blinzelte nachdenklich. »Nun ja ...«

»Durch die großzügige Zahlung von Tante Ursula haben wir doch erst einmal Ruhe, oder nicht? Wir müssen nicht verkaufen. Jedenfalls nicht sofort. Sofern Anthony einverstanden ist.« Maryannes Herz pochte hoffnungsvoll.

»Nun, ich ...« Bertha zauderte und spitzte die Lippen.

»Lass es uns zumindest verschieben, bitte, Mama.« Gertrud legte sich die Hand auf die Brust. »Vielleicht finden wir noch einen anderen Käufer. Jemanden, der das Kensington Crown erhalten möchte. So lange könnten wir versuchen, es selbst wieder erfolgreich zu bewirtschaften.«

»Ich weiß, dass euch Blooms Plan missfällt«, meinte Bertha betreten.

»Dann lass uns dies als Möglichkeit sehen. Schreib Anthony und erbitte sein Einverständnis«, sagte Maryanne.

Ihre Mutter stemmte grübelnd eine Hand in die Hüfte. »Na, schön. Überredet.«

Gertrud und Maryanne fielen sich erleichtert in die Arme. Sie lachten und tanzten durch die Küche.

»Wir sind gerettet«, hauchte Gertrud.

»Fürs Erste. Das sind wir.«

Ein Stein fiel von Maryannes Herz, der es viel zu lange beschwert hatte.

»Aber nur, bis wir einen anderen Interessenten haben.« Berthas Einwand konnte ihre Freude nicht trüben. »Im Grunde gefällt es mir auch nicht, was Bloom mit unserem Haus vorhat ... Ein Erholungshotel, hier bei uns – nein, das hätte eurem Vater nicht gefallen. Er hätte es ebenfalls missbilligt. So viel steht fest. Ich handele in seinem Sinne.«

»Absolut.« Maryanne nickte hastig.

»Ich schreibe Bloom und dann jage ich seinen furchtbaren Lakaien aus unserem Haus. Das wird mir eine Freude sein.« Beschwingt verließ Bertha die Küche.

»Kann das wirklich wahr sein?« Gertrud jauchzte. »Wir haben Tante Ursula so viel zu verdanken.«

»Ja«, hauchte Maryanne fassungslos. »Ich könnte sie dafür küssen. Oder ... vielleicht lieber nicht.« Ihr Lächeln erstarrte kurz. Gertrud musterte sie aufmerksam.

»Du hast Zweifel, dass sie die Geldgeberin ist, richtig?«

Maryanne zog grübelnd einen Mundwinkel hoch. »Sie hat keinerlei Anstalten gemacht, uns zu helfen, als wir bei ihr waren.«

»Dann hat sie ihre Meinung geändert. Das ist doch gut für uns.«

»Gewiss doch.«

»Mir ist ehrlich gesagt ganz gleich, von wem das Geld stammt, Maryanne. Wir können erst mal bleiben und das ist wundervoll. Haben wir nicht auch endlich ein wenig vom Glück verdient?« Sie nahm Maryannes Hände in ihre und drückte zu.

»Natürlich. Du hast recht.«

»Heute gibt es Schokoladenpudding. Das muss gefeiert werden.« Gertrud hopste summend zur Vorratskammer.

Maryanne blieb leicht zerstreut zurück. Der plötzliche Umschwung beschäftigte sie auf ungewohnte Weise. Ihrer anfänglichen Freude war eine Nachdenklichkeit gewichen, die sich nicht abstellen ließ. Warum hatte Tante Ursula auf einmal Mitgefühl gezeigt? War es, um ihr Gewissen zu erleichtern, oder weil sie sich dem ungeliebten Zweig ihrer Familie gegenüber doch irgendwie verpflichtet sah? Hatte Onkel Matthew womöglich interveniert?

Als Maryanne wenig später in die Teestube zurückkehrte, drängte sich ihr noch ein weiterer Gedanke auf: Was, wenn nicht Ursula hinter der Großzügigkeit steckte? Wer dann? Unwillkürlich musste sie an Edward denken. Bestimmt kannte er ihre Lage. So wie alle einflussreichen Männer Londons sie kannten. Aber er war ihr nichts schuldig und nach allem, was sie wusste, hätte er auch gar keinen Grund dazu, ihnen zu helfen. Dass er sich nicht mehr bei ihr gemeldet hatte, sprach Bände. Wahrscheinlich hatte er längst mit ihr abgeschlossen. Den Kuss, den es zwischen ihnen im Rosengarten gegeben hatte, vergessen. Ebenso wie die zärtlichen Worte, die sehnsüchtigen Blicke, die Berührungen. Maryanne sank auf einen Stuhl, als ihr klar wurde, dass es ein Versprechen gegeben hatte, das nie ausgesprochen worden war. Und der Schmerz ließ ihr Herz erneut aus dem Takt geraten. Nach all der Zeit reichte noch immer der Gedanke an Edward aus, um sie aus dem Gleichgewicht zu bringen. Um ihre gesamte Welt infrage zu stellen.

Bekümmert blickte sie aus dem Fenster. Eine dichte graue Wolkendecke lag wie eine Kuppel über Kensington. Das bevorstehende Unwetter veranlasste die Fußgänger dazu, ihren Gang zu beschleunigen. Maryanne bemühte sich, auf ihre Tante zu vertrauen – so wie ihre Mutter und ihre Schwester es mit einer Selbstverständlichkeit taten, um die sie sie beneidete. Maryanne unterdrückte ein Seufzen ob der Tatsache, dass sie, seit Edward Grey, vorsichtiger geworden war. Misstrauen war nun ihr ständiger Begleiter. Oft kam sie sich deswegen verbittert und freudlos vor, aber abstellen konnte sie ihre Skepsis nicht. Was die Begleichung ihrer Hypothekenschulden anging, blieben Zweifel in ihr zurück. Alles wirkte zu einfach, zu glatt. Und das passte einfach nicht zu Ursula.

Kapitel 12

Der Himmel war fast durchgehend blau. Nur einzelne Wolkenfetzen trieben gemächlich vom rechten zum linken Themseufer hinüber und sammelten sich über der Tower Bridge. Von einer Sandbank aus beobachtete Maryanne, wie Insekten über einer Furche tanzten, in der sich Wasser gesammelt hatte. Die Hitze brachte die Luft darunter zum Flimmern. Es war, als schaute sie durch welliges Glas.

»Geh nicht zu tief rein, Betty!«, rief Bertha mit übertriebener Fürsorge. Eine Hand in die Hüften gestemmt, schaute sie angespannt vom sicheren Ufer aus zu, wie sich ihre Enkelin mit George eine gnadenlose Wasserschlacht lieferte. Gertrud saß unweit davon entfernt auf einem hervorstehenden Stein. Etwas unterhalb von ihr waren Charles und Colin. Alle drei amüsierten sich prächtig, als sich Betty auf den jungen Mann im Wasser stürzte wie ein Hecht auf seine Beute und der stolperte. Maryanne streckte sich im Sand aus. Ihre Idee, ein Picknick am Fluss zu veranstalten, hatte nicht nur Gertrud und Betty begeistert, sondern auch Robert und seine Freunde, der nach einer tagelangen Pause wieder ins Teehaus gekommen war. Noch hatte Maryanne weder Mut noch Gelegenheit gehabt, ihn zu fragen, was ihn ferngehalten hatte. Ihre Erleichterung darüber, dass er zurückgekehrt war, war zu groß, als dass sie sie durch neugieriges Aushorchen gefährden wollte.

Am Vormittag waren sie mit der Kutsche aufgebrochen. Sie hatten Obst und Eiersandwiches gegessen, verwässerten Wein und Tee getrunken. Der sonntägliche Ausflug war eine willkommene Rast von den Strapazen der vergangenen Monate, der sich, nach anfänglichem Widerstand, auch Bertha ergab. Bloom hatte verärgert auf ihren Entschluss reagiert, das Kensington Crown nun doch nicht an ihn zu verkaufen. Seine Drohung, ihnen die bisher angefallenen Kosten in Rechnung zu stellen, hatte Berthas ohnehin schon straffem Nervenkostüm geschadet. Nun wirkte sie jedoch gelöster, jedenfalls so lange, wie sie Betty nicht in Gefahr sah. Charles stand bei ihr. Gerade noch hatten sie über Shakespeare und Dickens philosophiert, nun kam Königin Viktorias neuer Titel zur Sprache: Kaiserin von Indien.

»Was haben wir mit Indien zu tun? Es ist so furchtbar weit weg«, meinte Bertha. Gertrud nickte demütig, aber Maryanne fand klare Worte.

»Wir haben gar nichts mit Indien zu tun. Ebenso wenig wie Indien mit uns. Man hat die Inder nicht gefragt, ob sie Teil der englischen Krone sein wollen. Man hat es einfach entschieden.«

»Wir sind umgeben von anderen Kolonialmächten. Wir mussten Stärke zeigen«, entgegnete George.

»Indem wir ein Land und dessen Menschen zu unserem Eigentum erklären? Das zeugt für mich nicht von Stärke. Es ist eine Machtdemonstration gegenüber Schwächeren.«

Charles blies sichtlich empört die Backen auf. »Wie kannst du so reden? Wir haben Königin Victoria viel zu verdanken.«

Colin stimmte ihm hastig nickend zu. Gertrud und Bertha schwiegen sich aus.

»Was Maryanne meint, ist, dass wir uns nicht auf Kosten anderer profilieren sollten«, sagte Robert. »Und ich finde, damit hat sie recht.« Er bedachte sie mit einem Lächeln.

»Aber Politik funktioniert auf diese Weise. Und Indien wird von einer Kaiserin profitieren«, meinte Colin.

»Auch wenn sie das Land nie selbst besuchen wird?« Maryanne schaute herausfordernd in die Runde. Weder George noch Charles oder Colin argumentierten dagegen. Robert bedachte seine Freunde mit einem erhabenen Lächeln. Maryanne sah ihm an, dass er verstanden hatte, worauf sie hinauswollte. Schon früher hatte er ihre kritische Ansicht über das Empire geteilt und dafür war sie ihm dankbar. Bertha wickelte die triefnasse Betty in ein Handtuch. »Das Parlament wird schon wissen, warum es zugestimmt hat, die Königin zur indischen Kaiserin zu erheben.«

»Das Parlament hat widerwillig zugestimmt«, sagte Robert schulterzuckend.

»Ein Ja ist ein Ja. Ich bin überzeugt, dass Gott einen Plan für uns alle hat.« Sie deutete zum Himmel hinauf. »Er hat für jeden von uns etwas vorgesehen. Eine Aufgabe. Vielleicht ist es die Aufgabe der Königin, dieses Indien zu beherrschen. Unter anderem natürlich.« Sie holte einen Apfel aus dem Korb und drückte die Daumen in die Furche neben dem Stiel. Knackend zerbrach er in zwei Hälften.

Die Schicksalsschläge, die sie in der Vergangenheit erdulden musste, hatten Bertha tiefer in den Glauben geführt als je zuvor. Oft hatte Maryanne das Gefühl, dass die regelmäßigen Kirchenbesuche und das tägliche Gebet ihre Mutter davor bewahrten, der Verzweiflung zu verfallen. Maryanne stemmte sich hoch und ging näher an den Fluss heran. Ein Frachtschiff fuhr die Themse hinauf und warf feine Wellen ans Ufer, die Gischt umspülte ihre nackten Füße. Sie trug den intensiven Geruch von Salz und Algen an Land und Maryanne nahm einen tiefen Atemzug. Für einen Moment verlor sich ihr Blick auf dem kleinen Waldstück am anderen Ufer und sie fühlte sich an den Tag zurückversetzt, an dem sie mit Emily und Edward in Womley gewesen war. In den darauffolgenden Wochen hatte sie oft darüber nachgedacht, ob sie sich an jenem Tag in Edward verliebt hatte.

»Du wirst mir zustimmen, dass Lady Greys Bälle stets den Maßstab für die gesamte Saison setzen.« Colins Fazit innerhalb seines Gesprächs mit George, Charles und Robert ließ Maryanne aufhorchen. Ruckartig drehte sie sich zu ihnen um.

Colin wedelte sich mit einer Hand Luft zu. »Allein beim Gedanken daran wird mir ganz heiß. Ich wünschte, sie würde ihre Gästeliste kleiner halten.«

»Habe ich richtig gehört? Die Greys geben einen Ball?«, fragte Maryanne und wechselte einen vielsagenden Blick mit Gertrud.

»Es soll ein Maskenball sein«, antwortete Colin. »Nächsten Samstag. Sag, warst du dort nicht mal als Gouvernante angestellt, Maryanne?«

Sie schwieg sich aus, schaute auf ihre nackten Zehen, die sich tiefer in den Kies bohrten.

»Das war sie, in der Tat«, sagte Bertha. »Sag, Colin, habt ihr etwa eine Einladung erhalten?« Neugierig schaute sie zu ihm auf.

Er lächelte stolz. »Das haben wir. Dank eines gewissen Herrn Richter, unter dem wir momentan arbeiten. Lord Malcolm. Inzwischen verkehren wir durch ihn in den gehobensten Kreisen.«

Robert räusperte sich und senkte dann seine Brauen. »Nun, ich finde, wir haben dort eigentlich nichts verloren.«

»Aber ... das Essen soll gut sein. Ich freue mich darauf«, meinte Charles. »Es soll überhaupt ein außergewöhnliches Spektakel werden. Es würde Ihnen gewiss zusagen, Miss Gertrud, und auch Ihnen, Miss Maryanne. Bedauerlicherweise habe ich schon eine Begleitung. Ich gehe mit Rosalind Potter, der Tochter des Pastors. Colin und George sind für diesen Abend ebenfalls versorgt. Bleibt nur noch ...«

»Rob! Du könntest doch eine der Landerton-Schwestern mit auf den Ball nehmen.« George stupste Robert auffordernd mit dem Ellenbogen in die Seite.

»Wenn er sich denn gegen Mister Geheimnisvoll behaupten kann«, sagte Colin keck. »Ich hörte, Sie schreiben jemandem Briefe, Miss Maryanne. Gibt es etwa einen Verehrer?« Gespannt lehnte er sich zu ihr vor.

Maryanne sah sich erschrocken nach ihrer Mutter und Gertrud um. Im Hintergrund hörte sie Betty kichern. Unmerklich schlug Maryanne die Augen nieder. Offenbar hatte sie sie ausspioniert. Das sah ihr wieder mal ähnlich. »Da ging wohl Bettys Fantasie mit ihr durch. Sie hat da etwas gesehen, das sie nicht verstanden hat. Ich schreibe ständig Briefe. Zum Beispiel an … unsere … Lieferanten«, erklärte sie zaudernd.

»Genau. So wird es sein.« Colin klang nicht überzeugt, aber zu Maryannes Erleichterung ließ er es dabei bewenden.

»Also. Was sagst du, Rob?« Charles knuffte seinen Freund in die Seite, um ihn daran zu erinnern, dass er noch eine Entscheidung zu treffen hatte.

»Ja. Warum nicht. Es … wäre mir eine Ehre«, antwortete Robert daraufhin mit geröteten Wangen und ohne eine der Schwestern dabei anzusehen.

»Du solltest Maryanne mitnehmen. Sie liebt den Tanz.« Gertruds Bitte traf Maryanne vollkommen unerwartet. Hastig schüttelte sie den Kopf. Der Gedanke, Edward auf dem Ball zu begegnen, war ebenso verlockend wie erschreckend.

»Nein, nimm Trudi mit. Ich … Ich möchte wirklich nicht.«

»Und ob du möchtest, Maryanne«, sagte Gertrud entschieden.

»Nun, ich muss zugeben, mit dir an meiner Seite würde ich mich wesentlich sicherer fühlen. Du weißt, Bälle sind eigentlich nichts für mich.« Robert lächelte verlegen.

»Dann geh nicht hin.« Maryanne drehte ihm den Rücken zu und folgte Betty, die am Ufer nach Schätzen Ausschau hielt. Muscheln, Münzen, Perlen.

Robert ging ihr nach, holte sie ein und stellte sich ihr in den Weg.

»Ich darf Lady Grey nicht brüskieren. Und auch Richter Malcolm verlangt meine Anwesenheit dort. Bitte, Maryanne!«

»Ich verstehe nicht, wieso dir das plötzlich so wichtig ist. Bis vor einer Minute hattest du überhaupt nicht vor, eine von uns zu fragen.« Sie verschränkte die Arme vor der Brust.

»Ich hatte es sehr wohl vor, aber … ich … ich habe mich nicht getraut, dich zu fragen.«

»Mich?« Verwundert deutete Maryanne auf sich selbst. Wieso ging es plötzlich nur noch um sie?

»Ist das denn so schwer zu glauben? Wir sind doch Freunde.« Robert sah sie nachdenklich an. »Womöglich irre ich mich, aber ich glaubte, eine Sehnsucht in deinen Augen zu erkennen, als wir von dem Ball sprachen. Ich weiß, du magst es, schöne Kleider zu tragen. Und dass du gerne tanzt. Jedenfalls war das früher so. Ich gebe dir hiermit einen Anlass.«

Maryanne schaute zu Boden. »Gibt es noch einen weiteren Grund, weshalb du mich mitnehmen möchtest und nicht Trudi?«, fragte sie vorsichtig. Es hatte sie erschreckt zu erfahren, dass er von Sehnsucht gesprochen hatte.

Er schluckte sichtbar, wurde ernst und verlagerte das Gewicht auf ein Bein. »Was für ein Grund sollte das sein?«

Sie zuckte kaum merklich mit den Schultern.

»Es spricht doch nichts dagegen, dass wir gemeinsam einen Ball besuchen. Als … Freunde.« Er lächelte entwaffnend.

»Natürlich nicht«, sagte sie daraufhin rasch.

»Es sei denn, es könnte jemand eifersüchtig werden. Aber es gibt ja keinen geheimnisvollen Verehrer.«

Maryanne schwieg für einen Moment.

Robert wurde ernst. »Oder ... vielleicht doch?«

»Nein«, hauchte Maryanne und schluckte ihr Bedauern hinunter.

»Wunderbar!«, erwiderte er ehrlich erfreut.

Maryanne blickte ihn kurz unschlüssig an, dann schaute sie sich nach den anderen um. Als sie sicher war, dass sie sie nicht belauschten, lehnte sie sich zu Robert vor. »Bevor ich mich bereit erkläre, dich auf den Ball der Greys zu begleiten, muss ich eins wissen.« Sie kam ihm so nah, dass kaum eine Hand zwischen sie gepasst hätte. Robert wich nicht vom Fleck. »Sag mir bitte«, sagte sie in einem Atemzug. »Hast du irgendetwas über mich gehört? Etwas Anzügliches? Ich meine, abgesehen von dem, was Colin angedeutet hat.«

Robert kniff misstrauisch die Augen zusammen. »Habe ich nicht, nein. Wieso?«

Maryanne betrachtete ihn prüfend. Hatte er tatsächlich keine Ahnung? Jedenfalls ließ nichts an seinem Verhalten darauf schließen, dass er auch nur das Geringste von ihr und Lord Grey wusste.

»Ach ... nicht so wichtig.« Hastig winkte sie ab.

Sein Blick verharrte einige Sekunden auf ihrem Gesicht, als versuchte er zu entschlüsseln, was sie ihm nicht sagen wollte. Maryanne begegnete seiner Skepsis mit einem weichen Lächeln und er schien ihre merkwürdige Frage zu vergessen. Erwartungsvoll strich Robert sich das kinnlange blonde Haar zurück. »Und? Wirst du mich nun am Samstag nach Roslyn Park begleiten?«

Maryanne druckste herum. Lange war ihr ein Wiedersehen mit Edward verwehrt geblieben. Obwohl sie sich einerseits davor fürchtete, verspürte sie andererseits noch immer den Wunsch, dass er sich ihr erklärte. Eine Aussprache von Angesicht zu Angesicht. Wenn sich ihr diese Möglichkeit tatsächlich bieten sollte, wäre es ihr ein Trost, Robert an ihrer Seite zu wissen. Als ihr Freund und ihre Stütze.

»In Ordnung. Ich begleite dich«, antwortete sie endlich.

Sein erleichtertes Strahlen entlockte auch ihr ein Lächeln. »Ich hole dich um sieben ab.« Entschlossen griff er nach ihrer Hand und hielt sie ganz fest. Langsam blickte Maryanne auf sie herunter, sah, wie er mit seinem Daumen über ihre Haut strich. Ein Prickeln breitete sich auf ihrer Hand aus, das auf ihren Arm überging und sie unmerklich zusammenzucken ließ.

»Maryanne!« Bettys Stimme riss sie aus dem Moment. Blitzschnell machte sie sich von Robert los und wandte sich ihr zu.

»Sieh mal, was ich gefunden habe.« Auf Bettys Handfläche lag ein funkelnder, durchscheinender, gezackter Stein.

»Der ist aber hübsch.« Maryanne beugte sich zu ihr herab. Robert tat es ihr nach.

»Ein Bergkristall«, sagte er fachmännisch. »Sieht man nicht oft an der Themse. Der muss von weiter oben angespült worden sein. Es ist ein echter Schatz. Du solltest ihn an eine Kette machen.«

Betty lächelte voll Stolz, nickte und hopste mit ihrem Fund davon, um ihn ihrer Großmutter zu zeigen.

Maryanne spürte, wie Roberts einfühlsamer Blick zurück zu ihr wanderte, als auch sie zu den anderen gingen. Gertrud musterte sie mit erwartungsvoller Miene. Maryanne nickte ihr zu und sie begriff, dass sie eingewilligt hatte, für den Ball nach Roslyn Park zurückzukehren.

»Wenn je unglücklich Lieben an mir zehrt.« Colin ging vor Robert auf die Knie und fuhr mit gespielter Theatralik fort:

»Zu einer grausam unbarmherzigen Schönen,
So lasse mich denken, dass es doch von Wert,
Sonette in die Mitternacht zu stöhnen!
O süße Hoffnung, schenke Balsam du,
Mit Silberschwingen fächle mich in Ruh!«

George pfiff durch die Vorderzähne. Charles applaudierte und auch Bertha und Gertrud klatschten in die Hände, um Colins Darbietung von Keats Respekt zu zollen.

»Vielen Dank!« Colin verneigte sich überschwänglich vor seinem Publikum.

»Du hast Keats noch nie verstanden«, sagte Robert grinsend.

»Ach, ist dem so?« Colin reckte selbstbewusst sein Kinn in die Höhe. »Den Damen hat es gefallen.« Er nahm Gertruds Hand und presste seine Lippen zu einem Kuss darauf. Sie lächelte verlegen und senkte mit hochroten Wangen ihren Blick.

Maryanne war nicht klar, wieso Colin ausgerechnet diese Strophe von Keats *An die Hoffnung* vorgetragen hatte. Ob seine Auswahl einer Laune entsprungen war oder ein tieferer Sinn dahintersteckte? Bei ihm konnte man nie wissen.

Bertha durchbrach die anhaltende Hochstimmung. »Bitte, haben Sie auch etwas von Lord Byron für uns?«

Abermals verneigte er sich, dann stieg er auf einen hervorstehenden Uferstein und gab Byrons Worte über die Schönheit der Natur zum Besten. Maryanne sank neben ihre Mutter, zurück auf die Decke und lauschte weiteren Vorträgen der Freunde, während sie gedankenversunken mit einem Stock in den Sand zwischen den Kieselsteinen malte. Erst als Colin und Charles Robert anhielten, ihnen zu beweisen, dass er Keats besser verstand als sie, schaute Maryanne von ihrem Kunstwerk auf.

Glänzender Stern! Wär ich doch stet wie Du —
Nicht Schimmern, einsam aufgehängt zur Nacht,
Und schlaflos, offnen Lides immerzu ...

Maryanne erbebte leicht, als sie feststellte, dass Roberts Blick durchdringend auf sie gerichtet war, während er sprach. Als er fertig war, blieb der Beifall aus. Eine Stille, andächtig, ehrfürchtig hatte sich zwischen die Gesellschaft der Freunde geschlichen.

»Zauberhaft, Rob!« Gertrud fasste sich ans Herz. »Als wärst du der Poet, der es geschrieben hat.« Neben ihr wischte Bertha sich eine Träne aus dem Augenwinkel.

Robert lächelte verlegen in die Runde.

Maryanne stemmte sich hoch. »Wahrlich, du hast Keats verstanden.« Sie tätschelte seinen Arm und er bettete seine Hand über ihre, fixierte sie an Ort und Stelle.

Die Dämmerung setzte ein und der Horizont verfärbte sich. Sattes Rot und leuchtendes Violett dominierten den Himmel. Nachdem Maryanne einen Moment dem Spektakel zugesehen hatte, warf sich George auf die Picknickdecke. »Wer als Erster gefunden wird, muss heute Abend im Teehaus spülen.« Er beugte sich vor, die Hände auf die Augen gepresst. »Eins, zwei, drei ...«, rief er.

»Wir sollten wirklich langsam den Heimweg antreten«, merkte Bertha an, doch die Freunde hörten nicht auf sie. Gertrud eilte der kichernden Betty zu den großen Ufersteinen nach.

Maryanne raffte ihren Rock und rannte. Sie kroch ins schattige Zelt der Hainbuchen, die wie stille Siedler das Ufer auf einer Seite besetzten, Georges Zählen noch in den Ohren. Jener Ort war ihr fast so vertraut wie die heimische Stube. Seit sie ein Kind war, bot er ihr eine Zuflucht vor der Wirklichkeit. Die tief hängenden Äste waren wie ein Vorhang, der sie verhüllte. Ein dicht gesponnenes Netz aus grünen Blättern, die die Themse streichelten, die sich an dieser Stelle leise gluckernd die Stadt hinauftastete.

Ein Schwarm Gründlinge reflektierte das Sonnenlicht im seichten Wasser. Für Maryanne hatte dieser Platz etwas Magisches. Und er gehörte nur ihr. Sie sank gegen einen der Bäume gelehnt, die so dicht am Fluss wuchsen, dass sie bei Hochwasser regelmäßig von ihm umgeben waren. Aufmerksam horchte sie hinein in die wilde Natur, die an diesem Platz allgegenwärtig schien. Zwischen dem Plätschern des Flusses und dem Wind, der durch die Äste brauste, nahm sie knirschende Schritte wahr. Sie näherten sich von der Böschung aus.

Rasch suchte sie Deckung hinter zwei dicht beieinanderstehenden Bäumen.

»Pst, ich bin's nur.« Robert kam geduckt zu ihr. In der Ferne hörten sie immer noch Bettys Kichern und Gertruds Lachen. Sicher würde George die beiden als Erste finden.

Doch sie vernahmen erst Charles', dann Colins Kapitulation.

Maryanne und Robert schlugen sich die Hände vor die Münder, um nicht laut loszulachen. Es war genau wie früher – als sie beide noch Kinder gewesen waren. Wie oft hatten sie sich damals beim Versteckspiel verbündet und sich dadurch gegenseitig einen Vorteil verschafft.

»Hier finden sie uns nie.« Robert saß so dicht bei ihr, dass sich ihre Arme berührten.

»Es ist schön, dich wieder lachen zu sehen«, flüsterte er weiter, und Maryanne wurde klar, dass ihm ihre Melancholie, die sie einfach nicht in Gänze abschütteln konnte, nicht entgangen war.

Sie sah ihn an, lächelte.

»Fast hatte ich vergessen, wie es sich anfühlt, nicht voll von Kummer zu sein. Wir verdanken Tante Ursula eine Menge.«

»Es war sehr großzügig von ihr, euch zu helfen«, erwiderte er. Zu Beginn des Picknicks hatten sie mit Wein darauf angestoßen, dass das Kensington Crown erst mal im Besitz der Landertons bleiben würde.

Maryanne nickte. »Mama hat unserer Tante geschrieben und sie eingeladen. Ich bin aber nicht sicher, ob sie kommt. Wir waren ihr immer etwas zu gewöhnlich, und unser Teehaus zu ... konventionell.«

»Das ist für mich völlig unverständlich.«

Sie hob verdutzt die Brauen.

»Ich kann mir keinen Ort vorstellen, an dem ich lieber wäre.«

»Ach, komm.« Sie stieß ihn etwas zu fest an. Er rieb sich über die Stelle, grinste aber.

»Ich schwöre, es ist wahr, Maryanne. Wenn ich könnte, würde ich bleiben – für immer.« Er wurde ernst. Sein Blick fand den ihren und für einen Moment verharrten sie still beieinander. Große Wellen rauschten ans Ufer, bahnten sich ihren Weg durch das Gestrüpp und umspülten ihre Füße. Gleichzeitig schnellten sie hoch und wichen vor der Flutwelle zurück.

»Ist ja wie am Meer.« Robert watete durch das sich langsam zurückziehende Wasser und lächelte, in Erinnerungen schwelgend.

»Du hast das Meer gesehen?« Maryanne war fasziniert.

»Oh ja, zusammen mit meiner Mutter. In Brighton.«

Er krempelte sich die nass gewordenen Hosenbeine hoch.

Maryanne wrang den Saum ihres Kleides aus, als wäre er ein Putztuch. »Wie ich dich beneide. Ich kann mir nur vorstellen, wie es dort sein muss. Das offene Meer in Reichweite.«

»Wenn du willst, zeige ich es dir irgendwann.«

»Das wäre traumhaft!«

»Dann ist es beschlossen. Ich fahre mit dir hin.« Er bückte sich nach einem glitzernd weißen Stein und legte ihn in ihre ausgestreckte Hand. Roberts Haut war weich und warm. Unter seiner Berührung erbebte Maryanne fast unmerklich und eine wohlige Gänsehaut überlief ihren Körper.

»Maryanne! Rob?« Georges Rufe durchschnitten abrupt den Moment.

»Sie haben sich in Luft aufgelöst«, rief Bertha bekümmert.

»Ach, was«, zischte Colin. »Die haben sich nur gut versteckt.«

Maryanne und Robert schmiegten sich nah aneinander und kicherten hinter vorgehaltener Hand. Wie hatte sie diese Unbeschwertheit doch vermisst.

»Wenn nun etwas passiert ist?« Berthas Stimme klang weinerlich.

»Wir müssen sie erlösen«, sagte Maryanne widerwillig.

Robert nickte leicht und mit zusammengepressten Lippen. Maryanne stand auf, streckte einen Arm aus dem Dickicht und winkte. »Wir sind hier.«

Bertha schlug sich eine Hand auf die Brust. »Gott sei es gedankt. Maryanne, du sollst deine Mutter doch nicht so ängstigen.«

»Entschuldige, Mama.« Sie lief aus dem Versteck.

Robert folgte ihr gemächlich. Die Sonne war schon fast untergegangen. Noch einmal machten sie es sich gemeinsam am Ufer gemütlich. Andächtig lauschten sie dem plätschernden Fluss, bis die Sonne hinter den Dächern der Stadt verschwunden war und sich der rot glühende Himmel allmählich verdunkelte.

Kapitel 13

»Tut mir leid, Trudi!«, sagte Maryanne leise, um Betty nicht aufzuwecken. Es war der Abend vor dem Ball der Greys, und die Schwestern hatten es sich auf Gertruds Bett bequem gemacht. »Eigentlich müsstest du hingehen. Du hast es so viel mehr verdient als ich.«

»Oh, nein. Nein, ich bedaure es nicht. Wirklich nicht. Na ja, höchstens ein bisschen. Vielleicht.« Gertrud zog sich die Decke um die Schultern.

Maryanne presste kurz die Lippen aufeinander, dann atmete sie geräuschvoll aus. »Willst du mir nicht endlich sagen, auf wen du ein Auge geworfen hast? Ist es … Colin?«

Gertrud kicherte leise, aber sie bestätigte nichts.

Maryanne wusste genug. Sie lächelte in sich hinein. »Der Ball wäre eine hervorragende Möglichkeit für dich, um deine Bekanntschaft mit ihm zu vertiefen.«

Gertrud seufzte. »Die vielen Leute, die Lautstärke in einem so großen Saal, nein, ich würde mich nur unwohl fühlen. Geh du nur hin und berichte mir, wer alles dort war. Wie oft du getanzt hast und mit wem.«

Maryanne lächelte nervös, dann wurde sie ernst und schaute neben ihrer Schwester ins Leere. Gertrud bettete ihre Hand auf Maryannes Arm.

»Ich hoffe, du bekommst Gelegenheit, mit Edward zu sprechen.« Es entstand eine kurze Pause zwischen ihnen, in der Maryanne Zweifel überkamen. War es richtig, den Ball auf Roslyn Park zu besuchen?

»Denkst du, sie wollen mich überhaupt da haben?«, fragte sie. »Ich hätte Robs Einladung nicht annehmen sollen. Sie nicht annehmen dürfen.«

»Was redest du da?«

»Edward erwartet mich nicht. Was, wenn er mich überhaupt nicht sehen will?«

»Nun, das wirst du wohl herausfinden müssen.« Gertrud drehte sich auf die Seite, stützte ihren Ellenbogen auf die Matratze und ihren Kopf auf ihre Hand. »Du musst endlich aufhören, dir selbst die Schuld zu geben. Du hast nichts Falsches getan, Maryanne. Lord Grey hätte sich dir nie nähern dürfen, und das hat er genau gewusst. Stattdessen hat er dich glauben lassen, dass ...« Gertrud hielt inne, als wollte sie ihre Worte mit Bedacht wählen.

Maryanne beendete ihren Satz. »Dass er mich liebt.«

»Ja.« Gertrud holte Luft, ehe sie weitersprach. »Er hat mit deinen Gefühlen gespielt, und das werde ich ihm nie verzeihen. Ich weiß, du kannst ihm nicht böse sein für das, was er getan hat, aber ... ich sehe tagtäglich, wie du leidest. Ich sehe, wie meine Schwester, die ich über alles liebe, sich wegen eines Mannes grämt, der nicht ehrlich zu ihr gewesen ist.«

»Ich will es von ihm hören«, entgegnete Maryanne. »Er soll mir in die Augen sehen und mir sagen, dass alles eine Lüge war.«

Gertrud nickte matt. »Ich weiß, dass das dein Wunsch ist. Und ich stimme dir zu, aber ... bitte sei nicht zu enttäuscht, wenn es nicht dazu kommt.« Gertrud klang nicht besonders zuversichtlich, und auch Maryanne hatte ihre Bedenken. Sie wusste nicht einmal mit Sicherheit, ob Edward überhaupt anwesend sein würde. Immerhin war es der Ball seiner Tante. Selbst wenn er dort wäre, so wäre er vermutlich umringt von einer Schar heiratswilliger junger Damen, die ihn nicht aus den Augen ließen. Da war es fraglich, ob sie auch nur nah genug an ihn herankäme.

Aber versuchen würde sie es.

Gertrud wechselte das Thema und riss Maryanne aus ihren Gedanken. »Ganz gewiss wird Rob eine glänzende Figur machen.«

»Ach, Rob.« Maryanne seufzte. »Er weiß nicht, warum ich ihn wirklich begleiten will. Vielleicht sollte ich ihm von Lord Grey erzählen.«

»Dann bist du immer noch überzeugt, dass das Gerücht an ihm vorbeigegangen ist? Trotz Bettys losem Mundwerks?« Gertrud klang, als wäre der Fall klar.

Maryanne zuckte gleichmütig mit den Schultern. »Er weiß, dass Betty eine lebhafte Fantasie hat.«

»Mag sein. Aber er ist auch nicht dumm.«

»Hm.« Maryanne stimmte ihr in Gedanken zu.

»Entweder er weiß wirklich nichts, oder er ist einfach nur zu anständig, mich darauf anzusprechen.«

Gertrud ließ ein leises Stöhnen hören. »Ja, das würde zu ihm passen. Ich kenne keinen wie ihn. Die Frau, die ihn einmal zum Mann bekommt, kann sich glücklich schätzen. Er ist ein wahrer Gentleman.«

»Welch Lobeshymne auf ihn«, sagte Maryanne mit einem schiefen Grinsen. »Man könnte glatt meinen, er sei derjenige, der dir den Kopf verdreht hat, und nicht Colin.«

Gertrud knetete mit den Zähnen ihre Unterlippe.

»Na ja ... vielleicht ist es ja auch gar nicht Colin. Er ist es nie gewesen.«

Maryanne entfuhr ein Ausruf des Erstaunens. Sie machte große Augen. »Trudi! Warum hast du denn nichts gesagt?«

Sie zuckte die Schultern, ohne Maryanne anzusehen. »Weil ich mir wenig Hoffnungen mache.«

»Wieso denn? Er mag dich doch.«

»Schon möglich, aber ... er mag eine andere lieber.« Gertrud sah Maryanne direkt ins Gesicht. Sie erschauerte.

»Einer der Vorteile, ein stiller Mensch zu sein, ist, dass man viel mehr um sich herum wahrnimmt als alle anderen. Ich bin eine gute Beobachterin, liebe Schwester. Und ich weiß zufälligerweise, dass Rob Keats aus einem ganz bestimmten Grund zitiert hat. Er hat es für dich getan, Maryanne.«

Eine eiserne Stille schlich sich zwischen sie, in der Maryanne lautlos nach Luft schnappte.

Konnte sie recht haben?, fragte die Stimme in ihrem Kopf. Rasch ging sie die Möglichkeiten durch. Schon immer hatte sie sich in Roberts Nähe wohlgefühlt, und sie hatte das Gefühl gehabt, dass es ihm genauso mit ihr ging. Dennoch hatte sie nie mehr in ihre Freundschaft hineininterpretiert. Eine Art Geschwisterliebe, die sich über die Jahre hinweg entwickelt hatte. Sie waren einander vertraut, schätzten einander – aber das war es. Maryanne war sich sicher, dass ihre Schwester sich irrte.

»Nein, Trudi! Rob sieht in mir nicht mehr als eine sehr gute Freundin. Wir kennen uns doch schon ewig. Und genau das ist es.«

Gertrud schaute sie eine Weile schweigend an. »Eben«, hauchte sie verdrossen. Sie drehte sich auf die Seite und zog sich die Bettdecke über die Schultern. »Machst du bitte die Kerze aus?«

Zögerlich kam Maryanne ihrer Bitte nach. Es irritierte sie, dass ihre Schwester ihre Erklärungsversuche einfach so abtat. Gertrud schien sich absolut sicher zu sein, dass Robert romantische Gefühle für Maryanne hegte. Doch Maryanne wagte nicht einmal, darüber nachzudenken. Sie wollte die Freundschaft zwischen Robert und sich nicht gefährden und sie auf keinen Fall für ein wenig Herzklopfen aufs Spiel setzen. Etwas, das sich mit den Jahren womöglich abnutzen würde. Was wäre dann noch von ihrer einstigen Freundschaft übrig?

Robert war Maryanne lieb und teuer, und daran würde sich nie etwas ändern. Edward hingegen hatte einen besonderen Platz in ihrem Herzen eingenommen, und diesen Platz bewohnte er noch immer. Obwohl es Maryanne schmerzte, dass er ihn nicht mehr beanspruchte, konnte sie sich nicht vorstellen, jenen Platz für einen anderen Mann freizuräumen.

***

Unzählige Stunden hatte Bertha mit Maryannes Robe verbracht und eines ihrer alten Kleider, die sie als junge Debütantin auf einem ihrer ersten Bälle getragen hatte, für sie umgeändert. Nahezu aufopfernd hatte sie die Nächte durchgenäht, um das champagnerfarbene Seidenkleid aus seinem altmodischen Dasein zu befreien. Bertha hatte die Ärmel angepasst, die übermäßige

Spitze am Dekolleté entfernt und die Schleppe gekürzt, und ihre Hoffnung, dass niemand Maryanne als einfache Bürgerin würde enttarnen können, bestätigte sich, sobald sie zu Robert in die Kutsche gestiegen war. Ihre Aufmachung verschlug ihm die Sprache.

»Maryanne!«, sagte er leise, dabei starrte er sie an, als wäre sie ein seltenes Juwel. Seine Reaktion verunsicherte Maryanne. War sie vielleicht zu sehr herausgeputzt?

Nervös fuhr sie sich mit einer Hand über die Hochsteckfrisur, bei der ihr ebenfalls ihre Mutter geholfen hatte. Bertha war so erpicht darauf gewesen, Maryanne für ihren ersten Ball auszustaffieren, dass sie ihr sogar ihren größten Schatz geliehen hatte. Etwas, das sie nur zu bedeutenden Anlässen aus der Schatulle hervorholte. Das Rubincollier stammte noch aus ihrer Jugend, in der Bertha selbst zur feinen Gesellschaft gehört hatte, und war alles, was ihr aus jener Zeit geblieben war. Während die Kutsche ruckelnd die Stadt verließ, kam Maryanne nicht umhin, das kostbare Schmuckstück in einer gewissen Regelmäßigkeit zu berühren, um sich zu vergewissern, dass es noch da war.

Sie erreichten die Landstraße Richtung Hackney und Robert fand endlich seine Stimme wieder. »Wie geht es dir? Bist du ... nervös?«

»Ich? Nein. Überhaupt nicht.« Fahrig schaute sie aus dem Fenster, ohne irgendetwas zu fixieren.

»Du siehst übrigens sehr schön aus«, merkte er an und Maryanne drängte sich auf, was Gertrud am Vorabend über ihn gesagt hatte.

»Danke!« Ihr wurde ganz heiß, während ihr Blick langsam zu ihm zurückglitt. »Du siehst auch sehr schön ... ich meine ... elegant aus.«

Er zupfte an seinem dunkelblauen Jackett und lächelte schief. »Ich fühle mich, als wäre es eine Verkleidung.«

»Nun, das ist es auch.« Schmunzelnd hob sie ihre weiß funkelnde Katzenmaske vor ihr Gesicht, die auf ihrem Schoß gelegen hatte. Maryanne konnte nur hoffen, dass niemand merken würde, dass es sich dabei eigentlich um ein Spielzeug handelte. Betty hatte es ihr bereitwillig zur Verfügung gestellt. Nachdenklich schweifte ihr Blick wieder zu Robert.

Er jedenfalls würde kein Aufsehen erregen. Im Vorfeld hatte er sich nämlich von Richter Malcolm, für den es nicht der erste Ball dieser Art war, sagen lassen, dass alle Herren eine schlichte, schwarze Maske tragen würden.

Sie passierten das Ortsschild und die Ländereien von Roslyn Park kamen in Sichtweite. Maryannes Anspannung wuchs ins Unermessliche. Trotz ihrer Seidenhandschuhe waren ihre Hände eiskalt. Unruhig knetete sie ihre Finger auf ihrem Schoß.

Robert bedachte Maryanne mit einem aufmunternden Lächeln, als würde er genau wissen, wie sie sich fühlte. Wieder meldete sich ihr schlechtes Gewissen, weil sie ihm den Grund, wieso sie tatsächlich auf den Ball ging, nicht genannt hatte. Maryanne betrachtete ihren Freund eingehend und nahm sich ein Herz. Robert hatte es verdient, dass sie ehrlich zu ihm war. Sie räusperte sich, beugte sich leicht vor und öffnete ihren Mund, um ihm von Edward zu erzählen.

»Wir sind da!« Roberts Ankündigung erstickte ihren Plan im Keim.

Ihre Lippen schlossen sich und bildeten eine schmale Linie.

»Sieh nur, wie eindrucksvoll!«, rief er.

Maryanne folgte Roberts ausgestrecktem Arm und sah aus dem Fenster. Mit wild klopfendem Herzen schaute sie zu, wie sich ihre Kutsche der Kolonne aus Fuhrwerken anschloss, die die Gäste bis vor den Haupteingang des Herrenhauses brachte.

Über ein Jahr war vergangen, seit Maryanne Roslyn Park zuletzt gesehen hatte. Nichts hatte sich verändert. Das große, weiße Haupthaus strahlte immer noch eine majestätische Ruhe aus. Maryanne hatte stets befunden, dass es Eleganz und Pracht in einer beispiellosen Art und Weise vereinte. Nie hatte sie sich von dessen Prunk erschlagen gefühlt. Es war ein Zuhause. Ein Ort, an dem man sich wohlfühlen konnte, und das hatte sie getan – was zweifellos auch Edwards und Emilys Gastfreundschaft zu verdanken gewesen war.

Die Abenddämmerung hatte sich über das Anwesen gelegt und verlieh dem Himmel ein spektakuläres Antlitz. Violett und Rot dominierten den Horizont, als hätte Lady Grey dies persönlich veranlasst.

Vor dem Haupteingang erleuchteten Fackeln und Laternen den Gästen das Anwesen und wiesen ihnen den Weg hinein.

Robert reichte Maryanne seinen Arm. Zaghaft hakte sie sich bei ihm unter, während ihr ängstlicher Blick an den Gästen vorbeiglitt, die vor ihnen das Haus betraten. Rasch bedeckte sie ihr Gesicht mit der Maske, um von den Dienern, die ihnen im Vestibül die Mäntel abnahmen, nicht erkannt zu werden.

Es war ein merkwürdiges Gefühl, der feinen Gesellschaft durch den Haupteingang zu folgen. Maryanne musterte die Damen in ihren pompösen Kleidern, ihren farbenfrohen Maskeraden und den Federn und goldenen Spangen in aufwendig hochgesteckten Frisuren. Noch konnte sie kaum glauben, dass sie an diesem Abend dazugehörte. Für die Dauer von ein paar Stunden würde sie eine von ihnen sein.

Suchend schickte Maryanne ihren Blick die breite Freitreppe hinauf. Ob Emily wohl schon auf ihrem Zimmer war? Insgeheim hatte Maryanne die leise Hoffnung gehabt, einen Blick auf das Mädchen zu erhaschen, das ihr wie eine kleine Schwester gewesen war. Sie bereute es, sich nicht von Emily verabschiedet zu haben, und fragte sich, wie die neue Gouvernante wohl war. War sie ihr eine Freundin? Eine Vertraute? Maryanne grämte sich, weil sie nichts mehr von ihr gehört hatte, und weil ihr Einfluss einfach nicht weit genug reichte, um wieder mit Emily in Kontakt zu treten. In dem großen Haus war das Mädchen wie ein Geist. Alles, was Maryanne blieb, war, darauf zu warten, dass Emily in ein paar Jahren als Debütantin im Gesellschaftsteil der Zeitung erwähnt werden würde.

Sie betraten den Ballsaal, der von Kammermusik und Stimmengewirr erfüllt war. Die vielen Gäste forderten Maryannes ganze Aufmerksamkeit. Vorsichtig schaute sie sich um und erblickte Mrs Ashton mit ihrem Hündchen auf dem Arm. Nicht weit von ihr entfernt war

Lady Drummond, unverkennbar, in einem schillernden goldenen Gewand. Maryanne schluckte nervös, inständig hoffend, dass sie sie nicht erkennen würde.

»Ah, da sind ja die anderen.« Robert lenkte Maryannes Aufmerksamkeit mit einer unauffälligen Kopfbewegung nach rechts, wo Colin und Charles etwas abseits des Trubels mit zwei jungen Damen standen. Maryanne straffte die Schultern, ehe sie, an Roberts Seite, auf sie zuging.

»Ihr kommt gerade recht«, sagte Colin. »Es ist kaum ein mir bekanntes Gesicht hier, und die Stimmung lässt durchaus zu wünschen übrig.« Er nahm einen großen Schluck aus seinem Punschglas, dann stellte er Maryanne stolz seine Begleitung, Harriet Dumbly, vor. Harriet, so erfuhr sie, war die Tochter eines Anwalts und teilte, auch das wurde Maryanne schnell klar, Colins Hang zum Sarkasmus. Miss Rosalind Potter hingegen, die Charles begleitete, war zurückhaltender, obwohl auch sie nicht umhinkam, Maryanne genau in Augenschein zu nehmen. Nichtsdestotrotz milderte die Gesellschaft der Freunde Maryannes Unwohlsein. Auch George stieß endlich zu ihnen. Sie unterhielten sich über die Kostümierungen der Anwesenden, über den Tanz und bedauerten Mrs Ashtons Hund, weil dieser sein Frauchen inzwischen offenbar überallhin begleiten musste. Zuletzt schlossen sie Wetten darüber ab, wie lange es dauern würde, bis das übertrieben reichhaltige Speiseeisbüfett geschmolzen war. Maryanne hörte zu, lachte hin und wieder, brachte sich aber kaum ein. Es fiel ihr schwer, dem Gespräch zu folgen. Unauffällig hielt sie die ganze Zeit nach Edward Ausschau.

»Ein wundervolles Kleid«, sagte Rosalind, nachdem sie Maryanne durch ihre federnbesetzte Schwanenmaske beäugt hatte.

Maryannes Blick glitt verzögert zu ihr.

»Trägt man das momentan in Paris?«, erkundigte sich Harriet.

»Oh, ich kann es euch nicht sagen«, entgegnete Maryanne lächelnd. »Meine Mutter hat es für mich gemacht.« Stolz sah sie an sich hinunter, doch ihr Lächeln erstarb, als sie die verständnislosen Mienen der beiden bemerkte.

»Wie … interessant«, merkte Harriet an und wechselte einen amüsierten Blick mit ihrer Freundin.

Robert reichte Maryanne ein Glas Punsch.

»Danke.« Hastig nahm sie einen Schluck und sah zu, wie Charles und Colin ihre Damen zum Tanz führten. Kurz wallte Erleichterung darüber in ihr auf, den abschätzigen Blicken der beiden jungen Frauen entkommen zu sein.

»Wie gefällt es dir?«, fragte Robert.

»Es ist … eine Erfahrung wert«, antwortete sie und nahm einen weiteren hastigen Schluck.

»Wir müssen nicht lange bleiben«, flüsterte er und berührte sie sanft am Arm. Kurz schauten sie einander in die Augen, ehe jemand nach ihm rief. Roberts Blick ging quer durch den Saal. »Da ist Richter Malcolm. Soll ich dich ihm vorstellen?«

Maryanne schüttelte den Kopf. »Später. Ich hätte gerne einen Moment für mich.«

Er nickte. »Dann sehen wir uns nachher.«

»Ja.« Maryanne schaute ihm nach, wie er sich durch die Menge manövrierte und zu dem Mann mit dem schlohweißen Spitzbart ging, dann drehte sie eine Runde durch den Saal.

Zu einer Seite waren lange Tische aneinandergereiht. Lady Grey hatte wahrlich keine Kosten und Mühen gescheut. Es gab eine große Auswahl an verschiedensten Kuchen, Pasteten, kaltem Braten und feinstem Konfekt. Alles sah köstlich aus, doch Maryanne hatte keinen Appetit. Stattdessen klammerte sie sich an ihr Glas Punsch, als könnte es ihr Halt geben. Weil sie auch zu Hause kaum etwas zu sich genommen hatte, spürte sie bereits die Wirkung des Weins. Ihr war schrecklich heiß. Es war, als wäre die Luft im überfüllten Saal bereits vollständig weggeatmet worden. Colin hatte vollkommen recht. Lady Greys Gästeliste war zu lang. Mit einer Hand fächerte Maryanne sich Luft zu, während sie sich zur Tanzfläche drehte und Colin und George beobachtete, wie sie ihre Damen in die Quadrille führten.

»Darf ich bitten?« Robert war wie aus dem Nichts neben ihr aufgetaucht. Maryanne trank ihr Glas in einem Zug leer, stellte es auf einem der umliegenden Tische ab und nahm seine Hand. Es war Jahre her, dass sie mit einem Mann getanzt hatte, weshalb sie befürchtete, keine besonders graziöse Figur zu machen. Robert stellte sich jedoch als außerordentlich fähiger Tanzpartner heraus, der sie mit Leichtigkeit führte. Überraschenderweise amüsierte Maryanne sich. Sie lachten gemeinsam und für die Dauer des Tanzes dachte Maryanne nicht daran, weshalb sie eigentlich hergekommen war. Gelöst von vorherigen Zwängen ging sie anschließend an Roberts Seite zu Charles, der sie vom Büfett aus beobachtet hatte.

»Ich muss schon sagen«, sagte er und schob sich eine Weintraube in den Mund. »Ihr gebt ein wirklich hübsches Paar ab.«

Robert warf Maryanne einen verlegenen Seitenblick zu. Es war offensichtlich, dass er ihre Reaktion abwartete, doch sie brachte es nicht über sich, seinem Blick standzuhalten. Maryanne biss sich auf die Unterlippe, dann rang sie sich ein Lächeln für Charles ab, der gespannt zwischen den Freunden hin und her schaute.

Immer wieder musste Maryanne daran denken, was Gertrud gesagt hatte, und daran, dass diese für Robert Gefühle hegte. Nie zuvor hatte ihre Schwester Interesse an einem Mann bekundet. Maryanne würde im Umgang mit Robert vorsichtig sein. Niemand sollte glauben, sie seien einander in Liebe zugetan.

Als Charles sie weiterhin wachsam anschaute, war ihr danach, das klarzustellen. »Wir sind nur Freunde.«

»Gewiss doch!«, erwiderte er schelmisch grinsend.

Robert stieß ihn gespielt tadelnd in die Seite. Maryanne wurde es erneut zu heiß unter ihrer Maske. Sie bekam kaum noch Luft.

»Entschuldigt mich bitte.« Sie eilte Richtung Ausgang. Im Vorbeigehen schnappte sie sich ein volles Glas Wein von einem der Tische und trank einen großen Schluck. Sie wollte gerade hinaus auf die Terrasse, da entdeckte sie Edward an der Seite seiner Tante. Trotz der goldenen Maske hatte sie ihn sofort an seiner Statur erkannt. An der Art und Weise, wie er sich bewegte, wie er seinen Wein trank. Und wie er lachte. Ihr Herz setzte einen Schlag aus. Maryanne verharrte an Ort und Stelle wie eine Statue. Gäste zogen an ihr vorbei, doch sie nahm sie nur am Rande wahr. Edward wiederzusehen, ließ Raum und Zeit verschwimmen. Es war, als wären sie die einzigen Anwesenden auf dem Fest. Eine Dame in einem purpurfarbenen Kleid trat an seine Seite, ergriff seinen Arm und lehnte sich an ihn. Schockiert schnappte Maryanne nach Luft. Miss Harrington, seine Verlobte, schoss es ihr durch den Kopf und ihre Beine gaben nach, sie geriet ins Taumeln, wich zurück. Robert kam wie aus dem Nichts und fing sie auf.

»Ist dir nicht wohl, Maryanne?«

Sie spürte seine Hand in ihrem Rücken.

»Mir ist nur etwas schwindelig.« Sie fasste sich an die Stirn. Ihr fassungsloser Blick lag immer noch auf Edward. Sie hatte das Gefühl, das Bewusstsein zu verlieren. Kurz und irritiert schaute Robert in die Menge, dann wieder zu Maryanne, als fragte er sich, wer oder was sie so erschreckt haben könnte. Die Umherstehenden machten Platz, beäugten sie mit wachsendem Interesse. Noch einmal schaute sie zu Edward auf und für einen flüchtigen Moment kreuzten sich ihre Blicke.

»Komm.« Robert legte seinen Arm um sie, führte sie hinaus auf die Terrasse, hin zu einer steinernen Bank, auf der Maryanne Platz nahm.

»Es geht mir gut ... Ich ...« Maryanne wollte schon wieder aufstehen, aber Robert drückte sie sanft auf die Bank zurück. »Bleib. Ruh dich einen Moment aus. Ich hole dir ein Glas Wasser.«

Maryanne rang sich ein Lächeln ab und Robert kehrte in den Saal zurück.

Der Wind frischte auf und die kalte Nachtluft umwehte Maryanne. Sie nahm ein paar tiefe Atemzüge. Vorsichtig rappelte sie sich daraufhin hoch, ging auf die Balustrade zu und schickte ihren Blick über den weitläufigen Garten von Roslyn Park. Graue Wolken verschleierten den Mond und zwangen Irrgarten und Rosen in den Schatten. Nur ansatzweise konnte Maryanne die Mauern aus Eibenhecken, im Mittelpunkt der kunstvoll angelegten Anlage, erkennen. Es war genug, um schmerzvolle Erinnerungen an ihre Zeit als Gouvernante zu wecken. Zähneknirschend krallte sie ihre Finger ins Geländer und schluckte schwer, denn nun hatte sie Gewissheit: Edward hatte sie längst vergessen. Jene Tatsache teilte ihr Herz entzwei. Tränen stauten sich unter ihrer Maske, während sie mit leerem Blick vor sich hinstarrte und dachte: Wie passend die Dunkelheit doch widerspiegelte, was von ihrer Liebe übrig war.

Wut stieg in ihr auf, weil sie so dumm gewesen war, zu hoffen, dass Edward ehrenwerte Absichten gehabt hatte. Maryanne strich sich erst übers Haar, dann über den Hals, wo sie fahrig das Collier ihrer Mutter ertastete, das sich nun furchtbar schwer anfühlte. Wie hatte sie glauben können, dass ein Wiedersehen auf dem Ball Edward an seine Liebe zu ihr erinnern könnte, wenn diese Liebe doch nie wirklich existiert hatte? Erzürnt nahm sie die Maske ab, rieb sich die Tränen aus dem Gesicht und wandte sich entschieden um, als ihr aufging, dass er sie ebenso erkannt haben konnte. Sie wollte nur noch weg von Roslyn Park.

Gerade hatte sie den Entschluss gefasst, Robert zu bitten, sie nach Hause zu bringen, als sie schwere Schritte hinter sich vernahm.

»Hallo, Maryanne.«

Eine Gänsehaut überkam sie. Langsam drehte sie sich zu Edward um.

»Ich hatte gehofft, du wärst es und siehe da ...« Er drehte seine Maske in der Hand. Sein warmer Blick ruhte auf ihrem Gesicht, nicht vorwurfsvoll, sondern angenehm überrascht. Maryannes Herz klopfte schneller. Unwillkürlich fasste sie sich an die Brust. Hatte sie sich nicht ausdrücklich untersagt, auf diese Weise auf ihn zu reagieren? Edward kam auf sie zu, doch sie brachte immer noch keinen Ton heraus. Das Kribbeln in der Magengrube machte sich wieder bemerkbar und Maryanne begriff, dass es nie wirklich fort gewesen war.

»Es ist schön, dich zu sehen«, sagte Edward. »Wer begleitet dich? Kenne ich ihn?«

»Was geht es dich an?« Maryanne schaute sich suchend nach Robert zur Terrassentür um. Sie konnte sehen, wie sich die Gäste im Saal um eine Gruppe weiß gekleideter Tänzer geschart hatten.

»Eine private Ballettaufführung. Für meine Tante der Höhepunkt eines gelungenen Abends«, erklärte Edward nüchtern.

»Bezaubernd.« Maryanne schnaufte leise, dann wandte sie sich wieder den Sternen zu, weil sie es nicht ertragen konnte, ihn anzusehen. Sie brauchte weder sein falsches Mitleid noch sein geheucheltes Interesse.

Edward stellte sich schweigend neben sie und stützte, wie sie, die Hände auf die Balustrade, sein Blick jedoch ruhte die ganze Zeit über auf ihrem Gesicht.

»Ich hatte dich hier nicht erwartet«, sagte er.

»Keine Sorge, ich bleibe nicht. Ich war gerade dabei zu gehen.« Flüchtig schaute sie zu ihm und bemerkte, dass er unschlüssig die Brauen nach unten bewegte.

»Das bedauere ich. Wie gesagt, es ist schön, dich zu sehen!«, entgegnete er nach einer Pause und klang dabei so ehrlich, dass Maryanne ihn ansehen musste. Ungläubig. Skeptisch. Nachtragend. »Ich hörte das von deinem Vater.« Er betrachtete sie mitfühlend. »Dein Verlust tut mir unendlich leid.«

Maryanne senkte den Blick.

»Wie geht es euch? Dir ... und deiner Familie?«, fragte er.

»Uns geht es den Umständen entsprechend. Wir führen das Kensington Crown weiter. Meine Schwester und ich ... und meine Mutter.«

Sein Blinzeln drückte leichte Verwirrung aus. »Das sind gute Neuigkeiten. Ich mochte euer Teehaus immer gern, wie du weißt.«

Sie nickte knapp.

»Möglicherweise ...«, er zuckte kaum merklich mit der Schulter, »also ... vielleicht komme ich euch irgendwann besuchen.«

»Ich würde noch etwas warten, bis das Gerücht überdeckt worden ist, das uns beiden eine Beziehung anlastet.«

Maryannes Blick kehrte zum parkähnlichen Garten zurück.

»Ja. Du hast recht.« Scham und Unbehagen schwangen in seiner Stimme mit.

»Es tut mir leid, dass du meinetwegen dem Gerede der Leute ausgesetzt bist.«

»Daran bin nur ich schuld«, entgegnete sie matt. »Ich hätte nie ...« Sie schaute verlegen zu ihm auf, doch nur kurz. »Es war ein Fehler. Das weiß ich nun. Und jetzt ...

muss ich mich voll und ganz auf das Kensington Crown konzentrieren.«

Er schluckte hörbar, nickte leicht. »Dann seid ihr Frauen nun ganz auf euch gestellt?«

Maryanne stieß leise den Atem aus. »Selbstredend sind wir nicht die Eigentümer des Teehauses, sondern mein Bruder, Anthony.«

Er nickte erneut, sich offenbar erinnernd, was sie ihm über ihre Familienverhältnisse erzählt hatte. »Der Bruder, der sich nie für das Teehaus erwärmen konnte.«

»Genau der«, murrte Maryanne.

Eine Weile standen sie schweigend beieinander. Maryanne warf Edward immer wieder kurze, ratlose Seitenblicke zu. Was machte er mit ihr? Wollte er sie quälen? Sie verlor die Geduld. Es war an der Zeit, Förmlichkeiten wieder einzuhalten, ehe jemand merkte, wie zwanglos sie miteinander sprachen.

»Müssen Sie nicht dringend wieder hinein, Mylord? Ich bin sicher, Ihre Verlobte erwartet Sie bereits voller Ungeduld.«

Edward entgegnete nichts. Er blinzelte nur leicht, als sie mit bemerkenswerter Ruhe fortfuhr. »Wann ist es denn so weit?«

Er sah sie durchdringend an und Maryanne fühlte sich ertappt. Edward schien zu wissen, dass sie die Antwort auf ihre Frage überhaupt nicht wissen wollte. Sein Kopf neigte sich leicht zur Seite, ehe er fluchtartig seinen Blick von ihrem Gesicht nahm.

»Im Spätsommer«, antwortete er schließlich so leise, dass sie ihn kaum verstand.

»Ich gratuliere«, hauchte sie schwerfällig. Ihr Herz fühlte sich an, als hätte er es gerade schon wieder gebrochen.

Abermals schlich sich Stille zwischen ihnen ein. Maryanne wollte nichts sehnlicher, als sich davon loszueisen und von Edward, der es offenbar genoss, sie leiden zu sehen. Ihre Füße aber folgten ihrem Befehl nicht. Als sie es endlich schaffte, sich von der Stelle zu rühren, ergriff Edward sanft ihren Arm. »Maryanne, geh nicht!« Seine hellblauen Augen nahmen sie gefangen.

Verzögert sah Maryanne auf seine Hand herab, die über ihren Arm gebettet lag.

»Lass mich gehen. Ich bitte Sie, Mylord«, sagte sie mit belegter Stimme, auch, um sich daran zu erinnern, dass er höhergestellt war.

»Das kann ich nicht.« Edward klang gequält.

Maryanne rang um Fassung. »Es war ein Fehler, herzukommen. Bitte entschuldigen Sie.« Sie nahm seine Hand von sich, doch er hielt sie fest.

»Das zwischen uns ...« Er brach ab, stattdessen zog er sie an der Hand zu sich heran.

Maryanne drückte ihn sanft von sich, blickte sich nach den anderen Gästen um, die ebenfalls auf der Terrasse waren, und senkte ihre Stimme. »Das war nur ein Strohfeuer. Und ich bin dankbar, dass Sie mich daran erinnert haben, wo mein Platz in der Gesellschaft ist. Mylord.« Sie knickste vor ihm, dann wandte sie ihm den Rücken zu, kehrte zurück in den Saal und tauchte in der Menge unter. Sie hatte es so eilig, Robert zu finden, dass sie versehentlich gegen einen Herrn stieß. Als er sich verdutzt zu ihr umdrehte, rollte sie unmerklich die Augen.

»Miss Maryanne Landerton. Welch ein Vergnügen, Sie hier zu sehen«, sagte Bloom trocken. Neben ihm schob sich Murdoch ein Eclair in den Mund. »Ich hatte ja keine Ahnung, dass Sie auf der Gästeliste stehen.«

Sie rang sich ein müdes Lächeln ab.

»Ist Ihre werte Mutter auch anwesend?« Er schaute hinter sie, suchend, aber mit geringem Interesse.

»Nein«, antwortete Maryanne und wollte sich bereits von ihm abwenden, da versperrte er ihr den Weg.

»Und? Wie laufen die Geschäfte?« Sein finsterer Blick jagte ihr einen eiskalten Schauer über den Rücken.

»Wir kommen zurecht. Danke der Nachfrage.«

»Ihr Vorhaben, das Teehaus weiterzuführen, ist lächerlich und das wissen Sie ebenso gut wie ich. Frauen sind nicht geschäfstüchtig.«

»Nun, mir fällt nichts ein, was Frauen nicht auch könnten. Ganz anders verhält es sich hingegen bei Männern. Oder wären Sie etwa in der Lage, ein Kind zu gebären, Mr Bloom?«

Murdoch und die umstehenden Herren brachen in schallendes Gelächter aus. Blooms Miene wurde eisig. Unauffällig ergriff er ihren Arm, hielt sie auf diese Weise davon ab, einfach wegzugehen.

»Das werden Sie noch bereuen, Miss Landerton. Ich lasse mich nicht von Ihnen vorführen«, flüsterte er ihr ins Ohr. »Merken Sie sich eins: Am Ende bekomme ich immer, was ich will.«

Maryanne wurde angst und bange. Sie war ob seiner Grobheit wie erstarrt. Ihr Arm schmerzte unter seinem Griff, doch sie war nicht fähig, sich daraus zu befreien.

»Gibt es hier ein Problem?« Edward war zu ihnen gestoßen. Die feinen Damen und Herren um sie herum hielten in ihren Gesprächen inne. Unter ihren forschen Blicken ließ Bloom von Maryanne ab.

»Aber nicht doch.« Er lächelte falsch. »Miss Maryanne ist lediglich schwindelig geworden. Ich wollte sichergehen, dass sie nicht hinfällt.«

»Wie überaus nobel von Ihnen.« Edward betrachtete ihn misstrauisch, dann wandte er sich Maryanne zu. »Geht es Ihnen gut?«

Maryanne schaute verlegen in die sie anstarrenden Gesichter und nickte zaghaft. Aus den vielen Fremden, deren Aufmerksamkeit sie zu erdrücken drohte, löste sich Robert. Er eilte zu ihr und Maryanne atmete innerlich auf.

»Ist dir nicht wohl?« Robert betrachtete sie sorgenvoll. »Komm. Ich bringe dich lieber nach Hause.«

Maryanne nickte – erleichtert, dass der Abend ein jähes Ende hatte. Sie spürte Edwards Blick in ihrem Nacken, auf ihrem Weg hinaus. Selbst dann noch, als sie schon in die Kutsche gestiegen war.

***

Am nächsten Morgen hämmerten Maryannes Schläfen. Ein hartnäckiger Schwindel hielt sie davon ab, etwas zu sich zu nehmen. Angewidert schwenkte sie das rohe Ei-Apfelsaft-Gemisch im Glas, das ihr ihre Mutter gegeben hatte, um den Kreislauf wieder in Schwung zu bringen.

»Der Abend war ein Desaster«, erzählte sie Gertrud, die mit ihr am Frühstückstisch saß. »Erst Edward, der mich auf eine Weise angesehen hat, als bedauerte er, mich je kennengelernt zu haben. Dann Bloom. Oh,

Trudi, wäre ich doch nur zu Hause geblieben.« Sie bettete das Gesicht an die Schulter ihrer Schwester und weinte bitterlich. Gertrud legte den Arm um sie und strich ihr sanft das Haar zurück.

»Aber wenigstens hast du noch mal getanzt. Ich kann mir vorstellen, dass Robert ein guter Tänzer ist. Er sieht aus, als könnte er sich bewegen.«

Maryanne schaute sie an, wischte sich die Tränen von den Wangen und lächelte leicht. »Das ist er. Und er war die ganze Zeit überaus respektvoll und liebenswürdig. Beim nächsten Mal begleitest du ihn. Ich habe genug von Bällen, dass es für ein ganzes Leben reicht.«

»Ja, vielleicht.« Gertrud strahlte entschlossen.

»Du solltest es ihm sagen.« Maryanne stieß ihre Schwester sanft in die Seite.

»Ihm was sagen?«

»Na, dass du eine hohe Meinung von ihm hast.«

Gertrud schüttelte den Kopf. »Das könnte ich nicht.«

»Was wäre denn so schlimm daran?«

Gertrud wurde ernst, sah Maryanne direkt ins Gesicht und legte seufzend den Kopf schief. »Weil er in dich verliebt ist, Maryanne.« Sie klang niedergeschlagen, stand auf und sammelte das schmutzige Geschirr ein.

»Du irrst dich. Robert Webber sieht nicht mehr in mir als eine enge Freundin. Und selbst wenn es anders wäre. Hätte ich Gefühle für ihn, die über eine Freundschaft hinausgingen, ich würde mich niemals zwischen dich und ihn drängen.«

Gertrud hielt mit dem Abräumen des Tisches inne und schaute sie an. Ihre Züge waren hart geworden.

»Auch dabei irrst du dich, Maryanne!« Seufzend ging sie in die Küche.

Kapitel 14

Zwei Wochen später war das Kensington Crown wie ausgestorben. Es war Tage her, dass sie Gäste zum Nachmittagstee in der Stube hatten. Bertha stemmte schnaufend die Hände in die Hüften, während sie aus dem Fenster auf den belebten Bordstein blickte.

»Das ist wie verhext. Wenn sich nicht einmal mehr die Reisenden zu uns hineinverirren, dann weiß ich auch nicht mehr. Und wo sind überhaupt die Cottons? Die waren schon seit über einer Woche nicht mehr bei uns. Das hat es noch nie gegeben. Die Brüder werden doch nicht krank sein?« Bertha wischte sich stöhnend über die Stirn. »Ich habe gehört, dass ein neuartiges Fieber in England grassiert. Irgendetwas Exotisches aus Indien. Die gute Mrs Henley, die ja nunmehr bereits seit drei Monaten in St Ives kurt, schrieb mir erst kürzlich davon, sie habe gehört, dass die Mannschaft eines ganzen Schiffes davon betroffen war.«

»Ich glaube nicht, dass es am Fieber liegt, dass niemand zu uns kommt«, meinte Maryanne und wedelte sich mit einer Speisekarte Luft zu. Der Sommer hatte die Hitze nach London gebracht. Seit Tagen staute sie sich bereits im Obergeschoss, sodass sie kaum ein Auge zubekamen.

»Endlich!« Bertha wirbelte herum, als sich die Tür öffnete und Gertrud vom Wochenmarkt zurückkehrte.

»Ihr werdet es nicht glauben.« Sie hielt eine Zeitung hoch. »Man hat über uns geschrieben.«

»Zeig her!« Bertha riss ihr die Zeitung aus der Hand, breitete sie auf einem der Tische aus und blätterte eilig darin.

»Es wird euch nicht gefallen«, sagte Gertrud heiser.

Glanz des Kensington Crown erloschen

Nach dem Tod von William Landerton, den wir alle als freundlichen Gastwirt kannten, steht das Kensington Crown kurz vor der Schließung. Versuche seiner Gattin und der beiden Töchter, allen voran Miss Maryanne Landerton, das Teehaus weiterzuführen, scheitern kläglich. Die Gründe dafür sind mangelnde Sorgfalt und diverse Unzulänglichkeiten, so lässt neuerdings unter anderem auch die Qualität des stets hochwertig gewesenen Tees sowie der Speisen zu wünschen übrig. Vordergründig stellt sich hierbei doch die Frage, ob man Frauen die Leitung eines gastwirtlichen Betriebs übertragen sollte.

Es bleibt zu hoffen, dass der einzige Sohn der Landertons endlich eingreift und das Kensington Crown in die Hände eines fähigen Nachfolgers übergibt. Auch sollte er seine jüngste Schwester zur Vernunft rufen, die interessanterweise erst kürzlich in einen Skandal um Lord Grey verwickelt war, welcher ihre Tugend zweifelhaft erscheinen lässt und fernerhin ihre Eignung dafür, eines der traditionsreichsten Teehäuser Londons in die Zukunft zu führen.

»Was für eine Anmaßung!« Bertha schnappte taumelnd nach Luft. Rasch schob Maryanne ihr einen

Stuhl zurecht, auf den sie sank, als wäre sie ein Sack Kartoffeln.

»Wie können die es wagen, so etwas zu drucken?« Maryanne zerknüllte wütend die Zeitung. »Ich werde morgen den Verlag aufsuchen und diese Leute zur Rede stellen. Was erlauben die sich eigentlich?«

Bertha blickte müde vor sich hin. »Dass sie dich erneut diskreditieren, meine arme Maryanne, ist unverzeihlich. Es ist schändlich. Aber ... was den Rest anbelangt ... da haben sie nicht unrecht.« Sie wimmerte. »Seht euch doch nur um, Mädchen. Niemand interessiert sich mehr für das Kensington Crown, seit euer Vater tot ist.«

Gertrud reichte ihr ein Taschentuch und sie schnäuzte sich laut.

»Aber das liegt sicher nicht am Essen«, erwiderte Maryanne erbost. »Im Gegenteil, vieles ist sogar besser geworden, seit Trudi in der Küche steht.«

»Es ist ... hoffnungslos.« Bertha schnäuzte sich erneut.

»Es ist, weil wir Frauen sind.« Die Einsicht überfiel Gertrud so schlagartig, dass auch sie sich setzen musste.

»Das will ich nicht glauben!« Maryanne blieb eisern.

»Und doch ist es so«, sagte Bertha. »Ich hatte es kommen sehen. Wir werden boykottiert. Morgen werde ich eurem Bruder schreiben. Entweder er ist bereit, nach London zurückzukehren, um das Teehaus zu leiten, oder wir werden uns etwas einfallen lassen müssen. Bald ist die nächste Hypothekenzahlung fällig und wenn wir dann nicht bezahlen können, wird uns Tante Ursula kein zweites Mal helfen.«

Maryanne schwieg sich aus. Sie hielt beides für unwahrscheinlich. Weder würde ihr Bruder nach London zurückkehren, noch würde Ursula ihnen beistehen. Nach wie vor glaubte sie nicht daran, dass diese ihre Gönnerin gewesen war. Und Anthonys Leben spielte sich mittlerweile in York ab. Dort hatte er sein eigenes Geschäft und seine eigene Familie. Er hatte keinen Grund, all das aufzugeben. Doch das sagte Maryanne ihrer Mutter nicht, denn sie wollte sie nicht weiter aufregen. Verzweifelt wandte sie ihren Blick wieder aus dem Fenster. Sie hoffte auf etwas Friedliches, doch dann fiel ihr der zwielichtige Mann auf, der vor ihrem Haus herumlungerte. Er hatte den Hut tief ins Gesicht gezogen, sodass sie ihn nicht erkennen konnte. Was sie jedoch sah, war beunruhigend, denn es wirkte, als hielte er ausnahmslos alle Leute davon ab, das Kensington Crown zu betreten.

***

Später am Abend waren die Schwestern allein in der Teestube, in der sie zwei Gäste hatten bewirten dürfen, ehe sie die Tür geschlossen hatten. Maryanne und Gertrud waren sich einig, dass bald etwas passieren musste. So jedenfalls konnte es nicht weitergehen.

»Wir sollten uns an die Polizei wenden«, sagte Maryanne, nachdem sie Gertrud von ihrer Beobachtung erzählt hatte.

»Und was sollen wir denen sagen? Es ist nicht verboten, Menschen auf der Straße anzusprechen. Und dass etwas anderes gewesen ist, können wir nicht wissen.«

»Ich weiß, was ich gesehen habe.«

»Ja, nur fürchte ich, ist das nicht genug, um jemanden ins Gefängnis zu bringen.«

Maryanne seufzte bitter.

»Lass es uns zunächst für uns behalten. Mama hat schon genug Sorgen«, meinte Gertrud.

»Ja.« Maryanne ahnte, dass sie recht hatte.

»Ach, wenn doch nur Tante Ursula endlich antworten würde.« Gertrud zog die Vorhänge zu.

»Findest du es nicht merkwürdig, dass sie sich noch immer nicht gemeldet hat? Ich meine, Mama hat ihr doch einen Brief geschrieben und ihr für die Begleichung unserer Schulden gedankt. Sie hat sie zu uns eingeladen.«

»Du weißt doch, sie verabscheut Kutschfahrten. Sie hat es im Rücken. Und im Teehaus ist sie nie gern gewesen.« Gertrud schien sich nichts dabei zu denken. In Maryanne hingegen war nach zwei Monaten ohne auch nur eine Notiz von Ursula die Skepsis weiter angewachsen.

»Was, wenn das Geld überhaupt nicht von ihr stammte?« Diese Möglichkeit sprudelte nur so aus ihr heraus.

Gertrud lachte auf. »Nun hör endlich auf damit. Von wem sollte es sonst sein?«

Maryanne zuckte die Schultern. »Ich weiß es nicht.« Seufzend öffnete sie die Schleife ihrer Schürze und hängte diese anschließend sorgsam an den Haken in der Küche. Unwillkürlich dachte sie an Roberts raschen Aufbruch, nachdem sie ihre Sorgen angesprochen hatte, und an seine Reaktion, als sie ihm von der Begleichung der Hypothekenschulden berichtete. War er es womöglich gewesen? War er ihr stiller Held?

Unmerklich schüttelte sie diesen Gedanken von sich ab. Er war zwar bessergestellt als früher, doch noch lange nicht wohlhabend. Er hätte das viele Geld niemals aufbringen können. Oder doch? Bei dem Gedanken daran, dass sie sich, was ihn betraf, in allen Bereichen irrte, verkrampfte sich ihr Magen. Und ihr wurde klar, was das zu bedeuten hatte: Wäre er tatsächlich ihr Retter in der Not, würde sie sich ihm erkenntlich zeigen müssen. Ein solches Maß an Großzügigkeit konnten sie nicht einfach unerwähnt lassen. Selbst wenn er keine Anerkennung dafür verlangte.

Eine Gelegenheit, mit ihm darüber zu sprechen, bot sich Maryanne am darauffolgenden Sonntag. Der Hyde Park lag unter einem fast wolkenlosen Himmel. Wer flanieren wollte oder Gesellschaft suchte, für den gab es an diesem Tag keinen besseren Ort.

Bertha hatte Robert und seinen Freunden geschickt einen Ausflug mit Betty aufgedrängt, um die Sorgen der Familie von ihr fernzuhalten. Maryanne hatte sich bereit erklärt, ihre Nichte zu begleiten. Gertrud hatte alles für ein kleines Mittagessen für sie vorbereitet. Sie selbst und Bertha wurden im Kensington Crown benötigt, in der Hoffnung, dort Gäste zu empfangen. Maryanne hatte vorgeschlagen, dass Gertrud, sobald sie mit ihren täglichen Backarbeiten fertig war, sie ablösen sollte. Momentan war die Stimmung in der Teestube so erdrückend für Maryanne, dass sie froh war, dem Kensington Crown als Erste und wenigstens eine Zeit lang entkommen zu können.

Während Colin, George und Charles mit Betty Federball spielten, erkannte Maryanne eine günstige Gelegenheit, mit Robert allein zu sprechen.

»Darf ich dich um eine Unterredung bitten?«

»Gewiss doch.« Er lächelte verwundert, als Maryanne ihn in den Schatten einer alten Weide zog, deren tief hängende Äste sie wie ein Vorhang abschirmten.

»Ich weiß, es schickt sich nicht, dass wir nun allein dieses Gespräch führen, Rob, aber ...«

»Seit wann dürfen wir beide nicht allein miteinander sein?«, fragte er schmunzelnd. »Daran hat nie jemand Anstoß genommen.«

Maryanne runzelte leicht die Stirn, ehe sie ihn aufklärte. »Es gehört sich einfach nicht, Rob. Wir sind nicht mehr die Kinder, die wir einst waren. Und nach dem, was in der Zeitung über uns Landertons stand, müssen wir einfach vorsichtig sein.«

Er stöhnte leise, nickte aber. »Dieser Artikel war in der Tat impertinent. Weißt du inzwischen, wer ihn verfasst hat?«

Sie schüttelte den Kopf. »Im Verlag wollte mir niemand Auskunft geben. Sie haben mich weggeschickt.« Maryanne hatte weder ihrer Mutter noch ihrer Schwester erzählt, wie unhöflich man sie dort tatsächlich behandelt hatte. Noch am Eingang hatte man sie des Hauses verwiesen. Offenbar war der Redaktionsleiter es gewohnt, aufgebrachten Besuch von den Menschen zu bekommen, über die seine Zeitung so unverfroren berichtete. »Aber das ist noch nicht alles«, sagte sie leise. »Mir ist ein Mann aufgefallen, der sich vor unserem Haus herumtreibt. Ich bin mir sicher, dass er die Gäste davon abhält, hineinzukommen.«

»Hm«, machte Robert. Zu ihrer Verwunderung wirkte er nicht überrascht. »Vielleicht hat dieser Bloom etwas damit zu tun.«

»Wie kommst du darauf?«

Er zuckte die Schultern, schüttelte fast unmerklich den Kopf. »Das war … nur so eine Vermutung.«

Kurz schaute sie ihn aus schmalen Augen an, dann machte sie eine wegwerfende Handbewegung. »Wahrscheinlich leide ich mittlerweile schon an Verfolgungswahn. Gertrud meint, ich sollte nicht zu viel in meine Beobachtung hineininterpretieren. Aber … wer auch immer auf die Idee mit dem Zeitungsartikel gekommen ist, er hat ganze Arbeit geleistet. Die Leute glauben, was dort steht. Es hat großen Einfluss auf ihr Denken, wie sie uns sehen, und was sie davon halten, Geschäfte mit Frauen zu machen.«

»Sie sind doch nur engstirnig, und sie kennen euch nicht. Sie wissen nicht, wozu ihr fähig seid. Dass ihr keinen Mann braucht, der sich um alles kümmert. Du darfst dich von ihnen nicht entmutigen lassen, Maryanne. Das sieht dir auch gar nicht ähnlich. So bist du nicht.« Roberts Finger spielten mit einer ihrer Locken, die sich über ihrer rechten Wange kräuselte.

»Rob, bitte … tu das nicht.«

»Was denn?« Unschuldig dreinblickend schaute er ihr ins Gesicht.

»Wir sind keine Kinder mehr«, wiederholte sie.

»Das ist richtig. Sind wir nicht.« Zärtlich strich er über ihre Wange. Maryanne wich leicht zurück.

Robert blies leise den Atem aus. »In den vergangenen Wochen habe ich viel nachgedacht. Darüber, wie wir uns verändert haben«, sagte er. »Und ich frage mich, ob …«

»Bist du es gewesen?« Schnell biss sie sich auf die Zunge. Die Worte hatten sich einfach so aus ihr herausgelöst.

»Bin ich *was* gewesen?«

»Hast du unsere Hypothekenschulden beglichen? Ich muss es wissen, Rob. Wenn du es warst, dann werde ich es dir zurückzahlen.«

Robert sah sie irritiert und abwartend an.

Für Maryanne war das bereits ein Geständnis. Sie seufzte laut auf. »Du verstehst hoffentlich, dass wir das nicht so hinnehmen können. Du gehörst ja nicht zur Familie.«

»Ich verstehe«, entgegnete er mit rauer Stimme. »Aber wenn ich es täte, wäre es etwas anderes?«

»So habe ich das nicht gemeint, Rob. Ich wollte nur klarstellen, dass du dich nicht für uns verantwortlich fühlen musst.«

»Aber was ... wenn ... dies mein Wunsch ist?«

Sie betrachtete ihn ratlos. Ihr Herz klopfte in wilder Erregung, als er ihre Hände nahm und sie sacht zu sich zog.

»Wovon redest du da, Rob?«

»Weißt du das denn wirklich nicht? Es ging mir immer nur um dich, Maryanne.«

Bevor sie begreifen konnte, was er meinte, küsste er sie auf den Mund. Ein langer, zärtlicher Kuss, der Maryanne für einen Moment vergessen ließ, wieso sie unter der alten Weide zusammengekommen waren. Doch dann spürte sie den Stich im Herzen, weil Robert sie nicht vorbereitet, sie nicht um Erlaubnis gefragt hatte. Maryanne war in einem lähmenden Zustand der Überraschung gefangen. Ihr ganzer Körper war stocksteif.

Ehe sie sich befreien konnte, wurde es heller. Jemand hatte die Äste auseinandergeschoben. Maryanne löste sich von Robert, der dies offenbar nicht bemerkt hatte, schaute auf und erblickte erschrocken ihre Schwester. »Trudi.« Ihre Stimme war nur ein Flüstern.

»Ich sagte ja, du irrst dich.« Gertrud machte kehrt und der Vorhang der Weide schloss sich wieder.

»Trudi! Warte!«, rief Maryanne ihr nach. Angst und Scham übernahmen die Kontrolle.

»Lass sie gehen«, sagte Robert milde. Ruckartig wandte sie sich ihm zu.

»Was erlaubst du dir eigentlich, Rob? Ich dachte, wir wären Freunde.«

»Maryanne ... Ich ...«

Sie schnaufte aus. »Begreif doch. Ich möchte kein Geld von dir. Ich möchte überhaupt nichts von dir, Rob.«

Er blinzelte, wandte gekränkt den Blick von ihr ab, schluckte schwer und schaute zu Boden.

»Ich verstehe«, raunte er matt und seine Kiefermuskulatur spannte sich sichtbar an. »Die Antwort auf deine Frage lautet: Nein. Das Geld kam nicht von mir.«

Er blickte nochmals zaghaft zu Maryanne auf. In seinen großen dunklen Augen stand eine tiefe Traurigkeit, die ihr Mitgefühl weckte und sie erkannte, dass sie zu hart zu ihm gewesen war.

Robert sah sie an, als hoffte er darauf, dass Maryanne ihre Worte entschärfen würde, doch das tat sie nicht.

»Also schön.« Er nickte entschieden, dann ließ er sie allein im Schatten des Baums zurück. Zaghaft kehrte Maryanne auf die Wiese zurück. Sie sah, wie Robert seine Jacke vom Boden klaubte und ging. Er reagierte nicht, als ihn seine Freunde riefen. Er drehte sich nicht einmal mehr um.

Gertrud stand bei Betty und schaute Maryanne verachtend an.

»Trudi, bitte ...« Maryanne ging auf sie zu.

»Wir gehen.« Gertrud nahm Betty an der Hand und wandte sich um. Maryanne sah ihr mit zugeschnürtem Herzen nach.

»Was ist denn passiert?«, fragte Charles. Colin und George traten mit besorgten Mienen an sie heran. Doch Maryanne fand keine Worte. Sie hatte die beiden Menschen enttäuscht, die ihr mit am wichtigsten im Leben waren. Warum ging sie so unbedacht mit den Gefühlen anderer um?

»Entschuldigt mich. Ich muss nach Hause.« Langsam entfernte sie sich von den Freunden. Sie schlug aber nicht den Heimweg ein, denn sie konnte sich unmöglich schon ihrer Schwester stellen. Maryanne hatte ihren Blick gesehen und wusste, dass sie ihr nicht so leicht vergeben konnte. Obwohl sie es prophezeit hatte, dass Roberts Herz ihr gehörte. Nach Antworten suchend schaute Maryanne in den Himmel hinauf, wo die Wolken schnell entlangzogen, und ihre Augen füllten sich mit Tränen. Sie hatte weder Robert noch ihre Schwester verletzen wollen. Beide bedeuteten ihr viel, und sie wünschte sich, sie könnte die Zeit zurückdrehen und Robert sagen, dass ihr Herz unwiderruflich gebrochen war. Warum hatte sie sich ihm nicht eher anvertraut und ihm von Edward erzählt? Er hätte verstanden, dass sie nicht mehr fähig war zu lieben, und sich vielleicht Gertrud zugewandt.

Als Maryanne am anderen Ende des Hyde Parks angekommen war, sank sie wie betäubt ins Gras. Ein Marienkäfer krabbelte über ihre Hand und seine winzigen Beinchen kitzelten auf ihrer Haut. Maryanne hielt ihren Arm waagerecht, bis er an ihrer Hand angelangt war und von dort aus weiterflog. Wie einfach es doch aussehen konnte, einen Weg zu verfolgen, dachte sie und eine trübe Mischung aus Reue und Bedauern ummantelte ihr Herz. In den Augen ihrer Schwester hatte sie gesehen, wie erschüttert diese darüber war, recht behalten zu haben. Maryanne war wütend auf sich selbst, wütend auf Robert, weil er die falsche Schwester wollte. Hinzu kam, dass er ihre Freundschaft unwiderruflich in etwas anderes verwandelt hatte. Sie würden nie wieder ungezwungen miteinander umgehen können.

Kapitel 15

Am Ende einer weiteren Woche, in der sie kaum Gäste im Teehaus zu bewirtschaften hatten, fragte sogar Maryanne sich, warum sie nicht einfach aufgeben sollten. Bestimmt wäre es nicht zu spät für sie, das Angebot ihrer Tante anzunehmen und mit deren Hilfe einen reichen Ehemann zu finden, der sie und ihre Familie versorgte. Zugegeben, sie würde einige Zugeständnisse machen müssen. Ursula versichern, dass sie die ganze Zeit über richtiggelegen hatte, und dass Frauen tatsächlich nicht dafür geeignet waren, sich allein um ein Geschäft zu kümmern. Aber es waren nicht nur jene Zugeständnisse, die sie davon abhielten, den einfachen Weg zu gehen, sondern auch etwas in ihrem Innern, das mehr sein wollte als eine brave, dankbare Gattin. Und daran hielt sie trotz aller Schwierigkeiten fest. Laut Colin hatte Robert die Stadt verlassen. Er hatte niemandem gesagt, wohin er wollte oder warum er so eilig aufbrechen musste. Kurz darauf hatte Richter Malcolm Colin, Charles und George nach Bath beordert. Die Abwesenheit der Freunde leerte das Kensington Crown noch mehr, sodass es an manchen Tagen gespenstisch wirkte. Die Stunden vergingen zäh, die Zeit schien eine völlig andere geworden zu sein.

Neben der Angst, das Teehaus zu verlieren, plagte Maryanne ihr schlechtes Gewissen, weil sie durch ihren Mangel an Feingefühl nicht nur ihren ältesten Freund in die Flucht geschlagen hatte, sondern auch ihre Schwester. Gertrud strafte sie seit dem Tag im Hyde Park mit Ignoranz. Sie hatte das gemeinsame Schlafzimmer verlassen und sich ein Bett bei ihrer Mutter hergerichtet. Betty war ihr gefolgt. Obwohl sie keine Ahnung hatte, worum es in dem Streit ging, hatte sie sich entschieden, auf Gertruds Seite zu stehen.

»Sei bitte nicht traurig, Maryanne«, hatte sie bedauernd gemurmelt, ehe sie mit ihrem Stoffhasen und der Bettdecke unterm Arm nach nebenan gegangen war.

Dass Gertrud jegliche Versuche, die Situation aufzuklären, ausschlug, machte Maryanne deutlich, dass sie aufrichtig gehofft hatte, in Bezug auf Robert falschzuliegen, obgleich sie dies nie ausgesprochen hatte. Maryanne litt sehr unter dem Entzug der schwesterlichen Verbundenheit, die ihr nun mehr denn je fehlte. Am Ende jedoch glaubte sie, es nicht anders zu verdienen. Nie zuvor hatten sich die Schwestern derart entzweit. Der Streit wirkte sich auf die gesamte Familie aus. Dass die Geschäfte noch dazu schlecht liefen, machte alles nur noch schlimmer. Bertha, die ihrem Sohn zugesichert hatte, ihn regelmäßig über die Entwicklungen im Kensington Crown zu berichten, hatte nichts mehr schönreden können. Anthonys Besuch an einem nebelverhangenen Montagmorgen kam dennoch überraschend für sie.

Von seinen Geschäften in York abgebracht, war er offenbar nicht erpicht darauf, persönlich nach dem Rechten zu sehen. Seine schlechte Laune trug er unverblümt nach außen, sobald er durch die Tür trat.

»Guten Morgen ... Bruder«, sagte Maryanne leicht irritiert von seiner Anwesenheit.

Grummelnd zog Anthony seinen Hut ab und drückte ihn schweigend, zusammen mit seinem Mantel, Gertrud in die Hände, die gerade dabei war, die Tische einzudecken. »Wo ist Mutter?«, fragte er nüchtern. Maryanne wechselte einen vielsagenden Blick mit Gertrud, ehe sie mit dem Kinn zur Küche wies, aus der just ihre Mutter stürmte.

»Mein Junge?« Bertha empfing ihn mit einem warmherzigen Lächeln. »Wir hatten heute gar nicht mit dir gerechnet. Warum hast du nicht geschrieben, dass du kommst?«

»Nun, der Entschluss kam recht spontan.« Stöhnend ließ Anthony ihren Kuss auf die Wange über sich ergehen. »Ich habe nicht viel Zeit, Mutter. Schon übermorgen werde ich in York zurückerwartet.«

»Sicher, mein Lieber. Was verschafft uns das Vergnügen deines Besuchs?«, fragte Bertha.

»Nun, ich erhielt eine Nachricht von Tante Ursula. Eine überaus besorgniserregende, muss ich sagen. Und wenn ich mir das Teehaus so ansehe, scheint mir, so ist mein Besuch wohl schändlich überfällig.«

»Ach, wirklich?« Maryannes Brauen hoben sich. Sie wechselte einen unschlüssigen Blick mit ihrer Mutter.

»Bedauerlicherweise. Ja. Ich will mir die Bücher ansehen«, antwortete Anthony trocken.

»Gewiss doch.« Bertha führte ihn ins Arbeitszimmer. Maryanne folgte ihnen. Innerlich bereitete sie sich auf einen Streit vor, der unweigerlich bevorstand. Anthony hatte nie etwas mit dem Teehaus anfangen können und es ihnen auch deshalb willig überlassen, weil er sich in der Verantwortung sah, für seine Mutter, die Schwestern und die Nichte zu sorgen. Es war einfacher für ihn, sie alle im Haus der Familie in London zu belassen, als ihnen eine Unterkunft in York zu bezahlen. Allerdings ging dieser Plan nur so lange auf, wie das Kensington Crown deren Lebensunterhalt absicherte und keine Verluste machte.

Maryanne nestelte nervös am Saum ihrer Schürze, während ihr Bruder auf dem Stuhl mit der hohen Lehne saß, auf dem einst ihr Vater die Bücher geprüft hatte.

In den vergangenen Monaten hatte sie diese Aufgabe übernommen und kannte die Zahlen deshalb genau. Oft hatte sie sie angestarrt, nach einer Erklärung dafür suchend, wieso das Teehaus keinen Gewinn mehr er-wirtschaftete. Sie hatte Respekt vor ihrem Bruder. Nicht, weil ihm wie ihr daran gelegen war, das Teehaus zu erhalten, sondern weil er Macht über sie alle hatte. Frauen durften nichts besitzen. Sie hatten sich ihren Vormündern unterzuordnen. Und so waren es Männer wie er, die die Entscheidungen für sie fällten. Würde Anthony auch nur den geringsten Zweifel am Teehaus haben, würde er nicht lange warten und es veräußern. Ob es in dem Brief ihrer Tante wohl um den geplatzten Verkauf an Mr Bloom ging?

Charakterlich schlug ihr Bruder eher nach Ursula, und er hatte ihr viel zu verdanken – auch das machte Maryanne Sorgen. Durch Ursulas Zutun hatte er seine Frau Caroline kennengelernt, deren Vater ihm wiede-rum ermöglicht hatte, seine eigene Druckerei zu eröff-nen.

»Das ist miserabel.« Anthonys Urteil, nachdem er sich einen groben Überblick verschafft hatte, ließ Marya-nne zusammenzucken.

»Was in aller Welt habt ihr denn gemacht? Also so könnt ihr das Teehaus auf keinen Fall halten.«

Maryanne biss sich auf die Lippe. Als wüssten wir das nicht selbst!, schimpfte sie gedanklich und schluckte eine Erwiderung hinunter.

»Mir scheint, ihr arbeitet überhaupt nicht. Zu Vaters Zeiten gab es kaum noch einen freien Tisch um diese Uhrzeit.«

»Wir bemühen uns, Bruder«, sagte Gertrud leise. »Aber irgendetwas stimmt nicht.«

Maryanne pflichtete ihr bei. »Es ist, als hielte etwas die Menschen davon ab, zu uns zu kommen.«

»Etwas?«, wiederholte er spöttisch.

»Oder jemand.« Maryanne wusste nicht, wieso sie darauf gekommen war. Doch als sie darüber nachdachte, ergab es durchaus Sinn. »Warum sonst bleiben plötzlich selbst unsere Stammgäste weg?«

»Woher in aller Welt soll ich das wissen?«, entgegnete er brüsk. Prustend fuhr er sich mit der Hand über seinen dunklen Stoppelbart.

»Es ist nicht unsere Schuld!«, merkte Maryanne an, als sie die Enttäuschung in seiner Miene sah.

Anthony schlug mit der flachen Hand auf den Schreibtisch. »Genug davon, Maryanne! Das ist gewiss keine Frage von Schuld. Allerdings scheinen eure Bemühungen nicht auszureichen. Ich bin froh, dass ich hergekommen bin. Noch drei weitere Monate und ich hätte noch mehr Geld investieren müssen.«

»Was hast du denn jetzt vor?« Maryanne konnte sich nicht mehr zügeln.

Er seufzte, rieb sich mit Daumen und Zeigefinger die Augen. »Nun, ich habe auch wieder einen Brief von diesem Amerikaner erhalten. Diesem ... Mr Bloom.«

Maryanne stockte der Atem. Sie schüttelte den Kopf. »Er darf unser Haus auf keinen Fall bekommen!« In ihrer Stimme schwang Verzweiflung mit.

»Maryanne, er bietet eine hohe Summe. Noch mal zweihundert Pfund mehr als vorher. Ich kann es ihm kaum abschlagen.«

»Du musst!« Sie ging vor ihm auf die Knie. Es war ihr egal, dass sie sich erniedrigte, wenn nur ihr Flehen sein Herz erweichen würde. »Dieser Mann ist gewissenlos und durch und durch schlecht. Ich bin ihm auf dem Ball der Greys begegnet. Er ist ... ohne Anstand und Skrupel, und er hegt keine guten Absichten.«

Kurz kniff Anthony die Augen ob ihrer Wortwahl zusammen und Maryanne fürchtete, er würde nachhaken, was sie an Bloom so erschreckt hatte, doch er tat es nicht. Stattdessen legte er ihr tröstend eine Hand auf den Arm.

»Sie hat recht, Anthony.« Gertrud durchbrach das Schweigen, das sich breitgemacht hatte, und er wandte sich ihr zu. »Wenn du an Bloom verkaufst, bleibt nichts mehr davon übrig, was unserem Vater lieb und teuer war. Er wird sein Vermächtnis entweihen, indem er aus dem Kensington Crown ein Hotel macht. Es vielleicht bis auf die Grundmauern niederreißen. Bitte, Bruder. Hör in dich hinein. Denkst du wirklich, das wäre in Vaters Sinne?«

Anthony schaute zwischen ihr und Maryanne hin und her, dann sah er seine Mutter an. In Berthas Augen glitzerten Tränen, als sie nickend Gertruds Worten zustimmte. Anthonys Blick kehrte zurück auf die Bücher, kurz hielt er inne, dann atmete er hörbar aus.

»Ja. Ich glaube, ihr habt recht«, antwortete er mitfühlend. »Denn er schrieb auch über dich, Maryanne.« Er wandte sich ihr zu. Langsam stemmte sie sich hoch. »Er meinte, du seist nicht geschäftsfähig, würdest das Teehaus mit deinem Mangel an damenhafter Zurückhaltung ruinieren und deine Familie mit.«

»Dieser unmögliche Mann!« Bertha schnaubte erzürnt.

Maryanne schluckte schwer ob seiner Verunglimpfung. Obwohl sie Bloom verachtete, fühlte sie sich dennoch verletzt. Offenbar ließ er keine Gelegenheit aus, sie zu diffamieren.

»Zugegeben, ich bin etwas in Sorge«, meinte Anthony und wandte sich Maryanne zu. »Tante Ursula hat mir erzählt, dass du ihren Vorschlag, bei ihr zu leben, damit sie dich in die Gesellschaft einführen kann, ausgeschlagen hast. Das hättest du nicht tun dürfen, Maryanne.«

»Wieso nicht?« Sie verschränkte die Arme vor der Brust.

»Weil es vielleicht deine letzte Möglichkeit auf eine gute Partie war.«

»Wer sagt denn, dass ich vorhabe zu heiraten? Und … überhaupt … Warum wollen mich immer alle zu irgendetwas drängen? Gertrud ist die Ältere. Wenn überhaupt, hätte sie das Privileg verdient, von Ursulas Beziehungen und ihrem Geld zu profitieren.«

Gertrud ließ ein abfälliges Stöhnen hören.

Anthony sah sie an, dann senkte er kurz seinen Blick und räusperte sich. »Trudi ist bereits in einem Alter ... in dem es auf dem Heiratsmarkt schwierig ist.«

Maryanne lachte hell auf, auch weil er gesprochen hatte, als stünde seine älteste Schwester nicht direkt neben ihm. Sie wurde jedoch schnell wieder ernst, als sie sah, wie niedergedrückt Gertrud mit einem Mal wirkte.

»Wie dem auch sei. Ich ... habe nicht vor zu heiraten«, sagte sie demütig.

»Hm.« Anthony nickte resigniert. »Nun, was das Drängen angeht, so sind wir einer Meinung, Maryanne. Bloom beschwor mich förmlich, endlich zu intervenieren.«

»Und ... was wirst du jetzt tun?« Maryanne klopfte das Herz bis zum Hals.

»Das Geld ist verlockend, das muss ich zugeben, aber ... ich lasse mich auch nicht gerne drängen. Abgesehen davon ist mir dieser Mann zuwider.«

»Dann wirst du nicht an ihn verkaufen?«, fragte Gertrud aufgewühlt.

Er schüttelte den Kopf. »Nein. An diesen Mann nicht.«

Maryanne atmete erleichtert durch. Gertrud entfuhr ein Seufzer.

»Aber ihr braucht mehr Einnahmen. Und das schnell. Ich kann Caroline noch einen Monat beschwichtigen, aber dann muss das Teehaus endlich wieder etwas abwerfen. Wenn euch das nicht gelingt, werde ich einen anderen Käufer finden. Die Lage des Hauses ist begehrt. Es wird nicht lange dauern.«

Bertha suchte nach Zuspruch bei Gertrud und Maryanne. Sie nickten gleichsam.

»Einverstanden«, sagte Bertha dann.

***

An diesem Abend saß Anthony nach langer Zeit noch einmal mit Maryanne, Gertrud und Bertha beim Abendessen zusammen. Er erzählte von seinen Geschäften, von den nützlichen Bekanntschaften, die er in York tagtäglich machte, und der Ausbildung seiner beiden Söhne, die nur wenig älter waren als Betty und schon in der Druckerei des Vaters lernten.

Maryanne kam nicht umhin, ihn in regelmäßigen Abständen zu betrachten. Sie musste zugeben, dass er sie positiv überrascht hatte, indem er Bloom als Käufer für das Kensington Crown ausgeschlossen hatte. Damit hatte er bewiesen, dass ihm seine Familie in London doch noch am Herzen lag, und das wiederum bedeutete Maryanne viel. Es zeigte ihr, dass er wahres Mitgefühl besaß, und das machte die Tatsache für sie erträglicher, auf seine Fürsprache angewiesen zu sein.

Als er am nächsten Tag aufbrach, hatte Maryanne überraschend neuen Mut gefasst. Sie wusste, dass es nicht einfach werden würde, das Kensington Crown wieder zum Leben zu erwecken. Einen Monat hatte Anthony ihnen eingeräumt. Und wieder tickte die Zeit gnadenlos.

***

Es kam einem Wink des Schicksals gleich, dass Colin früher als geplant aus Bath zurückkehrte und am darauffolgenden Samstag mit einigen Studienkollegen ins Kensington Crown kam. Zufällig lauschte Maryanne einem Gespräch darüber, dass Studentenverbindungen Räumlichkeiten für Feiern und Zusammenkünfte suchten. Kurzerhand sprach sie Colin darauf an.

»Aber ... das ist eine Teestube«, sagte er, als sie das Hinterhaus anpries.

»Nominell«, antwortete sie schulterzuckend.

»Es sind nicht alle Studenten so anständig wie ich«, merkte er grinsend an.

»Damit kommen wir schon zurecht. Und ... wir brauchen das Einkommen, Colin.« Sie schaute ihn aus großen, flehenden Augen an. Er wurde ernst, presste die Lippen aufeinander und nickte langsam. »In Ordnung. Ich werde mich für euch umhören.«

»Danke!« Sie wollte sich gerade zum Gehen wenden, da sprudelte es nur so aus ihr heraus. »Ähm, sag ... Hast du etwas von Rob gehört?«

»Soweit ich weiß, ist er bei seiner Mutter in Sheffield«, antwortete er zögerlich.

»Weißt du, wann er wieder zurückkommt?«

»Leider nein. Er gibt momentan nicht besonders viel von sich preis. Darf ich fragen, was zwischen euch vorgefallen ist?«

Maryanne schluckte, um ihre Stimme zu festigen, ehe sie antwortete: »Ich ... habe ihm Unrecht getan.«

Er zog die Brauen zusammen. »Und Trudi auch?«

Ihr Blick glitt hinüber zu ihrer Schwester, die am gegenüberliegenden Ende des Raums gerade Tee servierte.

»Wir haben uns entzweit«, hauchte Maryanne, ohne von Gertrud wegzuschauen.

»Was immer auch geschehen ist zwischen euch dreien, es wird sich wieder einrenken. Dafür seid ihr einander viel zu wichtig.«

»Ich würde es gerne wiedergutmachen. Aber ... Gertrud redet nicht mehr mit mir und Rob...«

Er legte ihr seine Hand auf die Schulter. »Gib ihnen etwas Zeit. Zuweilen vergeht so mancher Groll, wenn man genug darüber nachgedacht hat und lernt, die andere Seite zu verstehen.«

»Ja.« Sie war dankbar für seinen Rat. Ihr Blick suchte erneut Gertrud, die immer häufiger die Aufgaben ihrer Mutter im Teehaus übernahm, damit diese mehr Zeit für Betty hatte. Gertrud hatte sich gewandelt. Ihre Schüchternheit war weitestgehend verflogen. Sie, die immer geduckt gegangen war, ging nun aufrecht und stolz, und Maryanne fragte sich, wann die Wandlung ihrer Schwester geschehen war.

Und wie sie Gertrud so betrachtete, stieg eine einnehmende Gewissheit in ihr auf: Eines Tages würde sie allen beweisen, wie sehr sie sich in ihr getäuscht hatten.

Kapitel 16

Der Abend war angebrochen und ein weiterer Tag im Kensington Crown schlich sich aus. Maryanne stand am Fenster und schaute angespannt auf die sich verdunkelnde Straße.

»Können wir nicht endlich vernünftig miteinander reden?«, fragte sie, als sie und Gertrud nach dem Abendessen die Teevorräte überprüften. Ein wohlgemeinter Schachzug ihrer Mutter, um die Schwestern wieder zusammenzubringen. Doch Gertrud schwieg sich hartnäckig aus. Sie hatte nicht einmal reagiert, nachdem Maryanne ihnen freudig davon erzählt hatte, dass eine Reservierung für das Hinterhaus getätigt worden war. Dreißig Studenten würden bei ihnen für eine Feierlichkeit zusammenkommen. Ein Hoffnungsschimmer und ein Anfang, von dem sich Maryanne weitere Aufträge versprach. Doch ihr Verhältnis zu Gertrud trübte das kleine Glück. Inzwischen war es so eisig geworden, dass es fast unerträglich für Maryanne war, im selben Raum mit Gertrud zu sein. Selbst ihre Mutter bekniete ihre älteste Tochter bereits, Maryanne endlich wieder die Hände zu reichen. Sie fürchtete zu Recht um die Zukunft des Kensington Crown. Und das aus einem Grund, der ihr zuvor niemals auch nur in den Sinn gekommen wäre.

»Lass uns bitte miteinander reden, Trudi!« Maryanne flehte sie immer wieder an. Widerwillig wandte sie sich

der Kiste Darjeeling zu, die neben ihr auf dem Tisch
stand.

Gertrud wog den getrockneten Rosmarin ab und
füllte ihn anschließend mit einer silbernen Teeschaufel
in die hölzerne Dose um.

Doch Maryanne war fest entschlossen, nicht nachzu-
geben. »Du kannst mich nicht ewig ignorieren!«

Gertrud hielt mit der Schaufel in der Hand inne. »Ich
wüsste nicht, worüber wir reden sollten. Außerdem ig-
noriere ich dich gar nicht.«

Sie meinte, was sie sagte. Immerhin sprach sie während ihrer Arbeit im Teehaus das Nötigste mit ihr. Sobald die Tür des Kensington Crown jedoch am Abend
geschlossen war, behandelte sie Maryanne wie Luft.

»Wie du zu mir bist ... Das ist grausam! Ich halte das
einfach nicht mehr aus!«

Gertrud ging in die Küche, aber Maryanne ließ sich
nicht von ihr abschütteln. »Ich habe nicht gewollt, dass
Rob mich küsst. Du musst mir glauben, dass nichts zwischen uns passiert ist. Es gibt kein Versprechen, es
gibt ... mittlerweile nicht einmal mehr unsere Freundschaft. Ist es vielleicht das, was du hören willst? Ich
habe seitdem nichts mehr von ihm gehört. Und dieser
Kuss, der war ... bedeutungslos.«

»Ich habe Augen im Kopf, Maryanne!« Schwungvoll
drehte Gertrud sich zu ihr um. »Ein Kuss ist niemals bedeutungslos. Und dieser war alles andere als das. Tu
nicht immer so, als hätte ich keine Ahnung von solchen
Dingen. Nur weil ich sie, im Gegensatz zu dir, nicht
kenne, bedeutet das noch lange nicht, dass ich sie nicht
fühlen kann.«

Maryanne schreckte unmerklich zusammen. Nie zuvor hatte sie ihre Schwester derart aufgebracht erlebt. Sie ging auf sie zu, berührte sie tröstlich am Arm, doch Gertrud machte sich von ihr los, schüttete Wasser über das schmutzige Geschirr in der Spüle und nahm sich die Bürste zum Schrubben zur Hand. »Du verstehst es einfach nicht. Es geht mir noch nicht einmal darum, dass ihr euch geküsst habt«, brummte sie, während sie das Porzellan mit der Bürste malträtierte.

»Er ... hat *mich* geküsst, Trudi!«

Gertrud schnaubte aus. »Maryanne, ich bitte dich.« Sie schüttelte müde lächelnd den Kopf. »Tu doch nicht so, als hättest du ihn nicht dazu ermutigt.«

»Aber ... das habe ich nicht!«

»Du kannst mich nicht glauben machen, dass du nicht gewusst hast, was du tust. Deine offene Art, mit der du ihn stets begrüßt und mit ihm gesprochen hast. Dann der Tag an der Themse. Du warst minutenlang mit ihm allein in deinem Versteck. Wer weiß, was dort wirklich passiert ist.«

»Gar nichts ist dort passiert!« Maryannes Stimme hatte einen weinerlichen Klang angenommen.

»Du bist mehr als nur unvorsichtig, Maryanne!«, raunzte Gertrud, ohne sie anzusehen.

Maryanne dachte nach, durchsuchte ihre Erinnerungen auf unbedachtes Verhalten. Sie war offenherzig, sie war aufgeschlossen. Konnte es sein, dass dies fehlgedeutet wurde? »Ist das dein Ernst? Bin ich das wirklich?«, fragte sie, und ihr schwirrte der Kopf vor Einsichtigkeit.

»Herrgott. Ja!« Gertrud stöhnte laut.

»Das ist nicht meine Absicht!«

Gertrud wandte sich ihr mit ungläubiger Miene zu.

»Das schwöre ich«, hauchte Maryanne entrüstet.

»Weißt du, früher hätte ich dir geglaubt. Ich hielt zu dir, als du um deinen Lord Grey getrauert hast, und ich war für dich da. Immer!« Gertruds Stimme war eingebrochen. Sie warf sich das Küchenhandtuch über die Schulter und spülte mit einer Kraft ab, die das Wasser im Becken zum Überschwappen brachte. Maryanne berührte sanft ihre Schulter. »Und ich bin dir dafür so dankbar, Trudi.«

»Ach was ...« Gertrud schüttelte ihre Hand ab und hielt inne. »Was nützt mir eine solche Dankbarkeit, Maryanne, hm? Mittlerweile bin ich mir nicht mehr so sicher, ob du wirklich unverschuldet in die Situation mit Lord Grey hineingeraten bist.«

Fassungslos wich Maryanne einen Schritt zurück.

Gertrud seufzte, drehte sich zu ihr um und schlug die Augen nieder. »Eigentlich hatte ich dir das nicht sagen wollen, aber wo wir schon mal bei der Wahrheit sind ...«

Maryanne schaute sie erwartungsvoll an. Ihr Herz hämmerte so laut, dass es ihr in den Ohren dröhnte.

»Du bist zügellos, Maryanne! Du machst den Männern Hoffnungen, ohne dabei an die Folgen zu denken. Und ich glaube, nein, ich bin überzeugt, dass du dir deinen Ruf dadurch ruiniert hast. Im Übrigen bin ich nicht die Einzige, die so denkt.«

Maryanne schluckte schwer ob der Härte ihrer Worte. Ihre Schwester, die zurückhaltendste, gefühlvollste Person, die sie kannte, hatte ihr soeben gesagt, was sie von ihr hielt. Ihr Urteil traf sie wie ein Axthieb.

»So denkst du also über mich?«, hauchte sie mit belegter Stimme.

Gertruds Mundwinkel zuckten leicht. Ihre Miene drückte Bedauern aus, aber sie blieb stumm.

»Vielleicht hast du recht«, raunte Maryanne tief getroffen. »Es ist alles meine Schuld.« Sie rauschte aus der Küche, rannte hinauf in ihr Schlafzimmer und schloss die Tür hinter sich. Mit dem Rücken sank sie dagegen, rutschte auf den Boden und zog die Knie eng an den Körper. Tränen liefen ihre Wangen hinab. Sie konnte sie nicht zurückhalten. Maryanne hatte sich nie für besonders zartbesaitet gehalten. Sie hatte es stets ausgehalten, wenn jemand schlecht über sie gesprochen hatte, und sich nie an den Meinungen anderer gestört. Bis jetzt. Ihre Schwester war der einzige Mensch, dessen Meinung wirklich für sie zählte. Sie hätte ihr ihr Leben anvertraut. Wieso hatte sie es nicht getan?

***

Es war erstaunlich, wie professionell die Arbeit verlief, obwohl die Schwestern privat kein freundliches Wort wechselten. Die Studentenfeier war ein voller Erfolg und tatsächlich folgten weitere Reservierungen. Eine Gruppe Philosophiestudenten kam seitdem jeden Donnerstag, eine andere traf sich jeden Mittwochnachmittag im Kensington Crown. Die Einnahmen stiegen und Bertha konnte Anthony mit Stolz berichten, dass die Zeiten der leeren Kasse vorüber waren.

Als der Herbst kam, kehrten auch Professoren und Künstler ins Teehaus ein, sowie vermehrt auch Damen und Herren der feinen Gesellschaft, einige von ihnen hatten das Kensington Crown neu für sich entdeckt. Der Fluch, der seit dem Zeitungsartikel auf den Landertons gelastet hatte, schien gebrochen. Es gab so viel zu tun, dass sie Sophie Nolan, ein Arbeitsmädchen aus Richmond, für die Bewirtung einstellen konnten. Auch Bertha half neben Maryanne in der Gaststube aus, brachte Bestellungen an die Tische und kümmerte sich mit Herzblut um die Gäste. Eine Entwicklung, von der alle überrascht waren, Bertha jedoch am allermeisten – hatte sie sich zuvor doch immer geziert, im Teehaus tatkräftig mitzuarbeiten. Plötzlich schien sie in der Aufgabe aufzugehen, die sie zu Beginn aus der Not heraus begonnen hatte. Bertha hatte Freude an den Gesprächen mit den Besuchern, sie empfahl Teesorten und Gebäck und genoss die Konversationen.

Zum ersten Mal seit dem Tod des Vaters konnte Maryanne wieder aufatmen. Nur der Streit mit ihrer Schwester und Robert, der immer noch nicht wieder aufgetaucht war, warf einen Schatten über ihr Glück.

***

An einem Sonntagnachmittag war das Kensington Crown gut besucht. Gäste nahmen ihren Tee ein, aßen Hefegebäck und Sandwiches und unterhielten sich angeregt. Maryanne war gerade dabei, die Bestellungen aufzunehmen, bis sie an einem der Tische ins Stocken geriet. Ihr Herz schlug in einem Rhythmus wie schon lange nicht mehr.

»Miss Landerton.« Edwards tiefblaue Augen strahlten sie an.

Maryanne schluckte, um ihre Stimme zu festigen. Was hatte er hier zu suchen? Sie zwang sich, diese Frage nicht laut zu stellen. Es war schließlich nicht verboten, in ein Teehaus zu gehen. Rasch senkte sie stattdessen den Blick, in der Hoffnung, sie könnte vergessen, wen sie vor sich hatte.

»Was darf ich Ihnen bringen, Lord Grey?«, fragte sie, darum bemüht, das Gefühlswirrwarr, das in ihr herrschte, nicht nach außen zu tragen.

»Grünen Tee, bitte.« Sein Blick suchte vehement den ihren. Maryanne jedoch verschloss sich eisern vor ihm. »Darf ich Ihnen zudem den Apfelkuchen empfehlen?«

»Sie dürfen«, antwortete er galant.

Maryanne nickte, wandte sich um und ging. Sie spürte seinen Blick im Nacken. Eine Gänsehaut breitete sich auf ihrer Haut aus und ihr Herz fühlte sich seltsam aufgewühlt an. Sie hastete in die Küche, rauschte hindurch und schloss die Tür der Vorratskammer hinter sich. Eine Hand auf ihre Brust gebettet, sank sie auf den Boden und atmete erst mal tief durch.

Ein Klopfen ließ sie zusammenschrecken, doch Maryanne reagierte nicht. Da steckte Betty den Kopf durch die Tür. Cremeweiße Teigkleckse pappten auf ihrer Wange und den braunen Zöpfen. Wahrscheinlich hatte sie wieder einmal Gertrud beim Backen geholfen und hatte anschließend die Schüssel ausgeleckt.

»Was ist denn los? Bist du krank?«, fragte sie besorgt.

Maryanne saß zwischen zwei Mehlsäcken, die Knie fest an den Körper gepresst.

»Nein, nein. Mir geht es gut.«

Die Tür ging weiter auf und mehr Licht drang aus der Küche zu ihr in die Vorratskammer.

»Gehst du bitte zu Großmutter und sagst ihr, dass der Shepherd's Pie für die Herren von der Bank fertig ist, Betty?«

Bettys Blick ruhte noch kurz auf Maryanne, dann flitzte sie davon.

»Was ist?« Gertrud sah mit verschränkten Armen vor der Brust ungeduldig auf Maryanne hinunter. »Hat dich etwa der Fuchs gebissen? Da draußen sitzt alles voll. Wir kommen kaum mit den Bestellungen hinterher und du verkriechst dich?«

Im ersten Moment war Maryanne einfach nur erleichtert darüber, dass ihrer Schwester aufgefallen war, dass mit ihr etwas nicht stimmte. Fast vergaß sie deshalb, vor wem sie sich versteckte. Langsam rappelte sie sich vom Boden auf.

»Verzeihung. Du hast natürlich recht. Ich sollte wieder da raus ...« Sie wollte an Gertrud vorbei, zurück in den Gastraum, aber ihre Schwester hielt sie am Arm fest. »Soll ich nachsehen, wer da ist, oder willst du es mir verraten?« Sie hob auffordernd die Brauen.

Bevor Maryanne antworten konnte, kam ihre Mutter in die Küche gestürmt. »Wir haben hohen Besuch, Mädchen«, sagte sie und stellte ein Tablett mit schmutzigem Geschirr auf die Arbeitsfläche. »Lord Grey ist hier.«

Gertrud schaute zu Maryanne. Sie senkte bekümmert die Augen.

»Ich habe seine Bestellung schon aufgenommen«, sagte sie leise. »Er bekommt Grünen Tee und ein Stück Apfelkuchen.«

Bertha betrachtete ihre Tochter mit zusammengekniffenen Augen. »Gut. Dann ... würdest du es ihm auch bitte bringen?«

»Lieber nicht«, murmelte sie unbehaglich. »Ich will ihm nicht noch einmal gegenübertreten.«

Bertha und Gertrud tauschten unschlüssige Blicke.

»Warum kommt er her?«, fragte Gertrud. »Ich meine, nach allem, was zwischen euch passiert ist …«

Bertha wiegelte mit einer flotten Handbewegung ab. »Bestimmt will er nur freundlich sein.«

»Bestimmt nicht«, zischte Gertrud. »Also, warum ist er hier? Deinetwegen, Schwester?«

Maryanne zuckte die Achseln. »Ich weiß es nicht.«

»Ich denke, du weißt es genau«, erwiderte sie. »Wir haben uns hier etwas aufgebaut. Ich warne dich, setz das nicht aufs Spiel. Keine weiteren Skandale.«

»Ich habe ihn nicht hergebeten, falls du darauf hinauswillst«, entgegnete Maryanne mit unterdrückter Wut. Offenbar hatte Gertrud sich entschieden, ihr für alles die Schuld zu geben. Dass sie es sich so einfach machte … Maryanne öffnete ihren Mund, um ihr genau das vorzuwerfen, doch dann schloss sie ihn wieder. Es würde nichts bringen, Gertrud zu belehren.

Für einen Moment funkelten die Schwestern einander an, aber Maryanne war nicht gewillt, klein beizugeben. Sie war bestürzt darüber, wie Gertrud inzwischen von ihr dachte, andererseits wusste sie auch, dass die Eifersucht ihr die Sinne vernebelt hatte. Gertrud war nicht sie selbst.

»Also schön.« Maryanne bereitete den Tee vor, stellte Kanne, Tasse und ein Stück Apfelkuchen auf ein Tablett.

»Wenn dem so ist, wird es das Beste sein, wenn Sophie sich um seinen Tisch kümmert.« Bertha schaute Maryanne mitleidig an, bevor sie die Küche verließ. Maryanne trug unterdessen Sophies Bestellungen aus, räumte ab, kassierte. Wann immer sie im Gastraum war, fühlte sie sich von Edward beobachtet. Er ließ sie nicht aus den Augen und auch Maryanne kam nicht umhin, in regelmäßigen Abständen zu ihm zu schauen. Sie konnte das Gefühl, ihm so nah zu sein, kaum beschreiben. Einerseits empfand sie seine Anwesenheit als schön und wohltuend, andererseits fühlte sie sich von ihm dadurch gequält. Suchte er etwa immer noch ihre Nähe, so wie sie gedanklich die seine?

Ein Teil von ihr wollte sich zu ihm setzen, mit ihm sprechen, ihn fragen, ob er tatsächlich ihretwegen ins Teehaus gekommen war. Ob sich etwas verändert hatte? Ob er Lord Harringtons Tochter inzwischen geheiratet hatte? Ein dumpfes Gefühl von leiser Hoffnung schoss in ihr hoch und ihr wurde warm. Rasch drängte sie sie zurück. Es gehörte nicht in diese Zeit, war vollkommen irrational. Ihr Verstand schob die Hoffnung beiseite wie ein lästiges Insekt und die wohlige Wärme verschwand. An ihrer Stelle breitete sich erneut die Leere aus, die ihr Herz seit der Trennung von ihm erdulden musste. Maryanne war so sehr von ihren Gefühlen eingenommen, dass sie den Tumult zunächst gar nicht wahrnahm, der sich an einem der Fenstertische zusammenbraute.

»Wer soll diesen Fraß essen?«, hörte sie jemanden schimpfen. Daraufhin folgte das Geräusch von auf dem Boden zerschellendem Porzellan. Als sie sich umwandte, sah sie Sophie, die zitternd und sich entschuldigend vor einem Gast in die Knie ging, um die Scherben aufzusammeln. Maryanne eilte zu ihr.

»Darf ich fragen, was hier los ist?«, erkundigte sie sich höflich. Erst als sie den Gast genauer betrachtete, erkannte sie niemand Geringeren als Murdoch und zuckte bei seinem Anblick zusammen.

»Diese Frau hat mir völlig versalzenen Pie vorgesetzt. Und verdorben ist er auch noch.«

»Mr Murdoch«, sprach Maryanne ihn gezielt an. »Dieser Pie wurde soeben frisch zubereitet und niemand sonst hat auch nur irgendetwas daran beanstandet.«

»Ich werde das nicht bezahlen«, rief er so laut, dass sich alle Gäste nach ihm umsahen.

»Wenn Sie meinen, Mr Murdoch. Dann darf ich Sie nun höflichst bitten zu gehen.«

»Pah, den Teufel werde ich tun. Ich will den Apfelkuchen. Als Wiedergutmachung aufs Haus.«

»Bedaure, aber … nein.« Maryanne blieb hart.

Murdochs Faust traf krachend auf den Tisch. Alkohol umnebelte ihn. Es war nur zu offensichtlich, dass er sich zuvor im Pub betrunken hatte.

»Nun werd bloß nicht frech.« Er stand auf und zeigte mit dem Finger auf Maryanne. Peinlich berührt schaute sie sich nach den anderen Gästen um.

»Ich muss Sie nochmals auffordern, jetzt zu gehen«, sagte sie mit mehr Nachdruck.

Murdochs Gesicht lief rot an. »Ich lass mir von einem Weibsbild nicht sagen, was ich zu tun oder zu lassen habe.«

Andrew Cotton kam an den Tisch. »Sie haben die Lady gehört. Gehen Sie!« Er deutete zur Tür, doch Murdoch lachte nur. Abschätzig sah er zu Maryanne. »Ich sehe hier aber keine Lady.«

Nun erhob sich auch der andere Cotton-Bruder. »Pas...sen Sie auf w...was Sie sa...g...en!« Es hatte Arthur viel Überwindung gekostet, für Maryanne zu sprechen. Für gewöhnlich hielt ihn sein Stottern davon ab, sich einzumischen, dennoch baute er sich nun sogar vor Murdoch auf.

»G...g...gehen S...sie!«

Murdochs Lippen verzogen sich zu einem spöttischen Lächeln, dann verpasste er Arthur so schnell einen Schlag ins Gesicht, dass er zurückfiel.

Ein Raunen ging unter den anderen Gästen um, als Murdoch anschließend auf Maryanne zukam, den Zeigefinger drohend auf sie gerichtet. Maryanne ging rückwärts, mit der Hand wedelte sie seinen stinkenden Atem von sich. Er drängte sie weiter zurück, sodass sie gegen einen der Tische stieß. Das Geschirr klirrte aneinander. Eine Teekanne fiel um, rollte zu Boden, ging zu Bruch.

»Was wollen Sie jetzt tun, Miss Landerton?«, fragte er in verwaschener Sprache und erhob seine Hand wie zum Schlag. »Ein Geschäft, in dem Weiber das Sagen haben, was? Dass ich nicht lache!«

Maryanne drehte den Kopf zur Seite, kniff die Augen zu, in der Erwartung, jeden Augenblick seine Faust auf ihrem Gesicht zu spüren.

»Genug!« Edward ging blitzschnell dazwischen, packte Murdoch am Handgelenk und stieß ihn unsanft zurück. Murdoch taumelte und fiel um wie ein Sack Kartoffeln.

»Was erlauben Sie sich? Sie …« Er riss die Augen auf und würgte einen Laut der Bestürzung hervor. Offenbar hatte er gerade erst begriffen, mit wem er sich angelegt hatte.

»Mylord … Ich hatte ja keine Ahnung …« Er nuschelte noch vor sich hin, bis Edward ihn unterbrach.

»Sie gehen jetzt besser!« Edwards Augen funkelten vor Entschlossenheit.

Murdoch nickte verdattert, rappelte sich vom Boden auf, riss sein Jackett von der Stuhllehne und verließ die Teestube. Entsetzen blieb in den Mienen der Gäste zurück. In Maryanne hatte Murdochs Auftritt etwas anderes ausgelöst. Zum ersten Mal hatte sie sich wirklich bedroht gefühlt. Eine Klarheit, die vielleicht zu spät gekommen wäre, wäre Edward nicht eingeschritten.

»Geht es Ihnen gut?«, fragte er feinfühlig.

Sie nickte zitternd.

Edward nahm sie zur Seite. »Was für ein ungehobelter Mann. Sie kennen ihn?«

»Leider. Er arbeitet für Benedict Bloom.«

»Für diesen Amerikaner?«

Sie nickte erneut.

»Dann war er nicht zufällig hier?«

»Wahrscheinlich nicht. Bloom trägt es uns immer noch nach, dass wir das Teehaus nicht an ihn verkauft haben.«

»Dieser Mann ist ein Gierschlund. Er hat halb Westminster aufgekauft, um ein neuartiges Kaufhaus zu errichten. Er hat auch Land von meiner Tante gewollt, aber sie hat es ihm verwehrt.«

»War er deshalb auf Ihrem Ball?«

»Ja. Meine Tante dachte, er würde etwas vom modernen Amerika in ihre Feier einfließen lassen, aber er hat sie eines Besseren belehrt. Seine Manieren haben ihr klargemacht, dass nichts die britische Kultur zu ersetzen vermag. Wahrscheinlich wird sie nie wieder einen Amerikaner auch nur in ihre Nähe lassen.«

Maryanne konnte ein Lächeln nicht zurückhalten. Sofort ging es auf Edward über und sie biss sich verlegen auf die Unterlippe, als sie merkte, dass sie ihn ermutigt hatte. Während um sie herum alles wieder seinen normalen Lauf nahm, blieben sie im Blick zueinander gefangen. Edward schob ihr einen Stuhl an seinem Tisch zurecht und Maryanne nahm Platz, ohne weiter darüber nachzudenken. Murdochs Ausbruch hatte sie für einen Moment vergessen lassen, dass sie Edwards Nähe meiden wollte, und sie ergab sich seiner Fürsorge.

Er bestellte bei Sophie einen Kamillentee. Als diese damit wenig später zurückkehrte, mischte er zwei Stück Zucker hinein und schob Maryanne die Tasse hin.

»Trink! Danach wirst du dich besser fühlen.«

Maryannes Hände zitterten immer noch leicht. Vorsichtig nippte sie vom Rand. Sie spürte, wie ihre Wangen heiß wurden. Edward sah sie die ganze Zeit über an.

»Ich muss jetzt wieder an die Arbeit«, sagte sie, stellte die Tasse ab und nahm einen tiefen Atemzug.

Er nickte leicht und Bedauern stand in seinem Blick.

»Wir danken Ihnen für Ihre Hilfe, Mylord«, sagte Bertha, die an den Tisch gekommen war. »Tee und Gebäck gehen selbstverständlich aufs Haus.«

»Gern geschehen, Mrs Landerton«, antwortete er, dann kehrte sein Blick zu Maryanne zurück, die leise ihren Stuhl an den Tisch schob.

»Na ja, ich mache dann mal weiter.« Bertha sah kurz zwischen Maryanne und Edward hin und her, dann kehrte sie in die Küche zurück. Maryanne verharrte an Ort und Stelle, die Hände auf die Stuhllehne gestützt. Edward sah sie immer noch mit diesem Blick an, den sie nicht zu deuten wusste. War es Mitgefühl? Bewunderung? Liebe? Für einen Moment blieb sie in ihm gefangen und Zeit und Raum verschwammen um sie herum.

»Haben Sie auch Dank für Ihren Besuch, Mylord.« Sie zwang sich, die Form zu wahren.

»Miss Landerton … Maryanne … Ich …«

Sie unterbrach ihn. »Ich muss leider gehen.« Dann knickste sie leicht und schloss sich ihrer Mutter an.

Als sie einige Minuten später wieder den Gastraum betrat, war Edward fort.

Kapitel 17

Maryanne trat durch die weit geöffnete Tür und lauschte auf ihren Namen. Flüsternd, lockend, betörend hatte die Stimme sie aus dem Schlaf geholt, und von Sehnsucht gepackt war sie losgerannt. Aus Angst, die Stimme könnte leiser werden, sich entfernen, verstummen. Maryanne schaute sich um. Der Himmel war so klar, dass die Sterne wie lupenreine Diamanten über Roslyn Park aufblitzten. Der Mond hüllte den Garten in ein silbernes Licht. Ihr langes Nachthemd floss ihr um die Füße, der seidene Stoff streichelte sie sanft wie das Wasser der Themse in einer lauen Sommernacht. Sie lief schneller über die Wiese, folgte der Stimme in den Irrgarten hinein und ließ sich von ihr durch die Gänge führen bis zum Rosenbogen, unter dem Edward sie bereits erwartete. Er war elegant gekleidet und trug eine weiße Rose am Revers. Die Nacht wich dem Tag. Die Sonne schien von einem atemberaubend blauen Himmel und verscheuchte die letzten Schattenbilder. Sie waren den Gesichtern der Menschen gewichen, die sie liebte. Familie und Freunde hatten sich um sie versammelt. Wohlwollend und strahlend. Maryanne sah an sich hinunter. Ihr Nachthemd war zu einem Hochzeitsgewand geworden. Edward reichte ihr seine Hand und Maryanne ging weiter auf ihn zu, spürte die wohlige Wärme seiner

Haut, als sich seine Finger um ihre schlossen. Maryanne nahm seinen Duft wahr, blickte in seine tiefblauen Augen, durch die er sie liebevoll betrachtete.

»Maryanne!«, hauchte er sinnlich.

»Maryanne!« Seine Stimme war heller geworden. Der sanfte Ton einem drängenden Ruf gewichen und ein Beben verzerrte Edwards Bild.

Ein Knall ertönte und durchdringende Schreie folgten. Maryanne schreckte aus dem Schlaf hoch. Benommen rieb sie sich die Stirn. Im ersten Moment konnte sie Traum und Wirklichkeit nicht voneinander unterscheiden. Ihr Blick glitt hinüber zu Gertruds verlassenem Bett, dann zu Betty, die mit weit aufgerissenen Augen neben ihr stand.

»Ich dachte schon, du wärst tot!«, sagte sie.

»Tot? Was …?« Maryanne strich sich schläfrig das Haar zurück. Ein tiefer, stotternder Seufzer entwand sich dabei ihrer Kehle.

Abermals durchzog ein Schrei die Nacht, nach und nach drangen weitere Stimmen zu ihr vor. Maryanne blinzelte ihrer Mutter entgegen, die in der offen stehenden Tür aufgetaucht war.

»Du musst kommen!« Sie wedelte hektisch mit einer Hand.

Beißender Rauch stieg Maryanne in die Nase und sie sprang aus dem Bett.

»Das Hinterhaus brennt!« Betty drückte ängstlich ihren Stoffhasen an sich.

»Was?« Im ersten Moment war Maryanne wie paralysiert, dann klaubte sie ihr Tuch vom Stuhl, warf es sich um die Schultern und folgte beiden durch die Teestube in den Hof, wo Männer eine Kette gebildet hatten.

Nachbarn, Freunde, Bekannte. Wasser wurde aus der Küche gepumpt und Eimer für Eimer auf das Hinterhaus gekippt, aus dem die Flammen schlugen.

»Warum habt ihr mich nicht eher geweckt?«, fragte Maryanne aufgebracht und schlang die Arme um Betty, die sich zitternd an sie schmiegte.

»Wir haben es versucht, aber du wolltest einfach nicht wach werden.«

Schockiert sahen sie von der Küchentür aus zu, wie die Männer versuchten, den Brand unter Kontrolle zu bringen. Maryanne erkannte Colin, George, Charles und Robert unter ihnen. Alle halfen inbrünstig mit, die Flammen zu bekämpfen und sie davon abzuhalten, auf die Teestube und das Wohnhaus überzugehen.

Als die Feuerwehr endlich eintraf und übernahm, wurden Maryanne und ihre Familie gebeten, auf die Straße zu gehen, weil das Feuer immer noch drohte, sich auszubreiten.

In Berthas wässrigen Augen spiegelten sich die Flammen, während sie Betty festhielt. Maryanne konnte nicht fassen, was geschah. Schaulustige drängten zu ihnen. Anwohner, die in Morgenmänteln und Hausschuhen auf die Straße getreten waren und der Feuerwehr zusahen, wie sie versuchte, das Kensington Crown zu retten. Für Maryanne fühlte es sich plötzlich an, als würde die Zeit anderen Regeln folgen. Reglos starrte sie auf den glühend roten Himmel über ihrem Elternhaus. Gedämpft hörte sie Bettys Weinen, dazwischen die Rufe der Feuerwehrleute und auch, dass Robert mit ihrer Mutter sprach. Doch sie war unfähig, auf irgendetwas davon zu reagieren. Es war, als wäre sie gar nicht wirklich anwesend. Als befände sie sich noch im Traum, nur dass dieser eine völlig neue Gestalt angenommen hatte. Er war zu ihrem allergrößten Alptraum geworden.

Der Morgen dämmerte und schwarzer Rauch stieg hinter der Teestube auf. Die Flammen waren erstickt, das Feuer besiegt. Doch das Hinterhaus war zerstört. Zögerlich kehrte Maryanne dorthin zurück, um nachzusehen, wie groß der Schaden tatsächlich war. Von dem Gebäude, das fast bis zur Krone der alten Eiche gereicht hatte, war nur noch das rußgeschwärzte Holzgerüst übrig. Der kleine Kräutergarten glich einem Trampelpfad, aus dem sich vereinzeltes, aschebestäubtes Blattwerk hervorstreckte. Maryanne schluckte schwer, als sie davor in die Hocke ging.

»Wir tragen es raus«, hörte sie jemanden sagen. Langsam stemmte sie sich wieder hoch und machte George, Charles und Colin zwischen den verkohlten Balken aus. Auch Robert war dabei und half zu retten, was zu retten war. Unermüdlich schleppten sie verrußte Stühle und Tische auf den Hof. Einen Großteil des Inventars aber hatte das Feuer gänzlich aufgezehrt. Die Flammen hatten sich auch durchs Dach gefressen. In der Ruine des Hinterhauses stehend, schaute Maryanne hinauf in den nun unverstellten Himmel und presste sich entsetzt eine Hand auf den Mund.

»Was für ein Glück, dass ihr so schnell da gewesen seid«, hörte sie ihre Mutter zu Colin sagen.

»Ja, was für ein günstiger Zufall.« Er wechselte einen undefinierbaren Blick mit Robert, der das Gesicht senkte.

Maryanne stellte sich zu ihm. »Danke, dass ihr so rasch eingeschritten seid.«

Er nickte stumm.

»Wolltest du ... Ich meine ... Wolltet ihr zu uns?«, fragte sie hoffnungsvoll.

Wieder nickte er nur.

»Wir waren da etwas auf der Spur«, antwortete George für ihn.

»Ich verstehe. Private Ermittlungen?« Sie lächelte sanft in Roberts Richtung, aber er reagierte nicht.

Erneut war es George, der antwortete: »Ja, so kann man sagen.«

Maryanne blieb hartnäckig. Sie folgte Robert über den Schutt und stellte sich ihm in den Weg. »Ich will mich bei dir entschuldigen. Das will ich schon lange. Das, was ich im Park gesagt habe, das war nicht so gemeint.«

Langsam wanderte sein Blick zu ihr. Kurz glaubte sie, so etwas wie Erleichterung gepaart mit Verwirrung in seinen Augen aufblitzen zu sehen.

»Ich ... hätte nicht einfach verschwinden dürfen«, sagte er betreten.

»Das war verständlich. Ich war unhöflich zu dir.«

»Ich war impulsiv!«, erwiderte er und hielt ihren Blick fest. »Das wird mir nicht noch einmal passieren.«

Maryanne runzelte die Stirn. Sie wusste nicht, worauf er hinauswollte. Gerade als sie nachhaken wollte, rief Charles nach ihm.

Ein mattes Lächeln verzog Roberts Mund, dann wandte er sich um. Maryanne schaute seufzend zu Boden, dort, wo Spiegelscherben zwischen Schutt und verkohltem Holz verstreut lagen. Ihr Konterfei schaute ihr derart niedergeschlagen entgegen, dass es sie beinahe zerriss. Nach Trost suchend schlang sie kurz die

Arme um sich selbst, dann fing ihr Blick den Messing-
leuchter ein, der inmitten der verkohlten Stühle immer
noch leicht golden schimmerte. Sie hob ihn vom Boden
auf, blies ihren Atem über ihn, sodass die Asche durch
die Luft wirbelte, und trug ihn ins Freie. Neben dem
Durchgang zur Küche schnäuzte sich ihre Mutter in ein
Taschentuch. Maryanne war zu erschöpft, um sie zu
trösten. Stattdessen umklammerte sie den Messing-
leuchter mit beiden Händen, presste ihn dicht an ihren
Körper und unterdrückte ein Schluchzen.

Wieder ein Rückschlag. Wieder standen sie vor einer
finanziellen Herausforderung. In den vergangenen
Wochen war das Hinterhaus zu einer wichtigen Ein-
nahmequelle geworden. Es war über Monate hinweg
für Studentenfeiern ausgebucht gewesen. Jetzt brachen
diese Einnahmen weg. Dabei hatten sie sie schon fest
eingeplant. Wie sollten sie das Anthony erklären?

»Wir können froh sein, dass es die Teestube nicht
auch noch erwischt hat«, sagte Gertrud zu Bertha, während sie den auf den Hof gefallenen Schutt zusammenkehrte.

»Wie konnte es überhaupt zu dem Brand kommen?«,
fragte Maryanne.

Gertrud hielt mit dem Besen in der Hand inne. »Ich
habe gestern Nacht wie üblich alles kontrolliert und abgeschlossen. Da war nichts, was ein Feuer hätte auslö-
sen können. Ich kann es mir einfach nicht erklären.«

Maryanne dachte nach. »Schon seltsam.«

»Du denkst doch nicht etwa, dass jemand das Feuer
gelegt hat?« Bertha sog scharf den Atem ein, als würde
diese Möglichkeit ihren Glauben an Recht und Ordnung unwiderruflich erschüttern.

Maryanne nickte zaghaft. »Das Hinterhaus ist leicht über die Gasse auf der anderen Straßenseite zu erreichen. Man muss lediglich über die Mauer steigen.«

»Aber ... Aber wer würde denn so etwas tun?« Bertha schluchzte bestürzt auf.

»Mir würde da schon jemand einfallen«, knurrte Maryanne.

Bertha und Gertrud wechselten entgeisterte Blicke.

»Selbst wenn«, sagte Gertrud nach einer Pause. »Wir können nicht beweisen, dass Bloom für das Feuer verantwortlich ist.«

»Oh, ich glaube, wir können«, sagte George. Hinter ihm betrat ein Mann mit dunklem Schnauzbart den Hof.

»Darf ich vorstellen, Inspector Irvine.«

»Die Polizei?« Bertha fasste sich mit einer Hand ans Herz.

Irvine schaute in die Runde. »Seien Sie unbesorgt, Mrs Landerton.« Er griff in seine Manteltasche und zückte Notizblock und Bleistift. »Ich bin nur hier, um mir ein Bild zu machen. Wären Sie bereit, mir ein paar Fragen zu beantworten?«

»Gewiss. Lassen Sie uns in die Teestube gehen. Da ist es gemütlicher.« Bertha führte ihn hinein und kehrte anschließend nochmals auf den Hof zurück.

Georges Blick schnellte zu Robert und Maryanne überkam das Gefühl, dass sie etwas vor ihnen zurückhielten.

»Sag es ihnen, Rob.« George bedachte ihn mit einem eindeutigen Blick.

Robert seufzte auf und begann dann zu erzählen:

»Wir haben euch doch gesagt, dass wir mit Richter Malcolm an einem geheimen Fall gearbeitet haben. Unter anderem ging es dabei um Korruption. Lord Warren hatte im Parlament ein fragwürdiges Gesetz verabschiedet, in dem es um die Bebauung von Ländereien im Londoner Stadtgebiet geht, die nie dafür vorgesehen waren.«

»Um es kurz zu sagen.« Colin wedelte ungeduldig mit einer Hand. »Bloom hat ihn dafür bezahlt.«

»Wir haben daraufhin sämtliche Käufe überprüft, die Bloom in den letzten zwölf Monaten getätigt hat, und sind auf eine Reihe mysteriöser Vorkommnisse gestoßen«, sagte Robert. »Von Rufmord bis hin zu Brandstiftung und Gewalt. Er geht meistens sehr diskret vor, aber wenn er auf Gegenwehr stößt, wird er unvorsichtig.«

»Dann ist das der wahre Grund, weshalb ihr hergekommen seid? Ihr habt die ganze Zeit über nach Beweisen gegen ihn gesucht?«, fragte Maryanne.

»So ist es.« Robert nickte. Plötzlich ergab alles Sinn, dennoch stieg in Maryanne eine Mischung aus Erstaunen und Frustration auf, die sie nicht einzuordnen wusste. Empfand sie etwa Enttäuschung darüber, dass Robert nicht ihretwegen nach London zurückgekehrt war? Wie konnte sie sich so einen Gedanken herausnehmen? Immerhin hatte sie keinen Anspruch auf ihn. In keiner Weise. Grübelnd schaute sie auf ihre Schuhe, die schwarz von der Asche waren, durch die sie getreten war.

»Also, ich weiß ja nicht, wie ihr das seht, Mädchen, aber ich finde das heldenhaft«, meinte Bertha nach einer gedankenschweren Pause. »Was habt ihr gegen ihn in der Hand? Ich hoffe, es reicht aus, um diesen Bastard festzunehmen.«

»Nun, wir haben einen der Jungen geschnappt, die für den Brand verantwortlich waren. Er ist bereit, auszusagen, dass er von Bloom dafür bezahlt worden ist«, erzählte Colin.

»Ein Kind also. Wie furchtbar!« Bertha schnalzte kopfschüttelnd mit der Zunge.

»Also wird Bloom seine gerechte Strafe bekommen?«, fragte Maryanne aufgedreht.

»Davon gehen wir fest aus.« Roberts Blick haftete auf ihr. Sie hielt ihm stand, lächelte vor Dankbarkeit für so viel Tatkraft und Mut.

»Der Richter wartet schon lange darauf, ihn festzunageln«, erklärte Colin.

»Ihr seid wirklich unglaublich!«, sagte Gertrud. Bertha nickte, ging zu den Freunden und drückte jedem einen Kuss auf die Wange.

Kapitel 18

Wenige Tage später war der Glaube an die Gerechtigkeit in sich zusammengefallen, wie das, was vom Hinterhaus übrig geblieben war. Der Junge, der aus ärmlichen Verhältnissen stammte, hatte es sich anders überlegt und aus Angst vor einer möglichen Rache durch Blooms Schergen nicht gegen ihn ausgesagt. Maryanne weigerte sich hinzunehmen, dass Bloom ungestraft davonkam.

»Nein!« Aufgewühlt und grummelnd ging sie in der Teestube auf und ab.

»Was willst du denn machen?«, fragte Gertrud resigniert, Irvines Brief mit der niederschmetternden Nachricht noch in Händen haltend. »Wir können da nichts tun. Ohne die Aussage des Jungen können wir nicht beweisen, dass Bloom hinter dem Brand steckt.«

Maryanne schnaufte wütend aus. Sie hielt Irvine für bemüht und gerecht. Auch ihm war daran gelegen, Bloom zur Rechenschaft zu ziehen. Genau wie Richter Malcolm arbeitete er bereits lange daran, ihm seine kriminellen Machenschaften nachzuweisen. Bisher hatte er sich aber immer irgendwie freikaufen können. Dass so etwas überhaupt möglich war, passte nicht in Maryannes Weltbild. Sie sah zu, wie Betty und Hanna ihre Murmeln über den Parkettfußboden rollen ließen. Ihre Nichte war so jung, so unschuldig. Bloom hätte es billigend in Kauf genommen, dass ihr etwas zugestoßen wäre. Für ihn spielten die Menschen keine Rolle. Wenn Maryanne daran dachte, was alles hätte bei dem Brand passieren können, keimte in ihr der Wunsch nach Vergeltung. Sie wollte diesen Mann aus London vertreiben. Ein für alle Mal. Und die Tatsache, dass er sie verachtete, sollte ihr dabei in die Hände spielen.

»Gib Irvine Bescheid. Er soll zu Blooms Haus kommen. So schnell werde ich nicht aufgeben.« Maryanne stemmte sich entschlossen vom Stuhl hoch.

In dem Moment trat Robert durch die Tür. Verdutzt schaute er zwischen den Schwestern hin und her. Maryanne warf sich ihren Mantel über.

»Was hast du vor, Maryanne?«, fragte Gertrud aufgewühlt.

»Ich werde Bloom dazu zwingen, es zuzugeben.«

Gertrud hob verdattert die Brauen. »Aber ... du kannst doch nicht ...«

»Schick Sophie zu Irvine!«, sagte Maryanne erneut, dann rauschte sie an Robert vorbei aus dem Haus.

»Warte!«, rief er ihr nach und sie machte auf der Straße kehrt.

»Du solltest nicht allein zu ihm gehen. Ich werde dich begleiten.« Robert klang wild entschlossen.

Maryanne dachte kurz darüber nach, dann nickte sie.

»In Ordnung.« Es kam ihr sinnvoll vor, wenn er mit ihr ging. Vielleicht würde er sie von impulsiven Taten abhalten. Oder Mr Bloom. In jedem Fall würde sie sich mit Robert an ihrer Seite sicherer fühlen.

***

Eine Kutsche brachte sie zu Blooms Privatadresse in Palace Green. Maryanne drehte sich der Magen um. Sie schaute an der kalkweißen Fassade des Wohnhauses hinauf und schluckte nervös. Was hatte sie sich nur dabei gedacht, herzukommen? Gerade als die Zweifel in ihr anschwollen wie aufgehender Hefeteig, spürte sie Roberts Hand an ihrer Schulter.

»Irvine ist bestimmt schon auf dem Weg«, flüsterte er. »Aber ... vielleicht sollten wir noch etwas warten.«

Maryanne grübelte. Sie hoffte inständig darauf, dass sie Bloom rechtzeitig zum Einknicken bringen konnte. Langsam stiegen sie die Treppen zur Haustür hinauf.

Ein Diener in dunkler Livree öffnete ihnen die Tür.

»Mr Bloom erwartet mich. Ich muss ihn in einer dringenden Angelegenheit sprechen«, erklärte Maryanne ihm. Der Diener nickte knapp und führte sie über den Flur.

»Warte bitte hier«, sagte sie leise zu Robert, als sie vor Blooms Arbeitszimmer ankamen. »Lass mich zuerst allein mit ihm sprechen.«

»Maryanne, ich halte das für keine gute ...«

Sie hob eine Hand. »Vertrau mir einfach.«

Widerwillig nickte er und ließ sie gewähren.

»Miss Landerton! Was verschafft mir die Ehre Ihres Besuchs?« Blooms unschuldiger Tonfall, als sie durch die Tür trat, löste in Maryanne einen Würgereiz aus, den sie nur mit Mühe hinunterschlucken konnte.

»Bitte nehmen Sie doch Platz.« Er deutete vor seinen Schreibtisch. Maryanne sank in den Sessel.

»Also ... Was kann ich für Sie tun?«

»Es geht um den Brand in unserem Hinterhaus«, sagte sie ruhig.

»Oh ja, ich hörte davon. Wie schrecklich. Ich hoffe doch, Ihre Familie ist unversehrt.«

»Glücklicherweise. Ja«, entgegnete sie kühl.

»Na, das ist erfreulich.« Er schob sich eine Zigarre in den Mundwinkel und zündete sie an der Kerze an, die auf seinem Schreibtisch stand.

»Sagen Sie, Mr Bloom, sind Sie immer noch interessiert am Kensington Crown?«

Er nahm seine Zigarre aus dem Mund, schaute sie mit gierigem Blick an und lehnte sich vor. »In der Tat. Das bin ich.«

»Dann frage ich mich eins: Wieso nehmen Sie das Risiko in Kauf, dass alles abbrennt?«

Er hüstelte erschrocken. »Wie bitte?«

»Wir wissen alle, dass Sie für das Feuer verantwortlich sind, Mr Bloom.« Sie nahm ihn in die Zange. »Dabei war ich mir sicher, Ihnen wäre daran gelegen, das Anwesen zu erhalten, es lediglich zu erweitern für Ihr Luxushotel.«

»Was hat Ihnen der kleine Straßenbengel erzählt?« Sein Ton war schärfer geworden.

»Es war nicht nur der kleine Straßenbengel. Aber ... ein hungriges Kind zu bezahlen, damit es Ihnen die Drecksarbeit abnimmt, finden Sie das nicht etwas ... niveaulos, selbst für Ihre Verhältnisse?«

Stille folgte, in der Bloom sie wütend anfunkelte. Abrupt stand er auf. »Ich muss Sie jetzt auffordern zu gehen, Miss Landerton. Ich habe noch zu tun.«

»Vielleicht wollen Sie vorher noch wissen, was ich gegen Sie in der Hand habe? Nur damit Sie wissen, wen Sie bestechen müssen.«

Er schaute sie vernichtend an. »Sie haben gar nichts, Miss Landerton! Denn Sie sind gar nichts!« Er ging um seinen Schreibtisch herum, stellte sich vor sie und zeigte drohend mit dem Finger auf sie. »Oder glauben Sie etwa, dass ich mich von einer Frau einschüchtern lasse? Und wenn Sie mir weiterhin Ärger machen wollen, dann habe ich Mittel und Wege, Ihre kleine Teestube ein für alle Mal in Grund und Boden zu stampfen. Wir haben alle gesehen, wie schnell sich die Londoner überzeugen lassen. Da reichen ein paar Worte aus, um sie zu bekehren. Ich muss schon sagen, ihr Engländer seid leicht zu manipulieren.«

Sie lächelte zynisch. »Ich ahnte, dass Sie für den Boykott unseres Teehauses verantwortlich waren.«

»Ein Leichtes. Denn ... wer will schon von einer Hure bedient werden? Ihr Techtelmechtel mit Lord Grey hat die beste Vorlage geboten. Ich musste alles nur ein wenig ausschmücken.«

»Dafür werden Sie bezahlen!« Maryannes Stimme war wutverzerrt.

Er lachte hell auf. »Ich bitte Sie, Miss Landerton. Was wollen Sie denn tun? Haben Sie vor, sich an diesen Aushilfssheriff zu wenden? Niemand glaubt einer Frau. Sie sind doch selbst verantwortlich für alles, was geschehen ist. Wer weiß, hätten Sie Ihr Hinterhaus nicht plötzlich für Studentenfeiern geöffnet, dann hätte ich vielleicht nicht zu drastischeren Mitteln greifen müssen. Wir hätten uns gewiss geeinigt.«

Maryannes Herz raste vor Erschütterung. Mit einer schwindelerregenden Klarheit wurde ihr bewusst, wen oder was sie tatsächlich vor sich hatte.

»Sie sind wirklich das Allerletzte, Mr Bloom! Ich werde über Sie auspacken. Jeder soll wissen, wer Sie wirklich sind.«

Er grinste überheblich, dann wurde er ernst, kam auf sie zu und packte sie am Hals, sodass sie röchelnd rückwärts ging. »Sie tun nichts dergleichen, Miss Landerton. Sonst werde ich ...«

Im nächsten Augenblick flog die Tür auf.

Blooms Mundwinkel zuckten verwirrt. Erschrocken ließ er Maryanne los. Keuchend rettete sie sich zur Seite.

»Mr Irvine. Was kann ich ...?« Er stockte, als Robert auf ihn zu preschte und ihm einen Schlag ins Gesicht versetzte, der ihn zu Boden warf.

»Was erlauben Sie sich?« Jammernd und zeternd hielt Bloom sich das Kinn.

»Ich würde vorschlagen, Sie bleiben, wo Sie sind, Bloom. Ich habe Ihr Geständnis mitangehört.« Irvine bedeutete dem Polizisten, der ihn begleitete, ihn in Gewahrsam zu nehmen.

Bloom wehrte sich nicht, als er aus dem Haus geführt und unter den neugierigen Blicken seiner Dienstboten und Nachbarn in die Polizeikutsche gesetzt wurde.

»Ich hoffe, das reicht für eine Anklage aus«, meinte Irvine zu Maryanne und Robert, bevor auch er in die Kutsche stieg. »Ach, und ... wir haben Archibald Murdoch ebenfalls festnehmen können. Die Familie des Jungen, den Sie gefasst hatten, Mr Webber, hat ihn der Körperverletzung bezichtigt. Wir haben inzwischen auch ein Geständnis des Jungen.«

Maryanne und Robert sahen einander erleichtert an.

»Vielen Dank, Mr Irvine!« Robert schüttelte die Hand des Inspectors.

»Ich danke Ihnen. Und Miss Landerton. Das war sehr mutig von Ihnen, ihn ins Verhör zu nehmen. Bloom ist kein ungefährlicher Mann. Wohl aber sehr dumm, denn er hat Sie unterschätzt.«

Sie lächelte gerührt. »Ich musste irgendetwas tun.«

»Das haben Sie.« Irvine klopfte gegen das Kutschendach und der Fahrer brachte die Pferde in Bewegung.

***

Die Abenddämmerung schlich sich an. Graue Wolken hatten sich über die Stadt gespannt und kündeten von Regen. Trotz des nahenden Wolkenbruchs hatten Maryanne und Robert zu Fuß den Heimweg angetreten. Nach ihrer aufreibenden Tat war Maryanne nach frischer Luft und Bewegung zumute und Robert hatte sich nicht davon abbringen lassen, sie zu begleiten. »Hattest du gar keine Angst, als du mit ihm allein warst?«, fragte er, nachdem sie eine Weile schweigend nebeneinander herspaziert waren.

»Meine Knie haben geschlottert.« Sie kicherte leise, dann wurde sie ernst. »Aber ich wusste ja, dass du nicht weit weg bist.«

Ihre Blicke trafen sich und ein sanftes Lächeln huschte über Roberts Gesicht. Eine angenehme Stille trat zwischen sie. Sie ließen Kutschen an sich vorbeiziehen, Menschen, die ihrem gewohnten Trott nachgingen. Im geschäftigen Trubel der Stadt spürte Maryanne eine seltsame Leichtigkeit, denn trotz ihres Verlusts und der damit einhergehenden Existenzsorgen war sie erleichtert. Das Feuer hatte ihr nicht nur Gertrud wieder näher gebracht, sondern auch Robert. Und wie sie ihn so von der Seite ansah, dachte sie, wie ungemein wertvoll ihr seine Freundschaft doch war. Er hatte sich für sie in Gefahr gebracht. Wie konnte sie ihm das je danken?

Als sie in die Straße zum Kensington Crown einbogen, brach Robert das Schweigen. »Wisst ihr schon, ob ihr das Hinterhaus wieder aufbauen werdet?«

Maryanne zuckte seufzend die Schultern. »Das können wir uns nicht leisten.«

»Hm«, machte er bedauernd. »Aber ... wenn Bloom schuldig gesprochen wird, wird er für den Schaden aufkommen müssen.«

»Dann werden wir darauf hoffen.« Maryanne hatte Zweifel, dass es dazu kommen würde. Immerhin hatte Bloom in der Vergangenheit bewiesen, dass er ein außerordentliches Talent dafür besaß, einer Bestrafung aus dem Weg zu gehen.

»Ich habe meiner Tante geschrieben und ihr erzählt, was passiert ist. Vielleicht erwägt sie in dieser beispiellosen Lage ja doch noch einen Kredit. Allerdings ist sie nicht besonders erpicht darauf, das Teehaus zu retten, fürchte ich.«

»Dann war sie nicht die geheimnisvolle Retterin, die euch damals, nach dem Tod deines Vaters, geholfen hat?«, erkundigte er sich zaghaft.

Sie schüttelte den Kopf. »Nein. Wir wissen nicht, wer es war. Und ich habe aufgegeben, es herausfinden zu wollen. Womöglich irgendein Freund meines Vaters. Er war vielen Menschen lieb und teuer, wie du weißt.«

Er nickte lange. »Manchmal sind es jene, von denen man es am wenigsten erwartet.«

»Ja«, hauchte sie nachdenklich gestimmt. »Genau deshalb kamen wir auf Tante Ursula.« Sie lachte und er stieg mit ein.

»Aber ... wer immer es auch gewesen ist«, sie nahm einen tiefen Atemzug, ehe sie weitersprach, »offensichtlich möchte er lieber anonym bleiben.«

Der Wind frischte auf und fegte erste orange-rote Blätter vom Hyde Park durch die Straßen. Er verwehte Maryannes Haar, das ihr ungezähmt über die Schultern fiel. Sie drehte es zu einem Zopf und hielt diesen fest in der Hand.

»Möchtest du noch auf einen Tee mit reinkommen?«, fragte sie und hob erwartungsvoll die Brauen. »Wir haben ganz köstlichen Hagebuttentee aus dem Norden.«

»Heute nicht. Nein. Ich muss Richter Malcolm die frohen Neuigkeiten mitteilen.«

Sie nickte und lächelte. »Dann ... sehen wir uns später?«

»Ja.« Er lächelte ebenfalls und ging die Straße hinunter. Maryanne sah ihm nach, bis er nicht mehr zu sehen war. Zufrieden betrat sie daraufhin das Teehaus. Die Freude über ihren Triumph über Mr Bloom hatte die Schwermütigkeit von ihrem Herzen genommen und der Umstand, dass sich die Wogen zwischen Robert und ihr geglättet hatten, erfüllte sie mit einem Glück, das sie kaum erklären konnte.

»Na, du bist ja guter Laune.« Gertrud wischte über die Tische am Fenster.

»Ich war erfolgreich«, erklärte Maryanne mit einem Strahlen.

Gertrud hielt mit dem Lappen in der Hand inne. »In welcher Hinsicht denn?« Ihr Ton war so scharf wie eine geladene Pistole. »Du musst mir auf die Sprünge helfen. Reden wir von Bloom oder ... von Rob?« Gertruds Miene war eiskalt. Ihr ganzer Körper schien sich unter dieser Frage anzuspannen.

»Trudi, du missverstehst das. Natürlich meine ich Bloom.«

»Gewiss!« Sie rollte mit den Augen, während sie die Tische weiterputzte, als ginge es um Leben und Tod.

»Ich habe euch gesehen«, murrte sie, ohne zu Maryanne aufzuschauen.

»Es ist nichts passiert. Wir sind wieder Freunde.«

»Das ist schön!«, raunzte sie.

Maryanne stöhnte. Sie hatte keine Lust, sich vor ihr zu rechtfertigen. Ihre Eifersucht war zu etwas angewachsen, das jeglicher Höflichkeit entbehrte. Sie ließ Gertrud stehen. Es hatte keinen Sinn, ihr zu erklären, dass sich ihre Absichten in Bezug auf Robert nicht geändert hatten.

***

In Maryannes Erinnerung war ihre Schwester immer die Starke gewesen. Die einzige Person, die der Vernunft stets den Vorzug vor dem Gefühl gegeben hatte. Maryanne hatte geglaubt, der Streit wäre mit dem Hinterhaus in Flammen aufgegangen. Mit einer erschütternden Klarheit musste sie jedoch wenige Tage später feststellen, dass sie sich geirrt hatte.

»Das kommt so überraschend, Kind!«, sagte Bertha, als Gertrud beim Frühstück ihren Entschluss verkündete, ihrem Bruder nach York zu folgen, um dort eine Stelle als Gouvernante anzutreten.

»Es ist wohlüberlegt, Mama«, entgegnete sie. »Für die Reise ist ebenso gesorgt. Anthony wird mich am Freitag abholen.«

Die Entschlossenheit ihrer Schwester erschütterte Maryanne. Warum hatte sie sich ihr nicht anvertraut? Sie hatte nicht einmal gewusst, dass Gertrud Anthony geschrieben hatte. Dass die beiden diesen Plan gemeinsam ausgeheckt hatten, wo sie sich doch nie nahegestanden hatten.

War ihr Argwohn schuld daran, dass sie sie plötzlich mit anderen Augen sah? Dass sie einander nicht mehr zugetan waren?

Maryannes Herz geriet ins Stolpern. Sie ließ ihren Löffel in das Porridge sinken und starrte auf den milchigen Brei, als könnte er ihr Antworten geben.

Nachdem Bertha an diesem Abend mit Betty zu Bett gegangen war, holte Gertrud die letzten Kleidungsstücke aus dem Schrank ihres früheren Zimmers, um sie für ihre Reise einzupacken. Maryanne klopfte leise an die offen stehende Tür und ihre Schwester hob den Blick von dem Kleid, das sie gerade sorgfältig auf dem Bett zusammenlegte.

»Ich bin beschäftigt, wie du siehst.« Gertrud widmete sich ihrem Schmuck, den sie unter dem frischen Bettzeug vor Betty versteckt hatte.

»Das sehe ich. Ich möchte dich auch gar nicht aufhalten. Es ist nur ... Willst du wirklich gehen, Trudi?« Maryanne setzte sich auf das alte Bett ihrer Schwester und schaute traurig auf deren zurechtgelegte Sachen herab.

»Es ist eine gute Stelle und eine einzigartige Möglichkeit für mich«, sagte Gertrud.

»Möglichkeit ... wofür?« Maryannes Stimme klang belegt.

Gertrud hielt mit ihrer Perlenkette in der Hand inne und wandte sich ihr zu. »Nun, vielleicht ist es für mich an der Zeit, das Nest zu verlassen. Ich habe mir in den Kopf gesetzt, einen Ehemann zu finden.«

Maryanne zog verwundert die Brauen hoch. »Das ... freut mich für dich. Aber ... musst du denn dafür fortgehen?«

»Anthony und ich sind uns einig, dass meine Aussichten in York besser sind als hier.«

»Anthony also, ja?« Maryanne knirschte mit den Zähnen. Dass ihre Schwester plötzlich so wohlwollend über ihn sprach, versetzte ihr einen Stich, und sie konnte die Frage, die ihr auf der Seele brannte, nicht länger zurückhalten.

»Trudi, wie konnten wir uns nur so sehr entzweien?«

Gertrud schaute sie mit müdem Blick an, was Maryanne ermutigte, auf sie zuzugehen.

»Ich verstehe nicht, warum du mir nicht glauben willst, dass ich mich niemals zwischen dich und Rob stellen würde. Ich könnte ihn nicht heiraten, selbst wenn ich es wollte, es wäre mir unmöglich – deinetwegen.«

Gertruds Mund zuckte leicht. Sie schob die Perlenkette in ihre Tasche, faltete einen Schal zusammen und legte ihn darüber. »Das weiß ich, Maryanne«, antwortete sie versöhnlich. »Es ist auch nicht nur das. Ich war schon viel zu lange hier. Ich werde fünfundzwanzig Jahre alt und habe nie etwas anderes gesehen als unsere Teestube. Weil ich zu ängstlich war und … zu bequem. Vielleicht habe ich mich deshalb an das geklammert, was ich kenne, und habe nicht zulassen wollen, dass sich etwas verändert. Aber manchmal muss man selbst die Veränderung sein. Man kann nicht erwarten, ein erfülltes Leben zu haben, wenn man sich nicht traut, es zu leben.«

Sie nahm Maryannes Hand, setzte sich mit ihr aufs Bett und schaute sie eindringlich an. »Schwester, ich glaube, es wird uns guttun, mal Abstand voneinander zu haben.«

In Maryannes Augen brannten die Tränen. Sie schüttelte den Kopf. »Nein!«, hauchte sie bitter, denn sie wollte sie nicht gehen lassen. Sie konnte es nicht. Gertrud legte ihre Hand an Maryannes Wange und zwang sie auf diese Weise, ihr ins Gesicht zu sehen.

»Ich will nicht, dass du deine Entscheidungen von mir abhängig machst.«

»Aber das tue ich doch gar nicht«, antwortete Maryanne.

Gertrud hob schmunzelnd einen Mundwinkel an. »Du würdest es nicht zugeben, selbst wenn es so wäre.«

Maryanne blinzelte sie ungläubig an. Tränen flossen aus ihren Augen, rollten ihre Wangen hinab und tropften von ihrem Kinn auf die Bettdecke.

»Ich liebe Rob nicht«, sagte sie, weil sie glaubte, dass es ihrer Schwester darum ging.

Gertrud schluckte sichtbar, dann lächelte sie sanft. »Oh doch, du liebst ihn. Auch wenn du es noch nicht weißt.«

Sie zog sie in ihre Umarmung und Maryanne bewegte sich kein Stück. Den Kopf auf Gertruds Schulter gebettet, dachte sie über deren Worte nach. Obwohl sie ihr nicht in jeder Hinsicht zustimmen konnte, bemühte sie sich, stark zu bleiben. Gertrud sollte nicht das Gefühl haben, dass sie ohne sie verzweifeln würde. Sie sollte sich nicht verpflichtet fühlen, zu bleiben, obgleich sie sich einen Neuanfang wünschte.

Kapitel 19

Der Dezember trug vermehrt Nebel durch Londons Straßen. Graue, nasskalte Tage gingen scheinbar endlos ineinander über und wirkten sich auf die Stimmung der Menschen aus. Obwohl es fast Nachmittag war, war die Wolkendecke über Kensington noch kein einziges Mal aufgebrochen. Der Mangel an Licht verlieh den Straßen eine gespenstische Atmosphäre. Maryanne saß am Schreibtisch ihres Vaters und las Gertruds Brief, der sie am Morgen erreicht hatte. Sie schrieb, es gehe ihr ausgezeichnet, dass die Familie, für die sie arbeite, freundlich sei und dass York mehr zu bieten hatte, als sie anfänglich gedacht habe. Jeden Sonntag nehme sie in Anthonys Haus den Nachmittagstee ein und mache unter dessen Freunden regelmäßig neue, interessante Bekanntschaften, darunter ein gewisser Banker namens Simmons, der sie durch seine ruhige, gewissenhafte Art begeistere. Maryanne faltete den Brief wieder zusammen, dann schob sie ihn seufzend unter das Auftragsbuch der Teestube. Mittlerweile war ihre Schwester seit fast einem Monat fort und noch hatte sich niemand an ihre Abwesenheit gewöhnt. Mit einem Schmunzeln registrierte Maryanne, wie besonders ihre Mutter bedauerte, dass ausgerechnet ihre älteste Tochter, ihr schüchternes, zurückhaltendes Mädchen, das Haus verlassen hatte, um sich selbst zu finden.

Aus der Küche war ein Poltern zu hören und Maryanne sprang vom Stuhl auf.

»Verzeihung!«, rief Charlotte, die neue Köchin, so laut, dass es im ganzen Teehaus zu hören war. Sie war ein Tollpatsch, dem ständig irgendetwas aus den Fingern glitt. Ihr Kirschkuchen aber schmeckte fantastisch und auch ihre Scones konnten sich sehen lassen.

»Ist schon gut, Lotti!«, sagte Betty, als Maryanne die Küche betrat. Stolz schaute sie zu, wie ihre Nichte Charlotte tröstend die Schulter tätschelte, während diese die Scherben zusammenkehrte und dabei so laut schluchzte, als hätte sie nicht irgendeine Tasse fallen lassen, sondern das persönliche Teeservice der Königin. Maryanne lächelte in sich hinein, denn ihre Betty war kein kleines Mädchen mehr. Die kindlichen Züge waren bereits dabei, sich auszuschleichen, und ihr Verhalten war in den vergangenen Monaten viel reifer geworden. Immer häufiger brachte Betty sich in die Arbeit im Teehaus ein und zeigte dabei, was sie von Gertrud gelernt hatte.

Maryanne erkannte, dass ihre Hilfe nicht benötigt wurde, und kehrte ins Arbeitszimmer zurück. Erneut konzentrierte sie sich auf die Bücher. Anthony hatte sich nach dem Feuer wohltätig gezeigt und eine Hypothekenrate übernommen, damit sie bis zum Wiederaufbau des Hinterhauses über die Runden kamen. Aber die Ausgaben überstiegen die Einnahmen so deutlich, dass Maryanne befürchtete, dass die Zeit gegen sie arbeiten würde.

Noch dazu hatte ihre Mutter, gleich nach Blooms Geständnis, in einem Anfall von Optimismus Arbeiter beauftragt, das Hinterhaus wieder instand zu setzen.

Dann, vor einer Woche, erhielten sie Irvines ernüchternde Nachricht, dass Bloom sich nach der Kautionshinterlegung abgesetzt habe und seither unauffindbar sei. Erneut schien es, als wäre Ursula ihre letzte Hoffnung, doch, wie üblich, ließ deren Antwort auf sich warten.

***

»Die Handwerker weigern sich, wiederzukommen.« Bertha wiederholte sich, als sie und Maryanne nach dem Abendessen vor dem Kamin im Salon zusammensaßen. »Nicht, bevor sie nicht für die bisher getane Arbeit bezahlt worden sind.«

»Das ist ihr gutes Recht.« Maryanne legte ein Holzscheit nach.

»Dieser verfluchte Bloom!« Bertha stand auf und ging unruhig hinter Maryanne auf und ab. »Ich kann nicht fassen, dass ich anfangs auf ihn reingefallen bin.«

»Männer wie er wissen genau, was sie tun oder sagen müssen, um ihre Ziele zu erreichen«, meinte Maryanne.

Nachdenklich knabberte Bertha an ihren Fingernägeln. »Es muss doch möglich sein, ihn zu schnappen und zu zwingen, uns den Schaden zu bezahlen.«

»Der hat längst das nächstbeste Schiff nach Amerika bestiegen«, antwortete Maryanne mit einer Gewissheit, die selbst sie überraschte.

Bertha strich sich angespannt über die Haube. »Dann müssen wir Ursula nochmals schreiben. Drängender. Ich habe eine Voranmeldung für einen Studentenball im Frühjahr, der uns den Verdienst von zwei Monaten bescheren könnte.«

255

Maryanne lächelte wehmütig. Es war doch erstaunlich, wie sehr ihrer Mutter das Teehaus inzwischen ans Herz gewachsen war. Sie, die zu Beginn am liebsten sofort verkauft hätte, setzte sich nun inbrünstig für dessen Erhalt ein. Bedauerlicherweise fehlten ihnen die Mittel, und die Rückschläge kamen inzwischen in einer solchen Regelmäßigkeit, dass Maryanne einfach nur noch erschöpft war. Sie schlief schlecht, hatte kaum noch Appetit. Immer häufiger erwischte sie sich bei dem Gedanken daran, einfach zu kapitulieren: das Kensington Crown loszulassen und einen neuen Weg einzuschlagen, so wie es ihre Schwester getan hatte.

»Ursula hat nicht einmal reagiert, als wir ihr von dem Feuer geschrieben haben.« Maryanne erinnerte ihre Mutter nur ungern an die Fakten, tat es aber dennoch. »Es ist offensichtlich, dass sie mit unseren Problemen nichts zu tun haben möchte. Das sollten wir akzeptieren, Mama. Wir sind auf uns gestellt.«

»Aber sie ist doch meine Schwester!« Bertha fasste sich empört ans Herz.

»Das ist sie. Aber sie hat auch ihr eigenes Leben.« Maryanne klang frustriert, als sie ihrer Mutter ins Gedächtnis rief, dass Ursula zwar genug Geld besaß, dafür aber wenig Rückhalt von ihrem Ehemann hatte.

»Du hast ja recht, Liebes.« Bertha sank zurück in ihren Sessel, fasste sich an die Stirn und schnaufte stotternd aus.

Sogleich tat es Maryanne leid, diesen bitteren Ton angeschlagen zu haben, doch sie hatte ihn einfach nicht steuern können.

Eine Weile saßen die Frauen einfach nur da, gedanklich gefangen in den Sorgen, die so hartnäckig an ihnen festhingen wie der Sconeteig an Charlottes Fingern.

»Gertrud scheint es in York gut zu gehen.« Berthas melancholischer Blick war auf die züngelnden Flammen im Kamin gerichtet. »Dieser Mr Simmons macht ihr anscheinend den Hof.«

»Der Banker?« Maryanne hob verwundert die Brauen. Ihre Mutter nickte. »Anthony schrieb es mir. Er rechnet täglich mit seinem Antrag.«

»Oh, ich freue mich für sie!«, sagte Maryanne gutmütig. »Auch wenn es hier nicht dasselbe ohne sie ist – sie hat es verdient, glücklich zu sein.«

»Ja, das hat sie.« Bertha stand auf, legte Maryanne die Hand auf die Schulter und drückte sie aufmunternd. »Ich ziehe mich zurück«, sagte sie in einem Gähnen, dann küsste sie Maryanne auf den Schopf.

»Gute Nacht, Mama.« Maryanne wartete, bis sich die Tür hinter ihr schloss, dann zog sie die Beine eng an den Körper, horchte auf das Knistern im Kamin und ließ ihre Gedanken schweifen. Die Entwicklungen in York zeigten, dass Gertruds Entscheidung zu gehen, die richtige gewesen war. Ihre neue Arbeit hatte sie selbstbewusster werden lassen. Das verrieten allein schon ihre Briefe. Sie drückte sich gewählter aus, ihre Worte sprühten nur so vor Lebensfreude und Zutrauen. Augenscheinlich hatte die Veränderung in ihrem Leben ihr nicht nur die Augen geöffnet, sondern auch ihr Herz für einen Mann, der ihre Zuneigung erwiderte.

Jene unvorhergesehenen Entwicklungen veranlassten Maryanne, über die Worte ihrer Schwester in Bezug auf Robert und sie nachzudenken und ihre eigenen

Gefühle zu hinterfragen. Nachts, wenn alles schlief und die Dunkelheit ein Bündnis mit ihrer Sehnsucht einging, die sie tief im Innern verspürte, hallte Gertruds Voraussage in ihr nach und ließ ihr keine Ruhe. Kein Zweifel hatte in ihrer Stimme gelegen, als sie ihr gesagt hatte, dass sie Robert liebe. Manchmal, wenn die nächtliche Stille im Haus sie zu erdrücken drohte, fragte Maryanne sich, ob sie womöglich recht hatte. Was, wenn sie lediglich von den Gefühlen für Edward überdeckt worden war? Und dann erwog sie doch, sich zu binden. Damit ihre Sehnsucht, danach geliebt zu werden, ein Ende fand.

***

Der Duft von frisch gebackenen Butterplätzchen lag in der Luft und vermischte sich mit dem von schwarzem Tee. Maryanne sog die Gerüche tief ein, schloss kurz die Augen und genoss das vertraute Gemisch von Kräutern und Gebäck, das nur im Kensington Crown vorherrschte. Es half ihrem Herzen, zu heilen. Langsam, bedächtig, aber stetig.

»Was in aller Welt ist denn heute los? Die Gäste beschweren sich schon.« Bertha kam mit einem Stapel schmutzigen Geschirrs in die Küche. Ihre schlechte Laune trug sie nach außen, seit sie am Morgen den Brief ihrer Schwester erhalten hatte, in dem Ursula ihnen mitteilte, dass sie schwer beschäftigt sei. Anthonys Entscheidung über den Erhalt der Teestube könne sie nicht nachvollziehen, und in dem Feuer erkenne sie lediglich ein weiteres, gottgegebenes Zeichen dafür, dass Bertha das Kensington längst hätte aufgeben sollen. Sie würde mit Anthony weiterhin Rücksprache halten, könne jedoch zum gegenwärtigen Zeitpunkt nichts weiter für sie tun.

Berthas Enttäuschung war in jeder Sekunde spürbar. Es war, als würde die Luft flackern, als sprühten unsichtbare Funken umher, die sich jederzeit entzünden konnten. Maryanne schwieg sich aus. Sie wusste, dass es erst einmal besser war, sie nicht darauf anzusprechen. Ohnehin hatte sie keine Lösung auf Lager. Zwar hatte sie geahnt, dass sie sich vergeblich an Ursula gewandt hatten, und sich deshalb keine Hoffnungen auf ihr Mitgefühl gemacht. Dennoch tat ihr ihre Mutter leid, denn dieser gelang es einfach nicht, zu akzeptieren, dass Familie zu haben nicht bedeutete, dass man auch füreinander da war. Ihre einzige Schwester hatte sie abermals abgewiesen – ein bitterer Schlag für sie, von dem Maryanne nicht wusste, ob sie sich je wieder von ihm erholen würde.

Die Spüle stand bereits voll, auf dem Herd schwappte die Suppe über, und schwarzer Rauch stieg aus dem Ofen auf.

An diesem Samstagnachmittag waren fast alle Tische besetzt. Das Feuer im Hinterhaus hatte sich herumgesprochen und das Mitgefühl in den Menschen ebenso geweckt wie ihre Neugierde. Offenbar hatte die Tatsache, dass das Kensington Crown beinahe abgebrannt wäre, ihnen in Erinnerung gerufen, wie wichtig das Teehaus als Londoner Treffpunkt war, und das war ein Segen für die Familie. Wenn es so weiterging, würden sie die Hypothek abtragen können, und die Zukunft des Teehauses wäre gesichert. Einzig die Baustelle im Hof bereitete ihnen noch Kummer. Das Hinterhaus war noch immer eine Ruine. Schon bald nahte der Frühling, und es war nicht einmal daran zu denken, die beliebten Tische im Hof aufzustellen, damit die Gäste ihren Tee auch in der Sonne genießen konnten.

»Gütiger Gott!« Charlotte teilte mit einem Topflappen die Rauchwolke, die aus dem Ofen aufstieg und die Küche vernebelte. Obwohl Bertha und Betty ihr halfen, Tee und Sandwiches vorzubereiten, herrschte an diesem Tag eine Hektik vor, die nur Maryanne zu lindern vermochte. Blitzschnell legte sie eine Ordnung fest, schickte Sophie zu den Gästen im hinteren Bereich und wies ihre Mutter an, eine Pause zu machen.

»Ich übernehme die Bestellungen am Fenster.« Maryanne gab Hefekuchen und Sandwiches auf eine Etagere und trug sie, zusammen mit dem Tee, aus.

»Da verlangt jemand nach dir«, sagte Sophie, als sie schon wieder dabei war, in die Küche zurückzukehren.

»Guten Tag«, hörte sie eine tiefe, feste Stimme hinter sich. Maryanne brauchte sich nicht erst umzudrehen, um zu wissen, dass es Edward war.

»Miss Landerton!« Sein Tonfall klang so eindringlich, dass sie keine andere Wahl hatte, als sich ihm zuzuwenden. Langsam ging sie auf den Tisch in der Ecke zu, an dem er saß. Edward stand auf, als befänden sie sich nicht in einem öffentlichen Teehaus, sondern auf einer Soiree der feinen Gesellschaft. Höflich neigte er den Kopf. Maryanne tat es ihm unbeholfen nach. Einen Augenblick standen sie sich in peinlicher Stille gegenüber. Edward öffnete leicht den Mund, als wollte er etwas sagen. Sein Mund schloss sich jedoch wieder. Maryanne konnte nicht anders, als seine Lippen anzustarren. Sie

hatten auf ihren gelegen. Die Erinnerung daran über-
rollte sie mit solcher Kraft, dass ihr schummrig vor Augen wurde. Sie musste diese Stille und die damit einhergehenden Erinnerungen durchbrechen. Sie lagen eine
Ewigkeit zurück. »Was ... darf ich Ihnen bringen, Lord
Grey?«, fragte sie befangen. Sie grub ihre Fingernägel so
fest in ihre Handfläche, dass sie einen dumpfen
Schmerz verspürte. Für einen Moment löste er die Nervosität ab, die sie Edwards Gegenwart verdankte.

»Oh, ich ... ich habe mich noch gar nicht entschieden«,
antwortete er, setzte sich hin und griff fahrig nach der
Karte. Flüchtig schaute er hinein, dann sah er wieder
zu Maryanne auf. »Gegenwärtig möchte ich nichts ...
glaube ich.«

Sie hob irritiert die Brauen.

»Glauben Sie?«, wiederholte sie, als hätte er genu-
schelt. »Nun, dann komme ich zu einem späteren Zeitpunkt wieder.« Maryanne wollte bereits gehen, da hob
er hektisch seine Hand.

»Nein. Das ... wird nicht nötig sein. Ich weiß, was ich
will.«

»Also schön.« Sie zückte Block und Stift aus ihrer
Schürzentasche. »Was wollen Sie?«

»Das weißt du nicht?«, fragte er so sanft, dass sie vom
Block zu ihm aufsehen musste.

»Maryanne ... Miss Landerton, würden Sie sich bitte
einen Augenblick zu mir setzen?« Eine tiefe Entschlossenheit stand in seinen Augen. Wie fremdgesteuert gab
Maryanne seiner Bitte nach. Sie setzte sich, ohne sich
nach den anderen Gästen umzusehen, und obwohl ihr
Verstand sie davor warnte. Maryannes Herz klopfte

schneller ob der Tatsache, dass Edward womöglich gekommen war, um sie zu sehen. Sie zwang sich, die Fassung zu wahren und nicht in Gefühlsduselei auszubrechen.

»Wie geht es Emily?« Jene Frage war einfach aus Maryanne herausgerutscht.

Er lächelte leicht. »Es geht ihr gut. Sie fragt immer wieder nach ihrer alten Gouvernante.«

»Was sagen Sie ihr dann?«

»Dass auch ich hoffe, Sie eines Tages wieder auf Roslyn Park begrüßen zu dürfen.«

»Wie schlägt sich die neue Gouvernante?«

Er legte den Kopf schief, seufzte leise. »Sie wird Ihnen nicht gerecht.«

Maryannes Blick verfing sich mit seinem.

»Miss Landerton ... unser Gespräch auf dem Ba...«

»Ich hätte überhaupt nicht kommen dürfen.« Sie schüttelte den Kopf, als ihr aufging, dass er deshalb gekommen war. »Es tut mir leid. Ich habe Sie nur noch mehr in Schwierigkeiten gebracht, fürchte ich.«

»Aber nein. Das haben Sie nicht«, widersprach er. »Im Gegenteil, es war von enormer Wichtigkeit, denn es hat etwas aufgedeckt, das ich mir zuvor nicht erklären konnte.«

Sie runzelte die Stirn. Wovon sprach er da? Bevor sie ihm folgen konnte, hatte er ihre Hand genommen. »Miss Landerton, der Brief, den Sie erhielten, in dem es darum ging, dass wir Sie nicht mehr benötigen ...«

»Ja?«, hauchte sie drängend, als er ins Stocken geraten war.

»Ich wusste nichts davon, denn er stammte nicht von mir.«

Maryanne entriss ihm ihre Hand und schluckte schwer.

Er lehnte sich zu ihr vor, betrachtete sie eindringlich. »Meine Tante hat meine Schrift fälschen lassen, damit es aussieht, als hätte ich jene Zeilen verfasst.«

»Ist das wahr?«, fragte sie entgeistert.

Er nickte matt. »Als ich sie nach dem Ball zur Rede stellte, gab sie es zu. Auch, dass sie alle weiteren Korrespondenzen zwischen uns verhindert hat. Sie hat sich Ihre Briefe an mich aushändigen lassen. Sie haben mich nie erreicht. Offenbar hat sie, kurz bevor die Nachricht Ihrer Mutter eintraf, in der sie uns über den Unfall Ihres Vaters in Kenntnis setzte, von uns erfahren. Sie hatte wohl einen Verdacht und hat daraufhin die Dienerschaft verhört. Bill ist schließlich weich geworden. Aber ihm darf kein Vorwurf gemacht werden. Meine Tante kann sehr hart und einschüchternd sein. Dass Sie in Kensington gebraucht wurden, Maryanne, kam ihr dann gerade recht. Am Abend des Balls glaubte sie, ich würde es ihr inzwischen danken. Immerhin habe sie mich lediglich davon abbringen wollen, die Familie in Verruf zu bringen.«

»Und? Tun Sie es?«

»Gewiss nicht!«, entgegnete er schockiert. »Ich gebe zu, es war schändlich von mir, nicht selbst darauf gekommen zu sein, dass sie uns auseinanderbringen wollte.«

»Dann hat sie ihre Rolle bis zuletzt vortrefflich gespielt.« Maryanne dachte daran, wie seltsam ihr Lady Grey an ihrem letzten Arbeitstag auf Roslyn Park vorgekommen war.

»Das sieht ihr ähnlich.« Er senkte geknickt den Blick, schüttelte fast unmerklich den Kopf. »Sie wollte mit aller Macht meine Verlobung mit Miss Harrington durchsetzen.« Hoffnungsvoll schaute er zu ihr auf. »Hatten Sie denn keine Zweifel, dass ich Ihre Stelle so mir nichts, dir nichts einer anderen geben würde?«

Maryanne seufzte auf. »Ich fürchte, dieser Brief hatte eine so einschlagende Wirkung, dass ich es nicht über mich brachte, Zweifel zuzulassen. Ich bedauere meine Verblendung jetzt aus tiefstem Herzen. Inzwischen ist so vieles passiert, dass mir die Zeit auf Roslyn Park mitunter wie ein Traum erscheint.«

»Ja. Ich ... hörte von dem Feuer und befürchtete schon, es wäre das Ende des Kensington Crown.«

Maryanne hob einen Mundwinkel zur Wange. »Dann sind Sie gekommen, um sich zu vergewissern, ob es noch steht?«

»Ja ... Nein.« Er wirkte plötzlich nervös, sah sie fortwährend an und Maryannes Herz klopfte schneller. Unmerklich schnappte sie nach Luft, als eine Frage in ihr hochschoss, nach deren Antwort sie schon gar nicht mehr gesucht hatte.

»Waren Sie derjenige, der unsere Hypothekenschuld beglichen hat?«

Er sagte nichts, aber in seinem Schweigen lag ein Geständnis. »Warum bin ich nicht schon früher darauf gekommen?«, hauchte sie, wie zu sich selbst.

»Vergeben Sie mir mein achtloses Handeln. Ich hatte durch einen Freund bei der Bank von Ihren Schwierigkeiten erfahren, und ich wusste doch, wie viel Ihnen das Kensington Crown bedeutet.«

»Du hättest es mir sagen sollen.« Maryanne biss sich strafend auf die Unterlippe, weil sie erneut sämtliche Förmlichkeiten vergessen hatte. Ihr Herz hatte für sie gesprochen.

»Ich hielt es für besser, darüber zu schweigen«, sagte Edward eindringlich. Leiser sprach er weiter: »Maryanne.« Die zärtliche Art und Weise, in der er ihren Namen flüsterte, brachte ihre Mauer aus Eis endgültig zum Schmelzen. »Die Zeit ohne dich war mir die einsamste, die verzweifeltste. Maryanne, ich will dir so vieles sagen.« Er erforschte aufmerksam ihre Miene und Maryanne hielt kurz den Atem an. Wie lange hatte sie gehofft, diese Worte von ihm zu hören? So lange, dass sie bereits nicht mehr damit gerechnet hatte. Unauffällig schaute sie sich um, vergewisserte sich, ob niemand sie belauschte. Doch einigen Gästen war ihr intimes Gespräch mit Lord Grey bereits aufgefallen. Sie beobachteten sie genau, tuschelten.

»Nicht hier«, raunte sie Edward zu. »Heute Abend. Wenn das Teehaus geschlossen ist.«

Er nickte. »Ich werde da sein.«

Kapitel 20

Der Tag im Teehaus war so anstrengend gewesen, dass Bertha sich gleich nach dem Abendessen mit Betty in ihr Schlafzimmer zurückgezogen hatte. Maryanne schickte Sophie und Charlotte nach Hause und räumte die Teestube in Windeseile allein auf, säuberte die Tische und rückte die Stühle an sie heran. Regelmäßig warf sie der Standuhr in der Stube einen nervösen Blick zu. Um kurz vor neun trat sie vor das Kensington Crown, über dem der Mond heller zu scheinen schien als sonst. Die Straßenlaternen spendeten zusätzliches Licht, doch die Häuser abseits davon lagen in völliger Dunkelheit. Die Luft war so kalt, dass Maryannes Atem vor ihrem Gesicht wie eine Dampfwolke aufstieg. Sie schlang die Arme um ihren Oberkörper und rieb sich schlotternd die Schultern. Da hörte sie sich näherndes Hufgetrappel und das klirrende Geräusch von Pferdegeschirr. Eine Kutsche näherte sich und stoppte unmittelbar bei ihr. Die Tür öffnete sich und Edward steckte seinen Kopf hinaus.

»Guten Abend«, sagte er lächelnd.

»Guten Abend«, entgegnete Maryanne verlegen.

»Soll ich reinkommen?« Er wies mit dem Kinn zur Teestube. Zögerlich wandte Maryanne sich halb danach um.

»Oder willst du lieber zu mir hereinkommen?«, fragte er sanft. »Wir könnten eine Spazierfahrt machen.«

Unschlüssig blickte Maryanne zum Haus, während sie überlegte. Sie würde eine Grenze überschreiten, wenn sie seine Einladung annahm. Schon wieder. Ihre Mutter und Nichte schliefen jedoch bereits. Niemandem würde ihre Abwesenheit auffallen. Also, was sprach schon dagegen? Ihr Bedürfnis, mit Edward ungestört zu sprechen, pflichtete ihr bei. Maryanne schaute zu beiden Seiten der Straße, die wie ausgestorben war. Sorgfältig verriegelte sie anschließend die Tür des Kensington Crown, schob den Schlüssel in die Tasche ihres Umhangs und nahm gegenüber von Edward in der Kutsche Platz.

»Fahren Sie zum Hyde Park und wieder zurück«, sagte Edward zum Fahrer.

»Sehr wohl«, ließ der hören und das Fuhrwerk setzte sich in Bewegung.

»Meine Mutter würde mich schelten, wenn sie wüsste, wo ich bin.« Maryanne glaubte, das Gespräch beginnen zu müssen. Zu ihrer Erleichterung hatte sie Edward ein Lächeln entlockt. Sein Blick ruhte angetan auf ihr.

»Du setzt für mich deine Ehre aufs Spiel?«, fragte er spitzbübisch.

»Nun, ich schätze, das tue ich. Erneut.«

»Ich kann mir nicht verzeihen, dass du meinetwegen in Schwierigkeiten geraten bist.« Seine Augen blickten ehrlich drein. »Für einen Mann ist es eine Sache, wenn man ihm ein Verhältnis unterstellt, aber für eine Frau wie dich ... unverheiratet ... Hätte ich dich doch nur erreichen können.«

»Das hätte es nur noch schlimmer gemacht.« Sie wandte ihren Blick aus dem Fenster, damit er nicht merkte, wie sehr sie tatsächlich gelitten hatte.

»Nach dem Ball glaubte ich, du hättest mit mir und Roslyn Park abgeschlossen«, erklärte er. »Ich fühlte mich gekränkt und war zu stolz, um dich einfach aufzusuchen. Jetzt weiß ich, ich hätte viel früher zu dir kommen sollen, um dich zu fragen.«

»Mich ... was zu fragen?« Maryanne spürte, wie eine längst verworfene Hoffnung von ihr Besitz ergriff.

»Es ist mir egal, was meine Tante meint«, sagte er entschieden. »Wenn nötig, verzichte ich auf mein Erbe und werde meinen Titel an meinen Bruder abtreten – wenn ich nur dich dafür haben kann.«

Gefangen von seinem Blick und seinen glühenden Worten war Maryanne unfähig, sich zu rühren, als er sich zu ihr herüberlehnte und ihre Hand nahm. Langsam ließ sie ihren Blick folgen, sah, wie er zärtlich ihre Finger streichelte.

»Ich liebe dich, Maryanne!«, hauchte er mit sanfter Stimme und das durch das Fenster fallende Mondlicht brachte seine tiefblauen Augen zum Leuchten. Maryannes Herz klopfte so schnell, dass sie fürchtete, ohnmächtig zu werden. Wieder und wieder hatte sie diese Situation gedanklich durchgespielt, doch niemals war sie real gewesen. Wie lange hatte sie davon geträumt, dass Edward sich zu ihr bekannte? Eine kleine Ewigkeit, ein gefühltes Leben, mahnte die Stimme in ihrem Innern. Ungläubig und wie in Trance schüttelte Maryanne den Kopf, weil sie jenem Traum vor Monaten schon Lebewohl gesagt hatte. Seitdem war ihr Herz vernarbt. Gerade erst hatte es begonnen, wieder Gefühle zuzulassen – ein leichtes Flattern im Bauch, etwas, das Liebe nah kam, sie aber nicht ersetzen konnte. Maryanne war dennoch fest entschlossen gewesen, sich mit dieser Art von Heilung zufriedenzugeben. Denn es war mehr, als sie zuweilen zu hoffen gewagt hatte.

»Bitte, sag doch etwas, Maryanne.« Die Verzweiflung in Edwards Stimme verriet ihr, dass er fürchtete, von ihr abgewiesen zu werden. Nach all der Zeit, dachte sie. Es wäre ihr gutes Recht. Und wahrscheinlich sollte sie. Wäre da nicht ihr Herz, das sich durch heftiges Schlagen bemerkbar machte, als wollte es ihr unbedingt mitteilen, dass nur Edward in der Lage war, es zu heilen. Sie holte Luft, pumpte den Sauerstoff zurück in ihren Kopf, in dem ein Gefühl von Schwerelosigkeit vorherrschte. Sie musste eine Sache wissen. »Was ist mit Miss Harrington?«

»Ich habe die Verlobung mit ihr gelöst.«

Maryanne sog hörbar den Atem ein. Sie traute sich kaum zu fragen, kam dann aber nicht dagegen an. »Dann bist du ... frei?«

»Ja.« Er nickte, lächelte, dann kam er näher, setzte sich neben sie und wandte sich ihr zu.

»Maryanne, du bist ständig in meinen Gedanken. Wie könnte ich da eine andere heiraten? Das wäre nicht besonders gerecht. Für niemanden. Ich hätte mich gelangweilt an Miss Harringtons Seite, ich wäre dort zugrunde gegangen. Weil ich dich kenne. Weil ich erfahren habe, wie es ist, sich mit einem Menschen voll und ganz verbunden zu fühlen.« Ein romantisches Leuchten erschien in seinen Augen und Maryanne ahnte, was er als Nächstes sagen würde.

Sie kam ihm zuvor. »Aber ... ich bin doch vollkommen unbedeutend. Inakzeptabel für die feine Gesellschaft, in der du dich bewegst. Ich betreibe ein Geschäft. Zwar hat sich das Teehaus mittlerweile erholt, aber auch nur, weil die Gäste wissen, dass es eigentlich meinem Bruder gehört. Und es bleibt ein Problem, dass ich es als Frau gewagt habe, auch nur daran zu denken, wie ein Mann zu arbeiten.«

Er lachte leise, schüttelte den Kopf. »Das macht dich aus. Du bist keinesfalls unbedeutend, Maryanne Landerton. Du bist besonders. In den Augen einiger Menschen magst du deswegen eine Bedrohung darstellen, ja. Doch in meinen Augen bist du der funkelnde Stern zwischen ihren blassen Reflexionen. Dein Licht strahlt hell, denn du allein treibst es an. Davon können die meisten Menschen nur träumen. Sie würden sich niemals trauen, herauszustechen, aus Furcht davor, von der allgemeinen Meinung erstickt zu werden. Aber du schon.«

Maryanne errötete, senkte den Blick. Unwillkürlich musste sie daran denken, dass Robert einmal ganz ähnliche Worte für sie gefunden hatte, und kurz übermannte sie deswegen eine seltsame Wehmut. Edward umfasste ihr Kinn, um sie dazu zu bringen, ihm wieder in die Augen zu sehen. Er kippte seinen Kopf leicht zur Seite und strich ihr das Haar hinters Ohr.

»Bitte sag mir, dass du mich heiraten wirst«, flüsterte er nah an ihrem Mund, und es war, als hauchte er ihr neues Leben ein.

»Edward ...« Sie schlug die Augen nieder, und er wusste alles, was er wissen musste. Maryanne begehrte ihn. Und als sie sehnsüchtig wieder zu ihm aufschaute, folgte er willig ihrer Einladung, sie zu küssen. Seine Hände glitten unter ihren Umhang, über den dünnen Stoff, der ihr Dekolleté bedeckte, und fanden nackte Haut. Zärtlich strich er ihren Hals hinauf und wieder hinunter bis zu ihrem Schlüsselbein, dann über ihre Brust. Maryanne erbebte unter dem Verlangen, das nun in einer nie gekannten Heftigkeit in ihrem Innern aufloderte. Ihr Verstand war nur noch ein leises Echo: verboten, verpönt ... falsch. Doch jene Worte entfachten das Feuer in ihr nur noch mehr. Maryanne krallte sich in seine Haare, während sie mit der anderen Hand unter sein Hemd fuhr, seine muskulöse Brust darunter erforschte, dann eine Härte in seinem Schritt spürte, die mit aller Kraft in ihre Mitte vorstieß.

»Wir dürfen das nicht«, hauchte sie widerwillig und mit kraftloser Stimme. Ihr Gebaren war ihr selbst nicht geheuer, aber sie wollte auch nicht aufhören.

»Du hast recht.« Edward stöhnte leise, dann wurden seine Bewegungen langsamer. Er hielt inne, atmete seine Erregung aus, schaute ihr in die Augen, küsste sie sanft und lang auf den Mund und rückte dann von ihr ab. »Verzeih mir. Ich ... habe mich vergessen.« Er fuhr sich durchs Haar, seufzte, atmete gedehnt aus. »Das hätte ich nicht tun dürfen.«

»Aber ich wollte es auch!« Maryannes Beteuerung änderte nichts daran, dass er sich weiterhin grämte. »Für dich ist es gefährlicher als für mich, mein Liebstes. Wir müssen uns in Geduld üben und warten, bis wir verheiratet sind.«

Behutsam schob er die Träger ihres Kleides hinauf, und Maryanne richtete ihren Rock. Sie wusste, er hatte recht. Die Tatsache, dass Edward sich zurückgehalten und die Vernunft aufgebracht hatte, zu der sie nicht fähig gewesen war, bestärkte sie darin, dass es ihm tatsächlich ernst mit ihr war. Auf Leidenschaft und Euphorie folgte dennoch die Ernüchterung. Denn wie sollte ihre Zukunft aussehen? Er war ein Lord, sie mittlerweile fest mit dem Kensington Crown verwachsen. Gertrud war bereits fort, sollte auch sie nun gehen, würde das das Ende der Teestube bedeuten. Allein konnte ihre Mutter sie nicht führen. Und damit würde Maryanne das Versprechen gefährden, das sie ihrem Vater auf dem Sterbebett gegeben hatte. Die Kutsche hielt unterdessen erneut vor dem Kensington Crown, und Maryanne hatte nicht einmal gemerkt, wie viel Zeit während ihrer Fahrt vergangen war. Sie hatte sich einfach fallen lassen, und alles um sie herum war dabei in den Hintergrund gerückt. Nun holte sie die Wirklichkeit wieder ein.

»Wo werden wir leben?« Sie klang tief in Gedanken versunken.

»Wir könnten nach Schottland gehen. Mein Onkel hat dort ein kleines Gut und würde sich bestimmt über Gesellschaft freuen. Wir können dort vollkommen neu beginnen.«

Maryanne lächelte gerührt, weil er sich offensichtlich bereits Gedanken gemacht hatte. Sanft führte sie ihre Hand an seine Wange. Er bettete seine darüber, zog sie zu seinen Lippen und küsste sie zärtlich.

»Du würdest alles aufgeben? Für ... mich?«, fragte sie, ohne ihren liebevollen Blick von seinen Augen zu nehmen.

»Gewiss doch!«, antwortete er arglos.

Tränen glühten in ihren Augen ob seiner Opferbereitschaft. Doch sie zeigten ihr auch die Wirklichkeit. Eine schmerzvolle Realität, die sie beide nicht leugnen konnten. Sie würden alles hinter sich lassen müssen, um zusammen sein zu können: ihr Zuhause, ihre Familien. Menschen, die sie brauchten, die auf sie angewiesen waren.

»Mein lieber Edward. Sag mir …« Nie zuvor ging Maryanne etwas schwerer über die Lippen. Sie schluckte, um ihre Stimme zu festigen. »Ist es nicht so, dass dein Titel an die Vormundschaft für Emily gebunden ist?«

Er sagte nichts, aber sein Schweigen sagte alles.

»Wie könnte ich jemals von dir verlangen, dass du all das aufgibst, was dich ausmacht? Dass du Emily für immer Lebewohl sagst? Du bist der einzige Mensch, dem sie wirklich etwas bedeutet. Nur du kannst sie davor bewahren, eines Tages einen Mann zu heiraten, den sie nicht liebt. Und das wirst du. Das habe ich ihr einmal versprochen.«

Er blinzelte gequält. »Das hättest du ihr nicht versprechen dürfen.«

Sie seufzte. »Ja. Womöglich hast du recht.« Reumütig senkte sie den Blick. »Aber ich weiß, dass du sie niemals zu irgendetwas zwingen würdest, weil du sie liebst wie dein eigenes Kind.«

Das nachfolgende Schweigen wog noch schwerer als die Wahrheit. Edwards Mund bebte leicht, als wollte er etwas erwidern. Besann sich dann jedoch.

»Wir beide sind Gefangene unserer Welten, Edward«, sagte Maryanne heiser. »Gewiss, sie überschneiden sich hin und wieder, aber sie können niemals eins sein. Es war ein Wunschtraum. Nicht mehr.«

»Ich kann dir nicht zustimmen.« Seine Augen waren weit aufgerissen, sein Atem ging schnell.

»Ich würde es mir niemals verzeihen, dich von Emily getrennt zu haben. Und irgendwann ... wenn sich unser Feuer der Leidenschaft abgekühlt hat und damit die Liebe, würdest du es mir nachtragen. Du würdest mich verachten.«

»Nein.« Er schüttelte energisch den Kopf. »Gewiss nicht. Maryanne, es muss einen anderen Weg geben.«

»Den gibt es aber nicht. Wir müssen aufhören, uns aneinander festzuhalten.« Ihr Herz verkrampfte sich bei diesen Worten.

Edward schluckte sichtbar, löste den Griff um ihre Hand und schaute trübsinnig zu Boden.

»Emily braucht dich. So wie meine Familie mich«, sagte Maryanne mit belegter Stimme.

»Tu das nicht.« Er flehte sie an, obwohl sich die Einsicht in seinen Augen spiegelte.

»Komm nicht mehr her.« Die Bitte brannte wie Feuer in ihrer Kehle. Sie stieg aus der Kutsche, schloss die Tür zum Kensington Crown auf und verschwand im Haus, ehe Edward noch irgendetwas sagen konnte. Maryanne sah, wie seine Kutsche davonfuhr, und sie rang um Atem, umfasste ihre Kehle, die sich zugeschnürt hatte. Einen Arm schlang sie um sich selbst, weil sie glaubte, unter dem Schmerz zu zerbrechen, den ihr Herz erneut erdulden musste. Diesmal hatte sie ihn fortgeschickt. Sie hatte entschieden. Warum nur machte es das für sie nicht leichter?

Kapitel 21

Mit dem Advent brach auch der Winter über London herein. Schneeberge türmten sich zu den Straßenseiten und brachten den Kutschenverkehr teilweise zum Erliegen. Während die Stadt zu mehr Gelassenheit gezwungen wurde, bereitete man sich im Kensington Crown auf das bevorstehende Weihnachtsfest vor.

»Etwas höher, bitte.« Maryanne half Betty und Hanna, die Teestube mit Mistel- und Stechpalmenzweigen zu schmücken. Sophie brachte noch eine Kiste mit Weihnachtsschmuck vom Dachboden und reichte Bertha rote Schleifen. Summend befestigte sie sie an den Kerzenleuchtern. Maryanne war erleichtert, festzustellen, dass sich die schlechte Stimmung ihrer Mutter so schnell wieder gelegt hatte. Auch sie war überaus erstaunt gewesen, zu erfahren, dass ihre Schwester seit einer privaten Zeremonie vor zwei Wochen Mrs Simmons hieß. Gertruds Brief, in dem sie ihre Familie darüber informiert hatte, hatte Bertha schwer schlucken lassen. Es hatte sie getroffen, dass sie bei der Hochzeit ihrer ältesten Tochter nicht dabei gewesen war. Daran hatte zunächst auch nicht die Tatsache etwas ändern können, dass außer den Trauzeugen, Anthony und Caroline, überhaupt keine Gäste anwesend gewesen waren. Als Gertrud sich vor einer Woche für einen Besuch angekündigt hatte, hatte das Bertha letztlich doch noch beschwichtigen können. Auch Maryanne freute sich darauf. Doch nicht nur Mr und Mrs Simmons würden das Weihnachtsfest bei ihnen verbringen. Zur Überraschung aller hatte sich Ursula angekündigt. In Berthas Verwunderung schwang die leise Hoffnung mit, dass diese doch noch ein Einsehen habe, was einen Kredit für die Arbeiten am Hinterhaus anging. Maryanne jedoch unterstellte ihrer Tante weniger uneigennützige Gründe. Bestimmt wollte sie lediglich einem weiteren, einsamen Weihnachtsfest in ihrem großen Haus entgehen – da Matthew mal wieder in Schottland weilte –, zum anderen platzte sie vermutlich aus Neugier auf den Ehemann ihrer Nichte. Derselben schüchternen, jungen Frau, die sie keine zwei Jahre zuvor als alte Jungfer abgekanzelt hatte. Bertha jedenfalls konnte es kaum erwarten, ihre Schwester nach all den Jahren wieder willkommen zu heißen, und hatte bereits für sie, Gertrud und ihren neuen Schwiegersohn die besten Zimmer des Hauses von Sophie herrichten lassen.

»So schön! Ich würde ihn genau da hängen lassen«, sagte Betty, als Maryanne vom Stuhl stieg und die Höhe des Mistelzweigs überprüfte, den sie über der Eingangstür des Kensington Crown angebracht hatte.

»Jetzt müssen all die Verliebten darunter stehen bleiben und sich küssen.« Betty machte kurz ein angewidertes Gesicht, dann kicherte sie laut los, und Hanna stimmte mit ein.

»Wenn denn welche vorbeikommen.« Maryanne schaute gedankenvoll zum großen, kugelförmigen Zweig auf.

Sophie pflichtete ihr nickend bei. »In letzter Zeit waren nur ältere Herrschaften bei uns zum Tee.«

»Aha. Und was genau soll das bedeuten?« Bertha stützte die Hände in ihre Hüften. »Liebe kennt ja wohl kein Alter. Außerdem hatten wir ausschließlich vornehme und nette, ältere Pärchen zu Gast. Wie erst gestern Mr und Mrs Vaughn.«

»In der Tat, Mama. Nicht zu vergessen die McNeils.« Maryanne schmunzelte. Genau genommen waren beide Paare im selben Alter wie ihre Mutter. Die schien das aber gerne zu vergessen.

»Oh, ja. Die McNeils!« Bertha überkreuzte die Hände vor ihrer Brust. »Ist es nicht herzallerliebst, wie die beiden miteinander umgehen?«

»Das ist es.« Maryanne konnte nichts anderes behaupten. Immerhin hatte sie selbst gesehen, wie Mrs McNeil ihren Gatten mit einer Pastete gefüttert hatte, als sie dachten, niemand würde hinsehen. Maryanne war dankbar, dass inzwischen alle früheren Stammgäste zurück ins Kensington Crown gefunden hatten. Jeder zu seiner Zeit. Zuletzt sogar Lady Drummond, die sich neuerdings für die Frauenrechte engagierte. Vielleicht, so dachte Maryanne, hatte ihre Loslösung von gesellschaftlichen Konventionen dazu beigetragen. Und jener Gedanke machte sie überaus stolz.

***

Schnee fiel wie Zuckerkleckse vor den Fenstern des Kensington Crown. Maryanne schaute zu, wie der Abend über sie hereinbrach. Laternen wurden angezündet, Menschen eilten durch die Straßen, um zum Weihnachtsfest noch pünktlich zu Hause zu sein. Oben in der guten Stube spielte Betty Klavier.

»Es ist alles vorbereitet.«

Maryanne wandte sich zu Charlotte um, die von hinten an sie herangetreten war.

»Sehr gut. Ich danke dir.« Sie wusste, wie wichtig es ihrer Mutter war, dass es ihnen an diesem Abend an nichts fehlte. Deshalb hatten sie Charlotte gebeten, für das Weihnachtsessen zu sorgen: Truthahnbraten, Bratkartoffeln mit Pflaumensauce, Yorkshirepudding. Einmal im Jahr duftete es im Kensington Crown nicht nach aufgegossenen Teeblättern, und in diesem Jahr, so dachte Maryanne, roch es besonders köstlich.

Charlotte setzte ihren Hut auf und schlüpfte in ihren Mantel. Bevor sie ging, reichte Maryanne ihr ein kleines, in rotes Papier eingewickeltes Paket. »Frohe Weihnachten, Lotti.«

»Ihnen auch frohe Weihnachten.« Mit einem seligen Lächeln verließ Charlotte die Teestube und Maryanne sah ihr durchs Fenster nach, wie sie langsam im Schneetreiben verschwand. Wenig später tauchte eine Kutsche darin auf, die vor dem Haus anhielt. Wie gebannt stand Maryanne da und ihr Herz machte einen Freudensprung, als ihre Schwester ausstieg.

»Mama! Sie sind da«, rief sie aufgeregt, während sie zur Tür huschte. Kurz strich sie sich über ihr geflochtenes Haar und glättete ihren Rock.

Bertha stürmte aus der Küche, ließ sich von Maryanne schnell noch aus der Schürze helfen, die sie anschließend unter einem der Tische verstaute. Ihr Zittern verriet, dass sie mindestens genauso nervös war wie sie. Maryanne öffnete die Tür. Gertrud betrat als Erste das Teehaus und war kaum wiederzuerkennen. Sie trug ein edles, dunkelrotes Kleid aus feinstem Stoff und einen dazu passenden Hut, der ihre feinen Gesichtszüge betonte. Sie sah aus wie eine wahre Lady.

»Mein liebes Kind!« Bertha schloss sie in ihre Arme, dann schüttelte sie ihrem neuen Schwiegersohn die Hand, der nach Gertrud hereinkam. »Oh, es ist eine wahre Freude, Sie endlich kennenzulernen, Mr Simmons.«

»Oh, bitte, nennen Sie mich Henry.« Seine Augen strahlten eine sympathische Verlegenheit aus, die Maryanne an Gertrud erinnerte, und sie lächelte in sich hinein. Allem Anschein nach hatten sie sich gesucht und gefunden.

»Sehr wohl. Henry. Willkommen in der Familie.« Vor Begeisterung waren Berthas Wangen so rot, dass es aussah, als hätte sie zu lange am Ofen gestanden. Es herrschte eine solche Heiterkeit, dass sie darüber fast vergaßen, dass es einen weiteren Gast zu begrüßen galt. Zum ersten Mal seit fast zwanzig Jahren betrat Ursula das Kensington Crown, schüttelte sich den Schnee von der Haube und schob sich zwischen Gertrud und Henry.

»Gütiger Gott«, murrte sie, als sie vor ihrer Schwester stehen blieb. »Das Wetter ist schlichtweg abscheulich. An den Winter werde ich mich nie gewöhnen. Was muss ich tun, um eine Tasse Tee vor dem Dinner zu bekommen?«

»Gewiss doch«, sagte Bertha und nahm ihr Mantel und Haube ab, dann führte sie Ursula zur gedeckten Festtafel im hinteren Bereich der Gaststube. Henry folgte den Frauen unauffällig.

»Es ist so schön, dich wiederzusehen!« Gertrud reichte Maryanne die Hände.

Die konnte das Glück nicht in Worte fassen. Wie sehr hatte sie ihre Schwester doch vermisst!

»Ich freue mich, dass du da bist. Es tut mir so leid, was zwischen uns war«, sagte sie.

Gertrud lächelte nachsichtig. »Es gibt nichts, was dir leidtun muss, liebe Schwester. Ich musste fortgehen, um zu erkennen, wer ich wirklich bin. Um über meinen Schatten zu springen. Und ich habe so viele wundervolle Erfahrungen machen dürfen, die mir hier niemals vergönnt gewesen wären. Nur dadurch konnte ich Henry kennenlernen.« Sie warf ihm einen liebevollen Blick zu. Maryanne sah ebenfalls zu ihm. Gemeinsam beobachteten sie, wie er galant Ursula den Stuhl zurechtschob.

Gertrud entfuhr ein seliger Laut. »Er ist der gütigste und höflichste Mann.«

Maryanne drückte ihre Hand. »Es ist schön, dich glücklich zu sehen.«

»Auch du wirst dein Glück noch finden, Maryanne. Da bin ich ganz sicher.« Gertrud umarmte sie. Maryanne seufzte erschöpft auf. Sie war nicht sicher, ob das Glück für sie vorgesehen war. Nach allem, was sie erlebt hatte, schien es sich dabei ohnehin nur um kleine Augenblicke zu handeln, die schneller vergingen als eine Sternschnuppe am Horizont. Glauben wollte sie ihrer Schwester aber dennoch – dabei war es eigentlich nur noch Zufriedenheit, auf die Maryanne hoffte. Gertrud strich ihr sanft übers Haar. »Und jetzt ... lass uns essen. Ich bin am Verhungern.«

Gemeinsam gingen sie zu den anderen.

Maryanne half ihrer Mutter, das festliche Essen aufzutragen. Henry hatte die Ehre, den Truthahn zu tranchieren. Tante Ursula war für das Tischgebet verantwortlich und führte die nachfolgende Konversation an. Zum Erstaunen aller brachte sie Geschichten aus ihrer Kindheit mit Bertha dar. Nie zuvor hatte Maryanne ihre Tante derart gelöst erlebt. Mit trockenem Humor erzählte sie, wie sie sich einst auf dem Dachboden vor ihrer Gouvernante versteckt gehalten hatten, und dort stundenlang gemeinsam ausharrten, um nicht in die Kirche zu müssen. Für Maryanne war die Zuneigung deutlich herauszuhören, die Ursula für ihre jüngere Schwester empfand. Und wie sie so ihre Mutter betrachtete, die sich gerührt die Tränen aus den Augen wischte, war sie erleichtert darüber, festzustellen, dass die schwesterlichen Bande in ihrer Familie doch nicht so leicht zu durchtrennen waren.

Sie tauschten sich aus, lachten, amüsierten sich. Jeder am Tisch hatte etwas beizutragen. Während Gertrud und Henry über ihr Kennenlernen sprachen, fiel Maryanne auf, wie still Ursula geworden war. Und als sie danach mit aufgesetzter Gelassenheit berichtete, dass Matthew sich im schottischen Inverness ein neues Leben aufgebaut hatte, blitzte die Einsamkeit in ihren grauen Augen auf, und mit ihr eine Angst, die überhaupt nicht zu ihr passte.

»Matthew hat mich nicht einfach nur verlassen, er hat mir auch meine Mittel gekürzt«, erzählte sie zögerlich. »Meine Einkünfte reichen gerade so aus, um das Haus in Mayfair zu unterhalten.« Sie räusperte sich wiederholt und sah verbissen auf den Kerzenleuchter vor sich. Ihr war anzusehen, wie schwer es ihr gefallen war, über ihre neuen Verhältnisse zu sprechen. Für Maryanne, Gertrud und ihre Mutter ergab aber nun alles einen Sinn.

»Ach, Ursula! Warum hast du dich mir denn nicht schon früher anvertraut?« Bertha streckte ihre Hand über den Tisch aus und legte sie auf die ihrer Schwester. Kurz zuckte Ursula unter der Berührung zusammen. Im ersten Moment schien sie wie üblich auf Distanz gehen zu wollen, doch was dann passierte, erstaunte alle: Ihre Lippen verzogen sich zu einem Lächeln und sie tätschelte dankbar die Hand, die ihre Schwester ihr reichte.

Maryanne ahnte, dass Ursula schon lange gefangen war in einer lieblosen Ehe – vielleicht schon seit ihrem Hochzeitstag, und sie empfand Mitleid für ihre Tante, die sich nie hatte öffnen können, weil sie überzeugt gewesen war, allein zu sein. In der Vergangenheit hatte sie stets betont, dass sie die Vorzüge einer klassischen Partnerschaft nicht vermisste. Nun hatte nicht nur Maryanne das Gefühl, dass sie nicht besonders ehrlich zu sich selbst gewesen war. Gertruds Blick ruhte ebenso mitfühlend auf ihr.

»Ich muss zugeben, Bertha ...« Ursula ließ ihren Blick zwischen zwei Schlucken Kräutertee umherschweifen. »... euer Teehaus ist gemütlicher, als ich es in Erinnerung hatte.«

Bertha strahlte und schenkte ihr Tee nach, während alle am Tisch Rotwein tranken.

Manche Dinge änderten sich eben nie.

Zur späteren Stunde zogen sie sich in den Salon im Obergeschoss zurück. Es gab Sherry und den Rest der köstlichen Pastete, die Gertrud mitgebracht hatte. Wie sehr hatten Maryanne die Kochkünste ihrer Schwester doch gefehlt.

Kurz vor Mitternacht, als Ursula und Bertha sich müde zurückgezogen hatten und Betty längst schlafen gegangen war, setzte Gertrud sich neben Maryanne auf die Récamiere. Henry stand am Kamin und rauchte genüsslich eine Zigarre.

»Wir haben noch ein Geschenk für euch«, sagte Gertrud verheißungsvoll. »Jetzt, da Tantchen als Kreditgeberin nicht mehr infrage kommt, habe ich Henry gebeten, bei seiner Bank nachzufragen. Ich wollte es euch nicht schreiben, weil ich nicht wusste, ob sie euch das Geld bewilligen würden. Aber mit uns als Bürgen ...«

Sie schaute kurz zu ihrem Mann auf, der ein Zucken seiner Mundwinkel nicht verhindern konnte. Maryanne schlug sich entgeistert eine Hand aufs Herz. Vor Aufregung musste sie schlucken.

»Du meinst ...?«

Gertrud nickte. »Ihr könnt die Arbeiten am Hinterhaus zu Ende stellen lassen.«

Maryanne fiel ihr in die Arme. Sie war sprachlos. Fassungslos. Glücklich.

»Wir sagen es Mama morgen beim Frühstück«, meinte Gertrud. »Ja! Sie wird sich so sehr freuen.« Schlagartig fühlte Maryanne sich leichter. Ihr fiel eine Last von den Schultern, von der sie nicht gewusst hatte, wie schwer sie tatsächlich gewesen war.

Noch bis in die frühen Morgenstunden saßen die Schwestern zusammen am Kaminfeuer. Gertrud erzählte von York, von ihrer Arbeit als Gouvernante, der alten Mrs Dragger, bei der sie angestellt gewesen war und deren lebhaften Enkelkindern Eliza und Edmund, die sie zu beaufsichtigen hatte. Zögerlich vertraute Maryanne sich ihr daraufhin an. Erzählte, dass sie Edward Grey endgültig Lebewohl gesagt hatte, nachdem er bereit gewesen war, alles für sie zu opfern.

Ihre Schwermütigkeit machte es ihr unmöglich, entschlossen zu klingen und hinter ihrer Entscheidung zu stehen, und Gertrud entging das nicht. Sie nahm Maryannes Hand, drückte leicht zu, während sie sie forsch betrachtete. »Du hast getan, was du für richtig hieltest.«

Maryanne nickte tief betrübt. Sie hatte mit niemandem darüber gesprochen, was sie in jener Nacht in der Kutsche beschlossen hatte. Seither verfolgte ihre Entscheidung sie in ihren Träumen. Oft fragte sie sich, ob es einen anderen Weg gegeben hätte. Eine Möglichkeit, wie Edward und sie doch noch hätten zusammen sein können. Egal wie lange sie auch darüber nachgrübelte, ihr wollte einfach keine einfallen.

»Hast du ihn seitdem noch einmal gesehen? Oder etwas von ihm gehört?«

»Nein«, antwortete Maryanne in einem Seufzen.

Gertrud nickte leicht, als würde ihr das alles sagen, was sie wissen musste. »Dann hast du getan, was er nicht konnte. Du hast losgelassen.«

Lieben? Loslassen? Maryannes Blick verlor sich gedankenvoll in den glühenden Kohlen im Kamin. Es waren jene Fragen, die für das Wechselspiel ihrer Gefühle verantwortlich waren. Nicht erst seit dem ersten Kuss im Rosengarten von Roslyn Park, sondern schon seit ihrer ersten Begegnung mit Edward. Die Erinnerung an ihn war wie eine besonders seltene, wertvolle Teemischung. Kraftvoll und süß. Und sie würde auf ewig ihr gehören.

»Übrigens hat Rob uns kürzlich in York besucht, um uns zur Hochzeit zu gratulieren.« Gertrud holte Maryanne aus tiefen Überlegungen.

»Er hat uns einen gerahmten Ausdruck von Keats Gedicht *Leuchtender Stern* geschenkt.«

»Der liebe Rob!« Der Gedanke an ihn entlockte Maryanne ein seliges Lächeln.

»Du solltest ihm schreiben und ihm von der frohen Nachricht erzählen, dass das Hinterhaus endlich wieder aufgebaut wird«, meinte Gertrud. »Er ist zurzeit für sein Examen in Oxford. Aber ... womöglich kann er sich bald für einen Besuch einfinden.«

Maryanne dachte einen Moment darüber nach. »Ja. Das wäre schön. Ich schreibe ihm«, entgegnete sie schließlich und spürte sogleich die bestärkende, tröstliche Wärme von Gertruds Hand auf ihrer.

Kapitel 22

Die Luft war geschwängert vom Duft nach frisch gebackenem Malzbrot und kräftigem Oolongtee, der auf dem eingedeckten Tisch in einer gemütlichen Ecke der Teestube in der Kanne zog.

Maryanne drehte das Schild in der Eingangstür und entriegelte das Schloss. Sorgfältig band sie ihre Schürze enger um ihre Taille und überprüfte noch einmal den Sitz ihrer Frisur im spiegelnden Fensterglas. Andächtig blickte sie danach hinaus in den anbrechenden Tag.

Es war noch nicht Mai und doch war die Straße vor dem Teehaus mit weißen Blüten übersät, die der Wind zielgenau vom Hyde Park zu ihnen getragen hatte.

Dank des milden Winters waren die Handwerker schneller vorangekommen als gedacht. Henrys Bank hatte großzügig investiert, sodass es sogar möglich gewesen war, den Innenraum zu erweitern und die Teestube zu modernisieren. Statt der dunklen, eichenvertäfelten Wände war nun alles in hellen Farben gehalten, was den Gastraum einladender und offener wirken ließ. Runde Tische und die bequemen Polsterstühle verliehen ihm eine gemütlichere Atmosphäre.

Das Dach des Hinterhauses war eingedeckt, die Wände kalkweiß gestrichen. Die letzten Leuchter wurden an den Wänden befestigt und Tische und Stühle zurechtgerückt. Im Keller lagerten ein Dutzend Weinkisten. Charlotte stand seit dem frühen Morgen in der Küche, bereitete Brot, Gebäck, Sandwiches und Pasteten zu. In wenigen Stunden würden sie die ersten Gäste seit dem Feuer im neuen Hinterhaus willkommen heißen. Dank Colins Einsatz hatte die Zeitung über das Kensington Crown und die Neueröffnung berichtet, was weitere Reservierungen zur Folge hatte: Studenten- und Familienfeiern, Versammlungen von Londoner Vereinen, darunter Lady Drummond und ihre Gruppe von Frauenrechtlerinnen. Das Kensington Crown hatte sich seinen ausgezeichneten Ruf zurückerobert und war wieder die Adresse für geselliges Miteinander und edelste Teesorten in gemütlicher Atmosphäre.

Obwohl draußen das für einen Samstagmorgen übliche geschäftige Treiben herrschte, entdeckte Maryanne Robert sofort, als er aus der Kutsche stieg. Er hatte geschrieben, dass er kommen würde, und er hielt seine Versprechen – immer. Maryanne öffnete die Tür und konnte ihre Freude über das Wiedersehen mit ihm nicht verbergen. Es waren keine Worte notwendig. Nur ein Lächeln voller Dankbarkeit für das große Geschenk seiner Freundschaft, die sich nicht so einfach umstürzen ließ.

Der Wind frischte auf und Robert hielt seinen Hut fest. Eine Böe wirbelte die weißen Blütenblätter auf und wehte sie mit ihm ins Kensington Crown, als wollten sie ihn auffordern, endlich hineinzugehen.

Blütenblätter lagen überall im Eingangsbereich verstreut und setzten farbliche Akzente auf den dunklen Fliesen.

»Ist ja fast wie bei einer Hochzeit«, sagte Robert amüsiert.

»Nun ...« Maryanne schmunzelte. »Es fühlt sich irgendwie auch wie eine an«, antwortete sie dann gedankenvoll. Stolz führte sie Robert durch das Kensington Crown, das in neuem Glanz erstrahlte: moderner, heller, größer. Nie zuvor fühlte sie sich mit dem Teehaus mehr verbunden. Es war ihr Leben, ihre Leidenschaft. Ihre Liebe. Und es würde auch ihre Zukunft sein.